새비지 팽 레이디

Savage Fang

the Tale of Little Lady Who Conceals

사상 최강의 용병은, 사상 최악의 잔학 영애가 되어서

두 번째 세상을 무쌍한다

밀레느 Mylene

신에게 사랑받는 『스루베리 아의 머리칼』을 지녀 궁극의 마력이 몸에 깃든 기적의 영애. 하지만…… 그 영혼에 깃든 것 은 《야만스러운 송곳니》로 불린 최강의 용병.

폭군의 각성

the Tale of
Little Lady Who Conceals
"Savage Fang"

Contents

(역시 밀레느 님이에요…….)

알베르
Albert

언뜻 보면 미소녀 같은, 이르
타니아 왕국의 왕자. 밀레느의
약혼자. 밀레느에게 이상적인
'남자'를 느끼고, 그를 숭배하는
신봉자가 된다.

"조금 늦었지만,
가르쳐 주지.
이건 고문이야.

말하지 않으면 왼손도 똑같이 만들 거고,
그게 끝나면 손 말고 팔도 건드릴 거다.
그다음은 밑에서 시작하지.
발끝부터, 마지막에는 눈과 귀까지.
무사한 부분은 하나도 안 남을 거야."

새비지 팽
레이디

Savage Fang

The Tale of Little Lady Who Conceals

사상 최강의 용병은 사상 최악의 잔학 영애가 되어서

두 번째 세상을 무쌍한다

일러스트
카야하라

프롤로그 첫 번째 인생, 첫 번째 역사

반쯤 넋을 놓고 생각한다.

나한테 재능이 있었다면, 내 인생도 조금은 달라졌을까.

내가 생각해도 일하는 도중에 이러는 건 불성실한 것 같지만, 익숙해진 일이란 여유와 무덤덤함이 생기기 마련이다.

설령 그 '일터'가 불과 얼음 같은 온갖 마술이 오가는 전장일지라도.

눈앞에서는 불덩어리가 날아오고 있다. 몸에서 힘을 빼듯 웅크려서 피하자 이번에는 얼음 가시가 날아온다. 바닥을 구르듯 얼음 가시의 궤도에서 벗어나자 다음에는 번개 화살이 날아왔다.

몸을 일으키면서 달려 나가자 내 진행 방향에 멋들어진 갑옷으로 무장한 병사가 있었다. 다가오는 나를 본 그 병사의 얼굴이 공포로 물들었다.

익숙해진 표정에 아무 감흥도 없이, 나는 그 병사의 목에 검을 휘둘렀다.

잠시 후 병사의 목이 갈라지고 선혈이 뿜어져 나온다── 적의 피를 뒤집어쓰는 것을 피하듯 돌아선 나는 다른 적에게 다가갔다.

"이, 이쪽으로 온다!"

"막아, 막으라고!"

당황한 병사가 외치고, 풍채와 옷차림이 좋은 남자가 고함을 쳐서 지시를 내린다.

옷차림이 좋은 저 남자가 이 부대의 지휘관이로군. 그를 힐끔 쳐다본 후 다시 일을 시작한다.

나를 에워싼 병사들이 일제히 손을 치켜든다. 다양한 속성의 마력이 그들의 손에 모이고── 불과 얼음, 번개와 바위 같은 형형색색의 마술이 펼쳐졌다.

하지만 그건 악수(惡手)라고.

지면에 닿을 듯 몸을 숙인 나는 그 자세로 적과 거리를 좁히며 마술을 피했다.

"말도 안 돼. 피했어……?!"

"마, 마술이, 이쪽으로……! 으아아아악!"

내가 피한 마술이 맞은편 적 병사에게 날아가 명중한다.

하지만 명중한 숫자는 절반도 되지 않으리라. 그러나 적은 줄어들었고, 부대는 큰 혼란에 빠졌다.

"크억!"

"끄윽?!"

병사와 병사 사이를 누비듯 움직이면서, 나는 그들을 베어 죽였다.

곳곳에서 단말마와 피가 터져 나온다. 그것이 더 큰 혼란을 불러서 부대를 혼돈의 도가니에 빠뜨렸다.

"이, 이럴 수가……! 영예로운 이르타니아 성기사단이──."

"마력도 못 쓰는, 용병 한 명한테……! 커, 억……!"

뭐라고 지껄이는 병사 한 명에게 검을 꽂고, 나는 적의 피로 더러워진 뺨을 훔쳤다.

일이란 이런 것이다.

누군가에게 고용되어서 몬스터나 인간을 죽인다. 그게 전부인, 시시한 일이다.

주위는 온통 적. 목숨을 걸어야 하는 것치고는 보수가 쥐꼬리만 하고, 오래 할 일이 아니다.

그게 용병 가업이다. 나는 변변찮은 학식도 없고, 연줄이나 붙임성도 없다. 무엇보다──.

"이익……! 마력도 못 쓰는 용병 한 명을 상대로 뭘 하는 거냐! 이 못난 것들!"

이 세상을 살아가는 데 중요한 '마력'이 조금도 없다. 그런 내게 남은 유일한 선택지인 셈이다.

"하, 하지만……!"

"잔말이 많다! 내가 천민 따위와 칼을 맞대게 하다니……!"

위축된 병사가 항의하자 지휘관이 부하를 질타했다.

용병 따위는 변변찮은 일이 아니라고 생각하는데, 전쟁통인 이 시대에 변변한 일자리는 없을지도 모르겠는걸.

"이봐라, 미천한 것! 두려움에 떨며 넙죽 엎드려라! 영예로운 이르타니아 성기사단 단장인 이 고든 라크레이가 상대해 주마!"

"아앙?"

자신만만하게 나선 남자가 내게 검을 겨눈다.

이 돼지는 뭘 착각하고 자빠진 거지.

싸늘한 눈으로 고든인지 뭔지 하는 녀석을 쳐다볼 때, 내 뒤에서 용병 동료들이 줄줄이 모습을 드러냈다.

"휘유~. 엔빌은 여전히 무시무시하다니깐. 설마 혼자서 열여섯 명이나 해치울 줄은 몰랐어……."

"조무래기 병사 한 명과 뒤룩뒤룩 살찐 돼지 한 마리만 남았네. 식은 죽 먹기인걸. 『야만스러운 송곳니(새비지팽)』라는 별명은 장식이 아닌가 보네."

질이 나빠 보이는 남자들이 몰려오자 뚱뚱한 지휘관의 얼굴이 점점 새파랗게 질렸다.

당연하지. 아무리 용병이라도 혼자서 부대를 습격할 리가 없잖아.

적진에 돌진해 휘젓는다. 혼자서 처리하는 것이 가장 편했을 뿐, 내 역할은 어디까지나 돌격대장에 지나지 않는다.

숨을 삼킨 고든이란 놈이 새파랗게 질린 얼굴을 시뻘겋게 붉혔다.

"자, 어서! 검을 치켜들어라, 용병! 천민 따위를 이 몸께서 일대일로 상대해 주겠다는 거다! 영광이지 않느냐?!"

아하, 그런 속셈인가.

다수와 싸워도 승산이 없을 테니, 나와 일대일로 싸우려는 것 같았다.

용병 동료들 사이에서 비웃음이 흘러나왔다. 그것을 들은 적 지휘관의 얼굴이 벌게졌다. 아무래도 이 수작을 부끄럽게 여길 대가리는 달렸나 보다.

하지만 저런 시시껄렁한 제안을 받아줄 의리도 없다. 후딱 처리하고 잠이나 자고 싶다.

"뭐가 어때서. 엔빌. 그냥 받아주라고."

"저딴 돼지 한 마리는 상대도 안 되잖아?"

"옳소. 뭘. 당연히 보수도 더 챙겨 줄게. 오늘 밤 연회에서도 끝내주는 안줏거리를 얹어 주마. 그걸로 어때?"

"아앙? 칫…… 지들만 편하려고."

하지만 용병 동료들이 받아주라며 부추겼다.

참 시시껄렁하지만── 사람을 완전히 무시하던 저놈에게 보답해 주는 것도 나쁘지 않다.

나란히 서 있는 용병 동료들 사이에서 한 걸음 앞으로 나서며 검을 치켜들자 돼지의 얼굴에 음흉한 미소가 어렸다.

"나야말로 자랑스러운 제6이르타니아 성기사단 단장, 초토(焦土)의 고든! 각오해라, 미천한 것아!"

그 남자는 목청을 높여 이름을 밝히고 검을 쳐들었다.

검에 마력이 모인다. 봐서는── 화염 마술.

나는 마력을 전혀 쓸 수 없다. 하지만 그만큼 마력의 기운에 민감했다.

슬쩍 숨을 내쉬고 집중한다. 남자가 검을 휘두르기 직전, 나는 땅을 박찼다!

남자가 검을 휘두르자, 내가 방금까지 서 있던 장소로 화염의 파도가 밀려든다.

"아니! 내 화염의 파도를……?!"

내가 마술을 피하자 남자 지휘관은 경악을 금치 못했다.

과연 소대장답다. 꽤 빠른 속도와 넓은 범위. 위력도 괜찮다. 마력을 쓰지 못하는 내가 맞았다면 시꺼멓게 타버렸을 것이다.

하지만 그것도 맞지 않으면 의미가 없다. 제아무리 범위가 넓은 마술이라도 규모가 클수록 발동에 시간이 걸리며, 어디를 노리는지도 훤히 보인다. 어디로 날아올지 미리 안다면, 파도가 밀려들기 전에 이동하기만 하면 된다.

그리고 그런 강력한 마술을 발동하려면 집중할 필요가 있는 듯, 한 번 쏘고 나면 다음에 쏘기까지 시간이 걸린다. 전장에서 널리 이름을 떨쳐 영웅으로 불리는 녀석 중에는 그걸 극복한 자도 있지만——.

"크윽……! 이 내가 들개 따위와 검을 맞대야 하다니——!"

이딴 남자가 영웅으로 불리는 녀석처럼 할 수 있을 리가 없다. 순식간에 다가간 나는 낮은 자세에서 힘차게 검을 쳐올렸다.

지휘관은 검을 옆으로 눕혀서 막는다—— 하지만.

요란한 금속음이 나면서 남자의 검이 날아간다.

소리도, 광경도. 물속에서 있는 것처럼 느려진 시간 감각 속에서, 나는 대치한 남자—— 방금 검을 놓친 남자의 표정에 공포와 절망이 드러나는 것을 본다.

하잘것없는 존재로 여긴 자에게 목숨을 위협받는 순간. 나로

선 자주 봐서 익숙해진 표정이다.

지금 와서 그런 것을 봐도 아무런 느낌이 들 리가 없어서 나는 뒤룩뒤룩 살찐 남자의 배에 발차기를 날린다.

"끄억!"

억눌린 목소리를 내면서, 멋지게 기른 수염이 흐트러진 남자가 나자빠졌다.

나는 표정을 바꾸지 않고, 그 모습을 내려다본다.

"오오오······! 어째서 내가 야만스러운 용병 따위에게······!"

공포로 일그러진 표정을 증오로 바꾸고, 풍채 좋은 남자가 나를 노려본다.

이것도 눈에 익은 표정이다. 공포로 일그러진, 분노에 찬 표정. 용병 생활에서만 그런 게 아니다. 내 인생에서 가장 흔하게 접한 감정이다.

"이, 이노옴······! 천민 주제에 나를 내려다보느냐······!"

하지만 내 시선을 눈치채자 분노가 공포를 능가한 것 같았다.

천민. 귀에 못이 박히게 들은 욕이다.

마력이 없고, 마술을 쓸 수 없는 자를 가리키는 멸칭. 그것이 천민이며—— 나 역시 그렇게 미천한 자였다.

소용없는 생각이지만, '천민'이 아니라면—— 내게 마력과 마술에 재능이 있었다면, 이런 곳에서 이런 일을 안 했을까.

"호오······ 재미있는걸. 천민을 올려다보는 기분이 어때?"

천민이라는 말도 이미 귀에 익었다. 아무 느낌도 안 들지만—— 나는 태연한 투로 물었다.

잘난 귀족님께서, 미천하다고 무시하는 존재를 올려다본다. 참으로 꼴사나운 경험을 하는 기분이 어떤지 조금 흥미가 생긴 것이다.

"시……시끄럽다! 뭔가…… 뭔가 비열한 수단을 쓴 거지?! 미천한 것이, 운 좋게 얻은 승리로 우쭐대기는……!"

하지만 내가 원하는 대답을 듣지 못할 것 같다.

비열하다. 이것도 자주 듣는, 지겨운 독설이다.

한숨을 쉰 나는 귀족의 멱살을 잡아 그 목에 검을 댔다. 다시 공포가 분노를 능가한 것이리라. 그 얼굴에서 순식간에 핏기가 사라졌다.

"히익……! 이, 이놈! 뭘 하려는 거냐?! 놔, 놔라!"

"후환을 위해 그 비열한 수라는 걸 가르쳐 줘. 그러면 나는 더 강해질 수 있을 것 같거든."

"서, 설마…… 죽이려는 거냐……? 감히 나를…… 용병 나부랭이가……?"

이번에도 원하는 대답을 듣지 못할 것 같았다.

그런데―― 어느새 귀족의 사타구니가 축축했다. 코를 찌르는 악취에 인상을 찡그렸다.

거참, 시간을 낭비했다. 나도 장난이 좀 심했던 것 같지만.

"칫…… 한심하군."

무심코 빈정거렸다.

하지만 귀족은 떨기만 하고 반응을 보이지 않았다. 보아하니 반박할 기운도 사라진 듯하다.

"아무렴 어때. 답을 찾으면 저세상에서 가르쳐 달라고. 어차피 나나 너나 지옥에 갈 테니까."

"머, 멈춰라! 기다……!"

들이댄 검을 단숨에 긋자, 남자의 목에서 엄청난 양의 피가 뿜어져 나온다.

상처가 기관지에 이른 것이리라. 남자는 더 말하지 못하고 걸쭉한 거품 소리만 냈다.

잡고 있던 멱살을 놓자, 풍채 좋은 남자의 몸이 피에 젖은 땅에 널브러지면서 물이 튀는 소리를 낸다.

그와 동시에 등 뒤에서 승리의 환호성이 들려왔다.

"대단해! 역시 우리의 『새비지팽』이라니깐!"

"큰놈을 잡았는걸! 오늘 밤 연회는 술맛이 나겠어!"

용병 동료들이 입을 모아 나를 칭송했다.

용병 업계에서는 실력과 자기가 취한 수급이 전부다. 한심하다──고 생각하면서도, 단순한 이 관계가 싫지는 않았다.

나는 무덤덤한 얼굴에 희미하게 웃음을 드러내고 뒤돌아봤다.

"오늘 연회에는 나올 거지? 주역이 없으면 김새니까, 부탁 좀 하자!"

"그래……. 생각해 볼게."

"되게 무덤덤하네. 왕국 부대장의 목을 취했으니, 좀 더 기뻐해도 되지 않아? 응? 엔빌."

아까 귀족과는 반대로 다박수염을 기른 동료 용병이 다가와 내 어깨를 두드린다.

이 녀석의 이름은 '아단'이라고 한다. 오랫동안 알고 지냈으며, 내가 친구라고 할 수 있는 흔치 않은 인간이다.

"흥, 그러는 너야말로 너무 좋아하다가 긴장 풀지 마. 곧 아이가 태어난다면서?"

"그 말 들으니 좀 찔리네."

내가 코웃음을 치자, 아단은 난처하다는 듯이 뺨을 긁적였다. 이래서 미워할 수가 없다.

용병으로 살다 보면 빠르든 늦든 괴팍해지기 마련이지만, 이 녀석은 예나 지금이나 변함이 없다. 아내를 사랑하는 평범한 남자다.

하지만 그런 남자도 지금은 돈을 위해── 그리고 조국을 위해 용병으로 일한다.

하지만 그렇게 용병이 되어 싸우는 상대가 바로 조국 이르타니아라는 점이 참 아이러니하다.

──현재, 이르타니아에서는 한창 내전 중이다. 원인은 폭군이 된 왕비의 압정이다. 끝없는 증세와 숙청 끝에 분노가 폭발한 시민들이 봉기하고, 반란군을 조직해서 이르타니아 왕정을 타도하려고 한다.

그것이 이 '이르타니아 왕국'의 현재 상황이다.

우리는 대부분 그런 반란군에 고용된 이르타니아 국민으로 구성되었다.

뭐, 나는 '국민이었던' 사람이지만──.

"흥. 잔소리는 나중에 해 주지."

"어, 그렇다면 연회에 나오는 거군? 기다릴 테니까 꼭 와라!"

철수하는 동료 용병들을 본 아단이 몇 번이나 뒤돌아보며 허둥지둥 뛰어간다.

부산한 동료를 보면서 나는 천천히 그 뒤를 따랐다.

◆

"캬~! 정말 통쾌했어! 봤지? 잘나신 귀족 나리의 한심한 꼬라지 말이야!"

"이 자식…… 벌써 취했냐. 거참, 이래서야 뭔 소릴 해도 의미가 없겠네."

"그야 큰놈을 잡았잖아! 급료는 오르고! 아내는 좋아하고! 정말 최고 아니냐!"

"거참, 시끄러워. 그냥 잠이나 잘 걸 그랬네."

그날 밤.

거나하게 취한 아단의 주정에 인상을 찡그리며, 나는 잔을 기울였다.

맛없고 독하기만 한 술이다. 한 모금 마시면 우리 같은 인간에게 친숙한 약 냄새가 목을 자극한다. 안주도 최악이다. 흙과 먼지로 범벅이 된 육포. 표면은 거칠고 씹으면 모래알 같은 불쾌함이 느껴진다.

그런 것도 최근의 이르타니아 왕국에서는 어엿한 사치품이라 할 수 있으리라. 고기라는 점만으로도 호사스럽다고 할 만큼,

이 나라는 피폐해졌다.

　맛없는 술과 맛없는 안주만 나오는 연회. 하지만 아단은 기분이 좋아 보였다.

　"머잖아 그 최악의 쓰레기 왕비에게 칼날이 닿을 거잖아. 사기가 끓어오르지 않는 게 이상할 거라고! 안 그래?!"

　그것도 이 반란이 조만간 승리로 끝날 때까지 왔다는 사실 때문이리라.

　이 내전은, 한 악녀 때문에 시작되었다.

　그 악녀의 이름은 '밀레느 이르타니아'. 신의 총애를 받는 증표로 여겨지는, 붉은색이 감도는 백발———『스루베리아의 머리칼』을 지닌 덕분에 현 이르타니아 국왕인 알베르에게 시집을 간 여자다.

　왕비가 된 이 여자는 참으로 수많은 악행을 저질렀다. 계속되는 증세로 온갖 사치를 부리고, 조금이라도 이의를 제기하는 자는 의심스럽다고 벌했다. 왕은『신이 총애하는 자』로 불리는 악녀의 말을 거스르지 못하는 꼭두각시다.

　국민의 불만이 정점에 달했을 때, 항상 국민의 편에 섰던 여공작 멜리사 튜리오 드 루르토와가 처형당하면서 이 전쟁이 시작되었다.

　국민이 봉기하고, 용병을 고용하고, 간악한 왕비를 없애기 위해 시작된 내전의 불길은 삽시간에 활활 타올랐다. 돈보다도 체제 타도를 목적으로 참가한 용병도 많다고 한다. 그 정도로 밀레느란 여자는 사람들에게 분노를 샀다.

그 전쟁도, 지금은 승리를 눈앞에 둔 막바지로 치닫고 있다. 기나긴 평화 끝에 밀레느의 대두로 순식간에 부패한 귀족들은 약했다.

거의 확정된 승리는, 이렇듯 반란에 참가한 용병과 국민을 축제 분위기에 사로잡히게 했다.

하지만──.

"오오, 우리의 신 디아 밀스여! 경건한 신도인 제가 반드시 저 간악한 이르타니아가 총애하는 자를 해치우고, 내장을 끄집어내어, 그 머리를 길바닥에 내팽개치겠사옵니다!"

"밀레느의 머리를!"

"'신의 개'의 머리를, 공물로 바치겠나이다!"

이 나라는 어차피 '끝날' 것이다. 아단의 넋두리를 무시하고, 나는 술잔을 기울이며 생각했다.

밀레느가 대두하면서 이 나라는 순식간에 썩었다. 왕국 귀족만이 아니라, 나라의 보호를 받지 못한 국민도 마찬가지였다.

마을에서는 수상한 사이비 종교의 깃발이 서고, 모두가 이상한 신의 이름을 찬양하고, 폭력적이고 비천한 말을 입에 담았다.

범상치 않은 분위기로 과격한 말을 쏟아낸 녀석이 언급한 『디아 밀스』는 『달의 신들』이라는 사교 집단이 숭배하는 신이었던가.

뿔 달린 뱀의 조각상을 둘러싼 집단의 모습은 악마 숭배의 의식을 연상케 했다. 승전을 기리는 연회치고는 너무나도 음침하다.

나는 종교에는 흥미가 없지만, 사교 놈들은 시중에서도 활개를 친다. 그걸 자꾸 듣다 보니 외워버리고 만 셈이다.

　게다가 그것만이 아니다.

　"아아…… 왔다, 왔어. 역시 술에 곁들이면 빨리 효과가 나타
난다니깐…… 헤헤……."

　"어, 어이…… 그거, 『루두스』지……? 나도 좀 줘……. 다 떨
어졌거든……."

　"지랄하지 마! 이 가루는 내 거야……! 한 톨도 못 줘!"

　그리고 거기에 맞춘 것처럼, 국민들 사이에서는 정부가 사용
및 유통을 금지한 약물…… '마약(魔藥)'이 침투했다.

　그 이름은 쾌락을 의미하는 『루두스』. 붉은 꽃을 분말로 만든
마약이다.

　몸에는 해가 거의 없다고 하지만, 그 약을 쓴 자의 마음은 점점
피폐해지고 있다는 것은 멀쩡한 인간이 보면 바로 알 수 있다.

　아단처럼 전혀 변하지 않는 이도 있는가 하면, 이 나라는 안팎
으로 균사가 퍼지는 것처럼 부패가 말단까지 침투했다.

　"……."

　하지만 사실 나로서는 아무래도 상관없는 일이다.

　그저 머나먼 어딘가를 쳐다보듯, 나는 조용히 술을 기울였다.

　"하하…… 난리가 났네."

　"그러게 말이다."

　혼자 술을 마시는 나를 보다 못했는지 다른 데서 떠들던 아단
이 다가왔다.

　쓴웃음을 지었다. 아단은 낙관적인 편이지만, 그래도 지금 상

황을 보고 아무 생각이 들지 않을 리가 없다.

"멜리사 님께서 계셨다면 이렇게는 안 되었을 텐데……. 그 빌어먹을 왕비가……!"

아단은 돈을 위해서라고 말하면서도 죽은 공작의 원수를 갚으려고 싸우는 것 같지만, 내게는 그런 고상한 생각은 없다. 그렇다고 돈 때문만도 아니다.

"어이, 엔빌! 너도 용서 못 하지?!"

"그래. 너만큼은 아니지만 말이야."

완전히 술에 취해 주정을 부리는 아단을 본 나는 쓴웃음을 지으며 적당히 맞장구를 쳤다.

그렇다고 전혀 공감하지 못하는 것도 아니다.

내가 용병으로서 이 나라에 돌아온 것은━━ 말하자면, 결판을 내기 위해서다.

내게는 부모가 없다. 아니, 있기는 하겠지만 철들기 전에는 이미 버림받아 고아원에 있었다.

솔직히 말해 고아원 생활은 나쁘지 않았다고 생각한다. 당시의 나는 몰랐지만, 고아원 선생님은 누구에게도 공평하게 상냥했다. 마력이 없는 천민 소리를 듣던 내게도 말이다.

그리고 나처럼 고아원에서 자란 녀석들도 마찬가지였다. 딱히 사이가 좋았던 기억은 없지만, 딱히 무시나 핍박을 받은 적이 없다.

독립해서 고아원을 나온 지 꽤 되었지만, 때때로 편지를 보낼 정도로 선생님에게 감사했다. 혼자가 되고 나니, 거기는 참 따뜻한 곳이었구나——라는 생각이 들 만큼은 마음에 들었던 장소다.

"그래. 그 빌어먹을 왕비가 네가 옛날에 살았던 고아원을 불태웠다고 했지…….."

"응. '불우한 자기 인생을 위로하려고 사교를 숭배하는 미천한 자를 숨긴 죄' …… 같은 죄목이었다더라고."

그런 고아원을, 밀레느 이르타니아가 불태워버렸다. 내가 고아원을 떠나고 6년째 되던 해의 일이다.

이유는, 고아원이 마을에 만연한 사교를 숭배했다는 것이었다.

한 번 의심을 받으면, 결백을 증명하기 어렵다. 국교(國敎)를 지지하는 유서 깊은 교회에서 운영하는 고아원인데도 거리낌이 없었다. 애초부터 결론을 내린 녀석들에게는 무슨 말을 해도 소용이 없었다.

왕국 병사를 거느리고 나타난 밀레느는 이르타니아 님이 광신도에게 베푸는 자비라는 소리를 늘어놓으며—— 화염 마술을 써서, 순식간에 거대한 교회를 불길로 휘감았다.

『스루베리아의 머리칼』을 지닌 자는 하나같이 강대한 마력을 지닌다고 한다. 밀레느 이르타니아는 기분이 나쁠 때 자기가 선택받은 존재라는 것을 과시하듯 그 힘을 써댔다고 한다.

남부럽지 않게 살면서 분풀이 대상으로 찍은 곳이 마력을 쓰지 못하는 '천민' 아이들을 다수 보호하는 고아원이었다.

밀레느는 천민이 몇 명 죽든, 그리고 그들을 감싸는 별난 인간이 죽든 말든, 누구도 불평하지 않을 것으로 여겼다는 이야기가 있는데── 그 여자의 온갖 악행을 들으면, 그 말이 옳겠거니 싶다.

그리하여 한 여자의 분풀이에 따라 당시 교회에 있던 자들과 고아원에 있던 아이들이 전부 불길에 휩싸여 죽고 말았다. 선생님도 말이다.

나는 그때, 용병으로서 다른 나라에서 싸우고 있었다.

이 나라로 돌아온 건, 그 이야기를 풍문으로 들었기 때문이다.

──복수할 생각은 없다. 화가 나지만, 어차피 타인이다. 하지만 원수를 갚을 의리는 있고, 그것을 남에게 맡긴 채 나는 가만히 있는 건 싫다.

뭐, 그렇게 된 것이다.

승전 분위기에 들뜬 동료 용병도, 국민들도── 나는 이 모든 것이 머나먼 곳에 있는 다른 세상의 일처럼 느껴졌다.

이 나라는 끝난다. 이기든 지든, 상관없다. 이 나라를 운영하는 인간 대부분을 죽이면 정화고 뭐고 하기도 전에 기둥이 뽑힌 나라가 무너지고 말 것이다.

제아무리 청렴결백한 인간이 뒤를 잇더라도, 그 숫자는 뻔할 것이다. 할 일은 많지만 인원은 부족할 것이며, 어차피 이 썩은 나라에 멀쩡한 인간이 남았을 리도 없다.

그렇기에 나는 내가 할 일이 있는 동안에 이 나라에 왔고, 전쟁이 끝나면 이 나라를 뜰 작정이다. 가라앉는 이 나라의 끝을 지켜볼 마음은 없다.

"흥……."

사교단의 집회 같은 이 연회를, 인상을 쓰면서 바라본다.

정말이지, 술맛이 떨어진다.

◆

내전이 시작되고 몇 년이 흘렀다.

용병 부대의 인원이 한 명씩 바뀌고 마침내 나 이외의 모든 대원이 다 바뀌었을 즈음, 나는 죽어간 이들이 꿈꿨던 광경을 보게 되었다.

"어이. 아단, 보이냐?"

이 나라의 미래를 상징하는 듯한 두꺼운 암운 아래에서, 나는 이 자리에 없는 친구에게 물었다.

대답하는 자가 없는 독백은 해일 같은 환성에 묻혀 누구에게도 전해지지 않았다.

고상하진 않지만, 가능하다면 그 녀석에게도 이 광경을 보여주고 싶었다.

이곳은 국경에 가까운 처형장. 외진 곳이지만, 지금 이곳은 넘쳐날 듯―― 아니, 요새를 둘러싼 벽의 밖까지 몰려온 사람들로 가득 차 있었다.

누구나 바라 마지않던 일대 이벤트를 보려고 전국에서 사람들이 몰려든 결과다.

이 자리를 가득 채운 사람들의 시선은 지금 천을 뒤집어쓴 처형인에게 끌려오는 한 여자를 향하고 있었다.

피에 젖은 하얀 눈을 연상케 하는―― 붉은색이 섞인 백발,
『스루베리아의 머리칼』을 나부끼는 저 여자의 이름은 밀레느
이르타니아. 몸에 걸친 것은 죄인이 입는, 얇은 누더기 옷이다.
그 몸을 옭아맨 검정 가죽 구속구가 얇은 천 아래의 풍만한 몸매
를 드러나게 했다.

왠지 선정적으로도 보이는 옷차림이지만, 이 자리에 있는 사
람들 중에서 저 여자를 그런 눈으로 보는 자는 거의 없으리라.

애초에 저렇게 보여도 값비싼 마력 봉인용 마술 도구라고 한
다. 저 구속구가 풀리면 강대한 마력이 뿜어져 나올 것이라고
한다.

최후의 순간까지도 돈이 들다니, 저 여자답다. 나는, 빈정거
리듯 코웃음을 쳤다.

수많은 관중이 주목하는 가운데, 처형인이 교수대 아래로 끌
고 온 여자의 입에 물린 천을 풀자 그 얼굴이 드러났다.

공평한 시점에서 본다면, 그 얼굴은 미인이라 해도 될 것이다.
지위, 미모, 마력. 그 모든 것을 다 가진 여자를 보니, 신이 총애
하는 자로 불리는 것도 왠지 이해가 된다.

"빌어……먹을! 이 어리석은 것들이……! 내가 누구인지 알
아?! 이르타니아 님께 사랑받는, 신이 총애하는 자인 바로 나,
밀레느 이르타니아에게 감히……!"

하지만 그 성격은 썩어 문드러졌다. 입이 자유로워지자, 밀레
느 이르타니아는 멋대로 떠들어대기 시작했다.

부끄러운 줄도 모르고 이 상황에서도 민중을 깔보는 태도는 기분이 썩 좋지 않다.

자신을 지키는 병사라는 허식의 갑옷이 벗겨지고, 유일하게 신뢰했던 자신의 마력도 지금은 봉인되어서 쓸 수 없다.

의지할 것을 잃은 악녀의 원념에 찬 목소리는 듣기만 해도 귀가 썩을 것 같다.

물론 이 여자를 향한 증오만으로 여기까지 온 자들에게, 교수대에서 들려오는 이 목소리조차도 곧 나올 메인 디시 직전의 애피타이저에 지나지 않으리라.

그나저나 기세가 참 등등하다……. 아니, 이 말은 옳지 않으려나. 이런 상황에도 자기가 죽을 리가 없다고 여기는 것이리라. 그렇듯 상상력이 부족한 분노의 표정은 이제껏 본 귀족들과 다를 게 없다.

"이르타니아 님께서 심판하실 거야! 그게 싫으면 지금 당장 이 멍청한 반란을 멈춰!"

끝까지 주제 파악을 못하는 그 발언에 주위 사람들의 분노가 더욱 끓어오르는 게 느껴졌다.

나는 이 기묘한 분위기에서 열기에 휩싸인 민중들과의 온도 차를 느끼고 있었다.

아단이 이 자리에 있다면, 저들처럼 주먹을 치켜들었을까?

"죽여라……."

드디어 도화선에 불이 붙은 것처럼 누군가가 그렇게 외쳤다.

이토록 소란스러운 와중에도, 그 말은──필시 민중 전원의

──귓가에 속삭인 것처럼 퍼져나갔다.

"죽여라…… 죽여라!"

"죽여! 저 여자의 목을 매달아!"

"히익……?!"

한번 불이 붙으면 그 후에는 맹렬한 기세로 의식이 하나가 되어 돌진한다.

도화선에 불이 붙었다는 비유는 틀렸을지도 모른다. 불은 옛날 옛적에 붙었고, 그것이 폭탄에 붙었다.

그 순간이 지금인 거겠지.

이제, 통일된 거대한 의지는 하나의 생물이나 다름없었다.

다들 주먹을 치켜들며 '죽여라, 죽여라.' 하고 외쳤다. 그 포효는 의지를 지닌 거대한 괴물이 분노에 찬 목소리를 토하고 있는 것만 같았다.

"기……기다려! 기다려 봐! 시, 신의 심판이 무섭지 않아?!"

그제야 이 여자도 자신의 처지를 깨달았는지 초조함과 공포가 얼굴에 어리기 시작했다.

하지만 이미 늦었겠지. 불은 폭탄에 닿았다.

게다가── 이 상황에서 신을 믿는 자는 없다. 적어도 이런 여자를 사랑하는 어리석은 신을 믿는 자는.

"시끄러워! 그렇다면 이 상황을 어떻게 해봐!"

"아무도 너 따위를 사랑하지 않는다고……!"

이제 이 여자가 무슨 말을 하든, 그 한마디 한마디는 민중의 분노를 부추길 것이다.

이미 사태는 돌이킬 수 없다. 무슨 일이 벌어지든, 이 여자의 처형은 이루어질 것이다.

사람들이 다시 한목소리로 '죽여라.' 라고 외치기 시작한다. 그와 동시에 밀레느의 얼굴에는 명확한 공포가 어렸다.

그리고 그 눈에서 눈물이 흐른다.

"안 돼…… 싫어! 죽기 싫어! 이, 이제라도 관두면 신께서도 용서하실 거야! 그러니까 살려줘……! 죽고 싶지 않아!"

그리고 그 입에서 나오던 폭언은 목숨을 구걸하는 말로 변한다.

역시 이미 각오한 것이 아니라, 그저 상황을 이해하지 못한 바보였나 보다.

"지금 와서 뭐라는 거야……! 목숨을 구걸하는 멜리사 님을, 네년은 어떻게 했냐!"

"우리가 모은 서명도 찢어발기고, 멜리사 님을 살려달라고 간청한 민중의 목소리에 코웃음을 친 것이 어디의 누구냐!"

"신의 기적을 말할 거면, 멜리사 님을 살려내!"

이미 잃어버린 것을 되찾을 수는 없다.

여기까지 오면서, 너무나도 많은 것을 잃었다.

피를 잃으면 목숨은 스러진다. 이 여자도, 이 나라도, 이미 결정적인 무언가를 잃었다.

민중의 흥분은 최고조에 달했다. 자기편은 아무도 없다. 그 사실에 밀레느의 얼굴이 새파랗게 질렸다.

"시…… 싫어어어엇! 자, 잠깐만! 부탁이니까 기다려 봐……!

누구라도 좋아! 살려줘! 신이시여, 신이시여어어엇!"

아무튼. 참 추하게 죽는다.

나는 이기기 위해서라면 뭘 해도 된다고 생각한다. 마력이 없는 나는 수단을 고를 수 없으니까.

하지만 그래도 어떤 식으로 죽을지는 고르고 싶다.

누구라도 좋다는 말은 그만큼 의지할 사람이 없다는 의미다. 정작 신조차도 자신이 '총애하는 자'가 저렇게 외치는데도 구하지 않는다.

저 여자는 외톨이다. 그렇다고 불쌍하게 여길 마음은 없다. 이것은 본인이 초래한 결과다. 그저 저렇게 되고 싶지는 않다고 생각하며, 나는 침을 뱉었다.

차라리 빨리 숨통을 끊어 주는 것이 자비일지도 모른다.

이 여자에게 자비를 베풀 필요는 없지만, 저 꼴사나운 모습을 보려고 아란이나 다른 멀쩡한 자들이 죽었다고 생각하니 구역질이 났다.

어쩌면 나도 이 여자의 죽음을 바라는 자들과 같을지 모른다. 분위기가 고조된 것을 본 처형인이 밀레느를 묶은 줄을 쥔 채 계단에 발을 얹었다.

──바로, 그때였다.

"어······?"

갑자기 날아온 화살이, 처형인의 머리를 옆에서 꿰뚫었다.

그것을 시작으로 엄청난 숫자의 화살이 장막을 형성하듯 날아왔다──!

나는 이미 숨이 넘어간 민중 한 명을 방패로 삼아서 화살을 막았다.

도대체 무슨 일이 생긴 거지? 혼란에 빠진 채 상황을 파악하려 하지만, 답은 찾을 수 없다.

하지만 추측건대——마법에 집착하지 않고, 이용할 수만 있다면 다 이용한다는 이 방식은 마법이라는 권위를 앞세우고 긍지를 이유 삼아 진보를 멈춘 이르타니아 군의 방식이 아니다.

——더 강한 누군가가 이곳을 강습한 것이다.

이윽고 화살 비가 잦아든 후, 운 좋게도 이 재난에서 목숨을 건진 반란군 병사 중 누군가가 외쳤다.

"코, 코…… 코르온이다! 코르온 군이 쳐들어왔다아아!!"

그와 동시에…….

흑사자 깃발을 높이 내세운 칠흑의 병사들이 처형장으로 밀려 들었다——.

◆

"헉……헉…… 빌어먹을……."

광장으로 밀려든 코르온 병사를 베어 넘기며, 나는 욕지거리를 뱉었다.

그토록 인파가 넘치던 광장에는 이제 몇 명밖에 남지 않았다.

그 외에는 시체와 코르온 병사뿐이다.

막 처형이 집행되려는 그 순간—— 뛰어든 전령이 이웃 나라 코르온의 침공을 알렸다.

기회를 엿본 것인지, 아니면 우연히 이 타이밍에 쳐들어온 것인지는 알 수 없다.

하지만 적잖은 사람이 '신'의 존재를 느낀 순간이었다.

마치 악녀 밀레느를 구원하려는 듯한 타이밍의 침공. 그것은 오랫동안 왕국과 싸운 사람들의 마음을 무너뜨리기에 충분한 절망이었다.

그런데도 남아서 싸우는 용병과 반란군이 있었지만── 아직도 서 있는 자는 손으로 셀 수 있을 정도다.

나도, 그런 용병 중 한 명이다.

이제는 고용주도 없다. 돈도 안 나온다. 나라를 지키고 자시고 할 때도 아니다. 하지만 나는 도주를 택하지 않았다.

포위망을 좁히듯, 코르온 병사들이 다가왔다.

이렇게 되면 더는 생각할 여유도 없다.

"오오오오오오!!"

그저 자신의 충동에 몸을 맡기고 해일처럼 밀려오는 '적'에게 검을 휘두른다.

"이럴 수가. 마술도 없이 덤벼드나!"

적병 하나가 정면에서 달려드는 내게 모멸의 말을 내뱉었다.

나는 무시하고 그대로 돌진했다. 적병이 검을 겨누고, 칼끝에 붉은빛이 맺힌다── 다음 순간, 칼끝에서 화염이 쏟아졌다.

나는 속으로 '멍청한 놈.' 하고 중얼거리고 몸을 숙여 질주한다.

거대한 화염은 내 몸을 감춰 준다. 등을 태우는 열기에도 표정을 바꾸지 않고 나는 적에게 바짝 다가가 아래에서 위로 검을 내질렀다.

"컥⋯⋯."

턱 아래에서 머리 위를 가로지른 검은 병사가 유언을 남길 틈도 없이 그 생명을 끊었다.

병사들 사이에서 미세한 동요와 공포가 퍼지는 것을 느꼈다.

그때부터 나는 온 힘을 다해 싸웠다. 기본적으로 자세를 낮추고, 적들의 오사를 최대한 유도하면서, 적이 쏜 마술을 몸을 감추는 데 이용한다.

나는 마술을 쓸 수 없지만, 마력이 없는 까닭에 그 기운에 민감했다.

마술을 펼치는 도구가 무기인가 손인가, 그것이 어디를 향하는가, 마술의 규모가 어느 정도인가만 파악하면 마술을 피하는 것도 어려운 일이 아니다.

"컥!"

"끄악!"

상대가 무기를 휘두르기 어려운 위치만 유지하면, 1 대 100이든 200이든 다를 게 없다.

거꾸로 그 숫자가 적에게 걸림돌이 된다. 나로서는 과녁이 늘어날 뿐이다.

"마, 말도 안 돼⋯⋯! 마술도 못 쓰는 전사 한 명에게, 이토록⋯⋯!"

무질서하게 쓰러지는 적 사이에서, 혼란에 빠진 목소리가 들려왔다.

그렇다. 마술을 쓰지 못하는 천민이다. 더 얕봐라. 당혹해라. 그럴수록 빈틈이 생긴다.

뜨겁게 달아오른 몸에서 새하얀 입김이 흘러나온다. 체력은 한계에 가깝지만, 그 전에 한 명이라도 더 많은 적병을 길동무로 삼겠다.

몰려오는 적을 죽이고, 또 죽인다. 겁에 질린 적병의 눈은 마치 짐승을 보는 눈치였다.

『새비지팽』. 누군가가 나를 그렇게 불렀다. 나와 싸운 마술사는 다들 나를 그렇게 불렀다. 짐승처럼 야만스럽고, 교활하다. 모두가 그런 눈으로 나를 보면 그런 호칭이 정착하는 것도 이해가 된다.

그렇다. 나는 짐승이면 된다. 의지할 곳 없는 굶주린 들개일까. 하지만 들개에게도 의지는 있다.

무한히 밀려오는 듯한 적을 계속 베어 넘긴다. 하지만 어느새 파도가 잔잔해진 것처럼 적들이 움직임을 멈췄다.

이상하게 여기지만, 당연히 수많은 병사가 주위를 에워싸고 있다. 그러나 그 배치는 다듬어져서, 마치 무언가를 맞이하려는 듯한데——.

"헉……헉……! 뭐가, 어떻게 된 거지……?"

이 기묘한 사태의 이유를 파악하기 전에, 피로 탓에 움직임을 멈춘 몸이 무너지듯 무릎을 꿇었다.

회전하는 수레바퀴가 서서히 움직임을 멈추는 듯했다. 이미 죽은 몸을 억지로 움직이고 있던 '기세'가 멈추고, 폭주한 심장이 시끄러운 소리를 내고, 몸 구석구석이 열기에 타들어간다.

"앗……! 저 자식이 무릎을 꿇었다!"

그것을 기회로 여긴 것이리라. 한 적병이 징그럽게 웃으며 달려온다.

나는 지면에 무릎을 댄 상태로 검을 내질러 병사의 목을 꿰뚫었다.

날뛰는 폐를 진정시키며 고개를 든다. 내 눈에 여자의 얼굴이 들어온다.

검은 말에 탄, 눈빛이 차가운 여자의 얼굴. 말에 타서 다른 병사보다 높은 곳에 있는 얼굴은 그 지위를 알려주고 있었다.

저 여자만 죽이면——! 검을 쥔 손에 힘을 줬다.

이미 바닥이 난 연료를 대신해 목숨을 불태우자 근육이 불끈거린다.

"우·우·우·우·우랴아아아아아아앗!!"

다시 다리에 힘을 주어 여자를 향해 내달렸다.

"그렇게는 안 돼!!"

"방해하지 마!"

막아서는 병사의 목을 쳐 날린다.

옆에서 찌르는 창의 자루를 자르고, 지면에서 솟아나는 바위를 공중으로 몸을 날려 피한다.

이미 힘이 거의 남지 않은 몸이 착지하면서 비틀거리는 사이,

적병이 내지른 창이 내 어깨에 꽂힌다. 창 자루를 자른 후에 억지로 잡아당긴 나는 끌려온 적병의 머리에 검을 박았다.

마술과 다르게 감지하기 어려운 무기 공격이 거슬린다. 마법만 중용해 형식에 집착하는 이르타니아 병사와 달리, 이용할 수 있는 것은 뭐든 이용한다는 식의 실전적 전술이 내 몸과 목숨을 말 그대로 갉아먹고 있었다.

나는 용병으로서 코르온의 전투에도 몇 번 참가한 적이 있다. 이 군대는 그때와는 명백하게 달랐다. 몇 년 전까지만 해도 코르온은 마술을 중용하는 이르타니아와 별반 다르지 않았다.

그런 코르온을 이렇게 달라지게 만든 자는, 아마도—— 아니, 틀림없다. 저 여자다. 저 여자가 이 녀석들의 우두머리—— 코르온의 여제다.

코르온의 여제가 엄청난 전투광이라는 말은 들었지만, 그래도 왜 한 나라의 수장이 이런 장소에 있는지 모르겠다. 이 기회를 틈타 단숨에 이르타니아를 침공하려고 온 걸까?

아무튼 일부러 얼굴을 드러내 줘서 고맙다. 이 버릇없는 습격의 대가를 치르게 해 주마.

저 녀석만 죽이면——! 그런 생각을 송곳니로 바꿔, 지면을 박차는 원동력으로 삼는다.

그것만은 안 된다는 듯이 몰려드는 병사를 베고, 걷어차고, 서로에게 피해를 주게 유도한다.

조금만 더, 조금만 더 가면 여제의 목에 이 검이 닿는다.

저 녀석만 죽이면—— 저 녀석만 죽이면!

"큭……! 빌어먹을!!"

──저 녀석을 죽인다고, 뭐가 어떻게 달라지지?

달라지는 건 없다. 이 나라는 이미 끝났다. 나는 그저 움직이는 시체일 뿐이다.

이미 바닥을 보였던 힘이 완전히 고갈되자 발이 꼬였다.

지면이 솟아나면서, 내 온몸을 강타했다.

그런 내게 코르온 병사들이 몰려든다. 하지만──.

"멈춰라."

얼음처럼 차가운 하프를 켠 듯한 목소리가 거친 파랑을 다시 잦아들게 했다.

기진맥진한 상태로 얼굴을 들자 적병은 움직임을 멈춘 채 정렬해 있었다.

내 눈에는 말에서 내리는 코르온 여제가 보인다. 훤칠하면서 날렵한 몸, 차가운 눈동자와 긴 흑발이 인상적인──『흑사자』로 불리는 여자가 나를 내려다보았다.

"『흑사자 콜레트』인가……."

"호오, 내 얼굴을 아는 건가."

코르온 여제, 콜레트 폰 코르온.

이르타니아를 멸망으로 이끌 적국의 주인이 눈앞에 있다.

"한 가지 물어볼 것이 있어서 여기까지 왔다. 네놈은 대체 누구냐? 마술도 쓰지 않고 내 병사를 이토록 몰아붙일 줄이야."

"일개 용병이야……. 그리고 마술을 쓰지 않은 게 아니라, 쓸 수 없는 거라고."

"뭐?"

내 대답을 들은 콜레트가 깜짝 놀란 표정을 지었다.

"그래── 너는, 마력이 없나."

그리고 눈을 휘둥그레 뜬다.

"헹…… 천민이라서 실망했어?"

"아니, 반대다. 마력이 없으면서도 육체를 철저히 단련하고, 전술을 갈고 닦아── 내 병사를 수백 명이나 해치운 그 수완에 경의를 표하지."

그 말에 이번에는 내가 놀랐다.

"너 같은 존재를 보면 내 생각이 틀리지 않았음을 재인식할 수 있지. 이 세상은 마술을 지고한 힘으로 여기지만, 활과 칼로도 손쉽게 타인의 목숨을 앗아갈 수 있다. 이용할 수 있는 건 뭐든 이용해야 해."

나는 놀랐다. 어느 나라에서나 귀족들은 마술이 최고, 검은 마술을 쓰기 위한 막대기로 여긴다고 생각했다.

"너처럼 날카롭게 벼려진 날은 더욱 그렇지. 꼰대 귀족들에게 보여주고 싶은걸. 너 같은 전사의 싸움을 말이다."

"헷, 들개 따위에게 칭찬이 너무 과한 거 아니야?"

이제 숨을 쉬는 것도 힘들지만, 나는 비아냥이 섞인 웃음을 띠며 답했다.

지쳤다는 사실을 드러내는 건──비록 완전히 숨기지 못하더라도──패배를 인정하는 것 같으니까.

하지만 애초에 이 여자에게는 승부라는 전제조차 없었으리

라. 콜레트는 미소를 지었다.

"훗, 너 같은 들개가 있을 것 같으냐. 군사력으로 이름을 떨친 코르온 병사를 이렇게 간단히 해치우는 들개가 있으면 곤란해."

다 죽어가는 용병의 비아냥거림에 화내기는커녕 유쾌하다는 듯이 웃는 코르온의 여제는 제국의 왕에 걸맞은 품격을 지닌 것처럼 보였다.

그런 여제가 갑자기 미소를 지우며 물었다.

"들개라고 했나? 용병이라면 이 나라에 목숨을 바칠 필요도 없겠지. 내게 꼬리를 흔들 생각은 없나? 너 같은 남자를 얻을 수만 있다면, 우리 나라는 더욱 강대한 힘을 얻겠지."

미소를 지으며 그렇게 물은 건, 그 말이 진심임을 알려주기 위해서일 것이다.

이례적인 스카우트다. 주위 병사들도 술렁거렸다. 개중에는 "마력도 없는 자를⋯⋯."이라며 당혹스러워하는 목소리도 있지만——.

"그렇다면, 이 남자를 일대일로 싸워서 쓰러뜨릴 수 있느냐? 해내는 자가 있다면, 내 근위병으로 삼아 주마."

여제가 그렇게 말하자, 천 명이 넘을 듯한 병사들이 일제히 입을 다물었다.

아무래도 진심으로 하는 말 같았다.

일개 용병에 불과한 자를, 자신의 얼굴을 보이며 직접 스카우트하려 하는 것이다.

참으로 대담하다. 만약 이 침공을 미리 알았다면, 이 여자의 밑에서 일하는 것도 괜찮았으리라. 그런 생각이 들었다.

하지만——.

"하나만 물어봐도 될까?"

"말해 봐라."

"이 침공의 의도는 뭐야?"

"교수대 앞에 있는 저 여자가 무례하기 그지없는 짓을 저질렀지. '신이 총애하는 자인 내게 국보인 검을 헌상하라.' 며, 우리나라를 마치 속국인 것처럼 취급한 그 무례의 대가를 치르게 해 줄 작정으로 온 거다."

여제가 턱짓으로 교수대를 가리키며 하는 말을 듣고 그쪽을 쳐다보니, 백발을 늘어뜨린 밀레느가 흠칫 놀라서 어깨를 부르르 떨었다.

"저 여자가 일부러 국경 근처인 이곳까지 왔다는 말을 듣고 와 봤더니…… 설마, 이런 상황일 줄이야. 봉기한 민중에게 무너질 만큼 부패한—— 내가 직접 손을 쓸 가치도 없는 나라일 줄은 몰랐다."

우스꽝스럽다. 역시 이 나라는 한참 전에 '끝났던' 것 같다. 이렇게 결정적일 줄은 몰랐지만—— 여제의 대답은, 나를 만족시키기에 충분했다.

"크크큭……."

신만 찾아대며 평화에 찌들었던 나라가, 무투파로 알려진 제국에 시비를 걸었다는 게 정말 웃기는군.

"그렇다면 저 여자를 구하러 온 건 아닌 거군."

"역겨운 소리 마라. 오히려 반대다. 물어볼 게 그것이냐?"

"그래── 만족했어. 너무 타이밍이 절묘해서, 신의 존재를 믿을 뻔했거든."

나는 잠긴 목으로 웃음을 터뜨렸다.

슬쩍 보니 교수대에 있던 밀레느는 아까 화살 비에 맞지 않은 것 같았다.

거참, 어쩌면 신이 진짜로 있을지도 모르겠는걸. 이 상황에서 저 녀석이 살았다는 것 자체가 기적이다. 어쩌면 이 여제가 저 녀석에게 화살을 맞히지 말라고 지시한 걸지도 모르지만, 궁지에 몰린 반란군 중 누군가가 하다못해 저 여자만이라도 길동무로 삼으려 해도 이상할 게 없었다.

신이라는 녀석이 변변찮은 짓거리만 한다는 건 알고 있지만, 이토록 혼란스러운 상황에서 저 녀석이 무사한 것은 정말 놀라운 일이다.

뭐, 그래도 확실하게 마무리하러 온 녀석이 있지만 말이다.

이렇게 끝난 건 아쉽지만, 가만히 있어도 목적은 달성할 수 있을 것 같았다.

복수를 말할 생각은 없지만, 내가 거기에 전혀 관여하지 않는 건 참을 수가 없었다. 이 싸움에 참여한 것은 내가 진 빚을 직접 갚고 싶어서다.

결국에는 마지막에 와서 흐지부지되고 말았지만, 이걸로 미련은 없다.

"하하하…… 하아. 대답할게, 여제 나리. 네 밑으로 들어갈 생각은 없어. 어차피 멸망할 나라여도, 고향을 멸망시킨 상대에게 꼬리를 흔들 만큼 애교가 좋진 않거든. 나는 여기서 뒈지겠어. 그게 들개의 긍지야."

"참으로 아쉽지만, 네 긍지를 존중하지. 하지만 마지막으로 이 질문에는 답해다오. 네 이름은 뭐지?"

"엔빌이야. 성은 없어. 용병 동료들 사이에선 『새비지팽』이라는 별명으로 불렸지."

한순간 망설인 후, 아름다운 흑사자는 한 손을 들었다.

내가 한계에 달했음을 진즉에 안 것이다.

이렇게 괜찮은 여자에게 인정받다니, 내 최후치고는 나쁘지 않다.

"똑똑히 기억해 두마. 내 목적을 위해서도 네 존재는 후세에 알리겠다. 마력도 없으면서 일기당천의 활약을 보인 전설의 용병이── 최강의 『전사』가 존재했음을."

진심으로 아쉬워하는 건지 쓴웃음을 머금은 콜레트가 교수대의 밀레느를 힐끔 쳐다보았다.

"우리 나라로서는 불행 중 다행일지도 모르겠구나. 만약 저딴 쓰레기 같은 여자가 아니라 너 같은 자가 강대한 마력을 지녔다면, 이 대륙의 판도는 크게 달라졌을 거다."

신의 사랑을 받은 증표인 『스루베리아의 머리칼』을 지닌 자는 뛰어난 마력을 소유한다고 한다. 그런 힘이 있다면, 나도 조금은 다른 삶을 살았을지도 모른다.

너무 후하게 쳐주는데, 저 여자를 보면 그딴 게 있어도 결국 자기가 어떻게 사느냐에 달렸다는 생각이 들었다.

"잘 가라—— 명예로운 늑대여!"

힘차고 늠름한 목소리와 함께, 콜레트는 치켜든 오른손을 내렸다.

그 순간, 정신을 차린 것처럼 병사들이 달려들고—— 손에 쥔 검을 차례차례 내 몸에 찔렀다.

순식간에 의식이 멀어져갔다. 이것이, 죽음이라는 것 같았다.

목구멍에서 치밀어 오른 피 탓에, 숨을 쉴 수가 없었다——.

"교수형을 집행해라! 밀레느 이르타니아를, 명예로운 저 늑대에게 바치는 마지막 선물로 삼겠다!"

의식이 완전히 어둠에 먹히려던 순간, 나는 여제의 당당한 외침을 들었다.

왕비의 목을 들개의 먹이로 주다니 참 호탕하다. 뭐, 저 쓰레기 여자를 저승길 동무로 삼는 건 사양하고 싶지만——.

아무튼, 이것으로 결판은 냈다.

어차피 목적도 없는 인생이다. 이쯤에서 끝나는 것도 나쁘지는 않을 것이다——.

입꼬리를 올리자 모든 힘이 빠지고, 내 몸은 시체가 되었다.

◆

——어?

물속에 있는 것처럼 의식이 어둡고 무거운 가운데, 조그마한 물방울이 생긴 것처럼 의문이 떠올랐다.

나도 모르는 사이에 잠들었던 것 같다. ——잠들었던 것 같다? 내가 방금 한 생각에 내가 의문을 느꼈다.

나는 분명 죽었는데—— 어찌 된 영문인지 느끼고 생각할 수 있는 상태 같았다.

등에서 부드러운 감촉이 느껴진다. 몸을 뒤척이자 옷자락이 스치는 소리가 들리고, 수초에 휘감긴 의식이 해방되어 수면 밖으로 얼굴을 내밀었다.

의식이 돌아오자 이번에는 당혹과 함께 감긴 눈꺼풀 너머로 빛을 느꼈다. 강렬하고 따스한, 태양의 빛이다.

——어떻게 된 거지?

설마 사후 세계라는 게 존재하기라도 하는 걸까.

여제의 호령에 맞춰 몸에 박힌 수많은 검의 감각을 기억한다.

자신의 피에 숨이 막히는 고통을 통해, 생명의 끝을 확신했다.

하지만 어찌 된 영문인지 상처의 고통은 없고—— 그 이전에 내 의식이 존재한다는 것 자체가 이상하다.

의문을 느끼며 눈을 뜬 나는 천천히 상반신을 일으켰다——.

"히익…… 이, 일어나셨습니까……!"

그때 근처에서 여자 목소리가 들렸다. 느릿느릿 움직여 목소리가 난 곳으로 고개를 돌린다.

당연하지만, 그곳에는 여자가 있었다. 시녀—— 메이드라고 하는 걸까. 겁에 질린 얼굴로 나를 보고 있다.

명부의 관리인치고는 참으로 간이 작아 보였다. 그 말단일지라도 조금은 더 당당해도 괜찮을 텐데.

설마, 나는 안 죽었나? 그 상태에서 살아나는 경우는 들어본 적이 없다.

당연히 짚이는 구석은 없다. 우수한 의사와 마술사를 백 명씩 모아도 완전히 죽은 몸을 되살릴 방법을 알 리가 없다.

그래도 만약 목숨을 부지했다면 이곳은 병원일 것이며, 이 여자는 간호사일까?

그렇다면 이곳은 코르온인가. 그 여제가 자신의 말을 번복할 것 같지는 않지만, 나를 아쉽게 여겨서 되살린 걸까?

"어이——."

이 여자라도 커지는 의문의 일부를 답할 수 있을까. 질문하려던 순간, 나는 목에서 위화감이 들어 인상을 찡그렸다.

"히, 히익……! 부, 부디, 자비를……!"

하지만 그것보다도 극도로 당황한 시녀를 보고 더 놀라고 말았다.

아무래도 내게 겁먹은 눈치다. 자기 나라 병사를 수백 명이나 해치운 용병과 마주하고 있으니까, 겁먹는 것도 당연하지만……

"칫…… 아무 짓도 안 한다고……."

그나저나 역시 목이 이상하다. 아니지, 목이 아니라 목소리가……? 이상하게 톤이 높은데…….

그걸 물어보려고 해도, 시녀는 겁에 질려서 말이 안 통한다.

아까부터 모르는 일 천지라서 짜증이 났다. 여기는 어디지? 나는 왜 살았지? 그때 그 상처는 어떻게 된 거지?

의문이 하나라도 풀리면 좋겠지만——.

뭔가 단서가 될 게 없나 싶어서 주위를 둘러봤다. 유심히 보니 실내가 꽤 호화로웠다. 일 이야기를 하러 간 부호의 집도 호화로웠는데, 이건 그때와 비교도 안 될 만큼 급이 더 높을 것이다.

커튼은 옷감보다 비싸 보였고, 유심히 보니 침대도 악몽처럼 장식이 많았다. 집기류도 하나같이 어처구니없을 만큼 호화롭다. 도저히 일개 용병 포로의 대우가 아니다.

그렇게 주위를 둘러보던 와중에 나는 얼어붙은 것처럼 움직임을 멈췄다.

어떤 물건이 눈에 들어온 것이다. 그것은 어느 방에나 한 개쯤 있더라도 이상하지 않은 물건이다. 그 물건 또한 어이없을 만큼 호화로웠지만, 지금 중요한 건 그게 아니다.

어느 방에나 한 개쯤 있더라도 이상하지 않은 물건. 그것은 바로 거울이다.

다만 그 거울에는 낯익은 흉터투성이 용병이 아니라——.

……소녀가 있었다.

"이……게 뭐야……."

현실인지 의심하며 뺨을 만져 보니, 거울 속의 소녀도 같은 동작을 취했다.

얼굴 생김새를 보니, 열 살 전후로 보였다. 외모에서 앳된 느낌이 남아있지만, 이목구비는 또렷했다. 아름답다고 표현해도 되고, 귀엽다고 표현해도 이상하지 않을 외모였다.

하지만 그 소녀의 머리카락이 최악이었다.

붉은색이 섞인, 기나긴 백발── 같은 색깔을 지닌, 신이 아꼈다고 하는 꽃 '스루베리아' 의 이름에서 따온 『스루베리아의 머리칼』.

그것은 수백 년에 한 번 태어난다는, 『신이 총애하는 자』가 지니는 증표다.

말도 안 된다. 그럴 리가 없다.

머릿속에 떠오른 최악의 상황── 그럴 리가 없다고 생각하면서도, 왠지 본능이 떠올리는 이름이 있다.

"휴, 휴식을 방해한 것은 사죄하겠습니다……! 화가 나셨다면 어떤 벌이라도 받겠습니다……! 그러니 부디, 목숨만은 살려주세요…… 밀레느 님!"

현실을 받아들이지 못하고 몸을 떠는 '나' 를. 겁에 질린 시녀가 '그 이름' 으로 불렀다. 둘밖에 없는 방에서, 나 이외의 누군가가 내게 말했다. 다른 누군가에게 한 말이 아니다.

아아, 역시…….

이렇게 속이 뒤집히는 머리카락의 주인이 이 세상이 둘이나 있을까 보냐.

밀레느 님. 그리고 이 머리카락의 주인이라면 확정된 것이다.

각오는 했지만── 아무래도 나는 한 나라를 썩어 문드러지게 할 만큼 제멋대로에, 구역질이 날 만큼 한심한 그 여자로 다시 태어난 것 같다.

나의, 밀레느의 앳된 용모로 볼 때, 여기는 과거일까? 이상하게 차가워진 머릿속으로 상황을 정리한다.

아무래도 이 세상에는 신이 존재하지 않는 것 같다. 존재한다면, 그 녀석은 최악의——.

"빌어먹을 자식……."

쓰레기다.

거울 속 소녀가, 벌레를 씹은 것처럼 입가를 일그러뜨렸다.

"Savage Fang"

레이디

AUTHOR
아카시 칵카쿠

ILLUSTRATOR
카야하라

the Tale of Little Lady Who
Conceals

DESIGN KAISU GYAMA

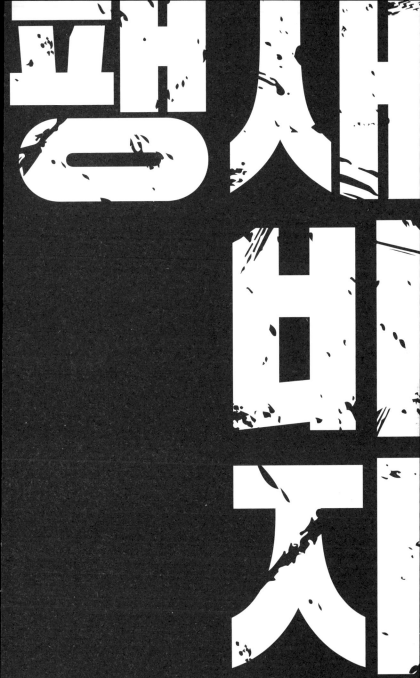

제1화 긍지(矜持)

나── '엔빌' 이 『밀레느』로 산 지도 어느덧 1년이 다 됐다.

그동안 알게 된 사실을 정리하려고, 나는 지금 사색에 잠겼다.

첫 번째, 이 몸의 이름은 '밀레느 페투레 드 레리에' 다. 밀레느는 바로 그 악녀 '밀레느 이르타니아' 지만, 아무래도 그건 이르타니아 왕실에 시집을 간 후의 이름 같다.

원래 이름은 '레리에 영지 페투레 가문의 밀레느' 라는 의미인 '밀레느 페투레 드 레리에' 다.

어쩌면 이름이 같은 다른 사람일지도 모른다고 생각했다. 그러나 이르타니아 왕국은 현재도 건재하며, 이 『밀레느』도 『스루베리아의 머리칼』을 지닌 『신이 총애하는 자』로서 왕자에게 시집을 갈 예정이라고 한다.

그렇다면 여기는 과거이며, 이 몸은 '최악의 왕비' 의 어린 시절일 것이다. 그딴 존재가 둘이나 있다면 정말 빌어먹을 일이겠지만, 나 자신이 그 여자로 살아야 한다는 굴욕에 비하면 사소한 일이다.

두 번째. 밀레느란 여자는 어릴 적부터 알아주는 쓰레기였던 것 같다.

1년 전—— 내가 이 몸에 깃들었을 때 페투레 가문 저택에서 일하는 하인 사이에서 밀레느란 여자는 건드리면 폭발하는 화약처럼 여겨지고 있었다.

이야기를 듣기로, 『신이 총애하는 자』인 그녀는 어릴 적부터 제멋대로 굴었다고 한다. 이 몸에 깃들었을 때 시녀가 보인 반응은 그런 폭군을 깨웠다는 사실에서 느낀 공포 때문이다.

시녀는 당시 일을 이야기하며, 자기는 죽은 목숨으로 생각했다고 한다. 그건 좀 호들갑이 아닌가 싶지만——.

세 번째. 그런 밀레느의 부모 또한 쓰레기 같은 족속이었다.

그렇다고 밀레느를 학대한 것은 아니다. 오히려 반대—— 그 녀석들은 『스루베리아의 머리칼』의 꼭두각시였던 것이다.

딸—— 밀레느의 억지를 무조건 긍정하면서, 인간의 도리를 가르칠 줄은 모른다. 오로지 체면과 『스루베리아의 머리칼』이 지닌 권력에만 의존했다.

딸의 폭거를 말리기는커녕 위정자로서 올바른 자세라며 칭찬하고, 원하는 것은 뭐든 준다—— 그것이 내가 본 '밀레느의 부모'다.

녀석들은 밀레느를 복을 부르는 장식처럼 여기며 숭배한 것이다. 공물을 바치는 것을 육아로 착각하다니, 웃기지도 않는다.

뭐, 그 덕분에 나도 어느 정도는 제멋대로 굴 수 있지만——.

"하압……!!"

잡념을 끊으려는 듯이, 몸집에 비하면 대검으로 보이는 검을 휘두른다.

이 몸에 깃든 후, 나는 철저하게 『밀레느』의 몸을 단련하기 시작했다.

그야 처음에는 고생했지. 힘이 너무 없어서, 처음에는 저택 하인의 일을 돕는다는 명목으로 물건 옮기기부터 시작한 것을 떠올렸다.

그 덕분에 이윽고 나무통을 들 수 있게 되었고, 지금은 큰 가구도 가뿐하게 들 수 있어서── 그렇게 최소한의 힘을 기른 다음에 검을 잡았다.

그래도 겉으로 봐서 두드러진 변화가 없는 것은 이 몸에 '마력'이 있기 때문이리라.

생각해 보면 당연하다. 예전 역사에서 밀레느는 『스루베리아의 머리칼』을 자랑하고, 그것으로 얻은 힘을 툭하면 과시했다.

──교회를 불사른 것도, 그 일환이다.

그런 생각을 하면 입맛이 쓰다. 그러나 마력 단련은 내게 신선하고 흥미로웠다.

딱히 할 일이 없기도 했지만── 태생이 어떻든 이 세상의 모든 것은 힘이 정한다. 전생에서 그것을 통감한 나는 힘을 얻을 필요가 있었다.

전생에서는 없던 마력이란 것에 익숙해질 필요도 있었다. 그리고 부모가 시키는 대로 왕실에 시집을 가는 것처럼 정해진 길을 걸을 마음은 없었다.

그렇다면 집을 박차고 나갈 수밖에 없지만, 혈혈단신으로 살아가려면 힘이 필요하다. 그것을 얻으려고 하는 단련이다.

기합을 지르면서 검을 휘두르고, 몸에 가득한 마력을 다루려고 해 본다.

이 몸에 깃든 직후에는 빈 나무통 하나조차 들지 못해서 경악했지만, 나도 힘을 꽤 길렀다.

하지만 마력인지 뭔지를 다루는 탓인지 근육 자체는 꼭 필요한 정도만 붙은 것 같은데, 이건 아마 성별도 영향을 미쳤으리라. 그렇다고 투정할 생각은 없다.

한심한 소리지만, 이미 전생보다 힘이 더 강해졌다.

"정말이지, 완전 사기네. 마력도, 『스루베리아의 머리칼』이란 것도……."

『스루베리아의 머리칼』은 이르타니아란 국호의 유래가 된 신, 『이르타니아』가 아꼈다는 꽃과 같은 색깔이 같다는 데서 생긴 명칭이다. 그래서 이 머리카락을 지닌 자는 『신이 총애하는 자』로 불린다.

전생에서 밀레느가 맞이한 최후를 생각해 보면 신이 존재한다는 말은 진짜 엉터리 같지만, 어찌 된 영문인지 이런 『스루베리아의 머리칼』을 지닌 자는 하나같이 막대한 마력을 타고난다고 한다.

밀레느도 툭하면 그 힘을 과시했다. 교회나 산을 불태우는 것 같은, 질 나쁜 꼬맹이의 불장난 같은 짓거리만 했다고 하지만.

제대로 써먹지도 못했으니 그야말로 돼지 목의 진주다. 전생에서 최후의 순간에 들었던 코르온 여제의 말을 떠올릴 수밖에 없다.

'만약 저딴 쓰레기 같은 여자가 아니라 너 같은 자가 강대한 마력을 지녔다면, 이 대륙의 판도는 크게 달라졌을 거다.' ── 그때는 과찬으로 여겼는데, 이렇게 마력이란 것을 얻고 보니 힘으로 역사에 이름을 남기는 것 정도는 가능할 듯하다는 생각이 들었다.

뺨을 타고 땀이 흘러내리는 게 느껴졌을 때, 나는 뜰에 검을 꽂아 세우고 하늘을 올려다봤다.

시선을 내리자 소녀의 조그마한 손이 눈에 들어왔다.

──전생의 나는 마력이 없었다. 그래서 '천민', '마법 무능자'로 멸시받았다.

하지만 그 대신 나는 전장에서 적을 죽이는 '기술'을 익혔다. 다들 내 힘의 정체를 간파하지 못하고 쓰러졌다. 마력이 없는 내게 패한 녀석들은 하나같이 나를 비겁하다며, 야만스럽다며 비난했다. 그 결과, 내게 『새비지팽』 같은 별명이 붙은 셈이다. 아무것도 모르는 녀석들의 찌질함이 그대로 드러나는 듯한 그 이름은, 나도 딱히 싫어하지 않았다.

──그렇게 나는 적의 콧대를 눌렀지만, 마지막에는 더 거대한 힘에 눌려서 죽었다.

결과적으로 생이 끝나고, 지금은 그토록 혐오한 '최악의 악녀'의 몸에 깃들고 말았다──.

분노를 느끼며 주먹을 힘껏 쥐었다.

"절대로…… 절대로 안 질 거야. 이번 인생에서는 아무도, 신도 나를 막지 못해……!"

권력에, 국민의 뜻에, 역사에. 거대한 힘의 흐름── 운명에 휘둘리기만 하는 인생은 두 번 다시 살지 않겠다.

　패왕이 될 마음은 없다. 복수도, 할 마음이 없다. 나 자신이 『밀레느』가 되었으니, 복수할 상대 자체가 없다.

　그러니 다시는 패배하지 않겠다. 그것만이 내가 이번 인생에서 정한 원칙이다.

　앞을 막는 장애물을 전부 해치우고, 나는 나만의 길을 걷겠다.

　그러기 위해서라도── 지금은, 내가 원하면 원할수록, 게걸스럽게 힘을 기르는 이 육체를 단련할 필요가 있다.

　잡념을 끊듯, 검을 치켜들고, 휘둘렀다.

　"우랴아아아앗!!"

　우렁찬 기합을 내지르며 휘두른 검에서 마력이 용솟음치고, 뜰에 한줄기 균열을 만든다.

　정말이지 마음에 안 들지만, 마력은 굉장한 힘이다.

　영혼에서 생겨나는 온갖 힘의 원천, 그것이 마력이다……. 그렇게 책에서 봤을 때는 무슨 소리인지 몰랐지만, 이렇게 마력이라는 것이 생기고 보니 그 말이 틀리지 않음을 알 수 있다.

　마력은 그 소유자의 마음에 호응해 온갖 '힘'으로 모습을 바꾼다. 불과 물, 번개와 흙으로. 그리고 가장 단순한 육체의 '힘'으로도. 마음먹기에 따라 다양한 힘을 자아내는 것 같다.

　하지만 그것도 개인마다 전문 속성이 있다고 하는데── 내게 맞는 속성은 '빛' 같다.

　참 아이러니한 일이다. 엔빌도, 밀레느도, 아무리 봐도 빛 속성과는 거리가 멀잖아.

하지만 빛 속성이 내게 주어진 카드라면, 그 사용법을 모색할 필요가 있다. 듣기로 빛 속성은 소유자가 적은 듯, 어떤 식으로 써야 하는지도 잘 모른다. 활용하는 방법을 차근차근 모색할 필요가 있으리라.

하지만 그러려면 먼저 기초가 있어야 한다. 그런고로 나는 지금 마력 자체와 함께 마력을 이용해서 몸을 움직이는 방법을 연구하고 있다.

마력이라고 하면 불이나 냉기를 뿜는 '마술'이 가장 먼저 떠오르지만, 마력은 그런 데만 사용하는 것이 아니다. 마력은 소유자의 완력이나 체력도 되는 듯하다.

본디 그 영향력은 아주 작지만, 마력이 많으면 그만큼 육체에 큰 영향을 미친다.

그 증거로, 마력을 쥐어짜기만 해도 이 작은 몸에서는 힘이 끝없이 샘솟는다.

이렇게 몸집이 작은데도 철 대검을 마른 나뭇가지처럼 휘두를 수 있다.

정말이지 마음에 안 드는 힘이라며, 나는 혀를 찼다. 마력이 없던 인간이 한마디 하자면, 너무 편리해서 부조리할 지경이다. 이런 감각은 후천적으로 마력을 얻은 나만이 알 것이다.

듣기로 마력이란 쓰면 쓸수록 그 양도 늘어난다고 한다. 극단적으로 양이 줄어들면, 이걸로 부족하다고 여긴 몸이 더욱 많은 마력을 비축하려고 한다…… 이런 원리라던가.

간단히 말해서 근육과 비슷한 건데, 누구에게나 있는 근육과 달리 매우 드물게 마력을 전혀 지니지 못한 인간이 태어난다.

그게 예전의 나——'용병 엔빌'이다.

마력은 쓸수록 양이 늘어난다. 즉, 처음부터 마력이 없는 인간이 후천적으로 마력을 얻을 수는 없다.

지나간 일을 되짚어도 소용이 없지만, 이런 힘이 생기니 좋든 싫든 그 여제…… 콜레트가 한 말이 머릿속을 스친다.

마술에 관해서는 아직 풋내기지만, 당시 이런 운동 능력이 있다면 그 여자에게 검이 닿았을지도 모른다. 그 여자를 원망하지는 않지만—— 그랬다면, 그 세상은 어떤 식으로 굴러갔을까.

"오늘은 이쯤에서 끝낼까."

혀를 차고 검을 검집에 집어넣었다.

어느새 땀에 젖었다. 여자 몸이라 그런지 예전보다 끈적끈적하지 않은 것 같지만, 그래도 옷이 눅눅해지면 기분이 찜찜하다.

검을 검집에 넣고, 오늘 단련은 이쯤에서 마치자고 생각했을 때——.

"자, 이걸 쓰세요. 밀레느 님!"

이 몸으로 처음 만났던 시녀가 환하게 웃으며 수건을 내민다.

"아…… 고맙다, 레아."

이름은 레아라고 한다. 고맙다고 말하자, 레아가 기쁜 내색을 한다.

"뭘요. 저는 밀레느 님의 '전속' 시녀니까요! 새 옷도 준비했답니다. 이쪽으로 오세요!"

처음 봤을 때만 해도 세상의 종말을 맞이한 얼굴로 겁먹은 눈치였는데—— 보아하니 최근 1년 사이에 나…… 아니, 밀레느에 대한 공포를 극복한 것 같다.

더군다나 지금은 내 전속 시녀라는 사실을 자랑스럽게 여기는 눈치다.

지금도 전속임을 강조해 주위를 견제했다.

여기서 말하는 주위란——.

"아아. 밀레느 님은 오늘도 아름다우셔……!"

"가녀린 몸으로 저토록 큰 검을 자유자재로 다루시는군요!"

"흩날리는 땀방울이 눈부셔요……!"

다른 시녀들을 가리킨다.

내가 깨어났을 무렵에는 모두가 밀레느를 두려워했는데.

그런 과거가 있었기에, 감정의 변화—— 격차가 컸던 것일까.

말을 걸 때마다 세상의 종말이라도 맞이한 것처럼 두려워하면 지내기 불편할 것 같다는 생각에 시녀와 집사를 상냥하게 대해 주자고 마음먹은 결과가 요 모양 요 꼴이다.

지금은 훈련 때마다 시녀가 모여서 이렇게 좋아라 환성을 지른다. 그래서 성가시기 그지없지만, 새로운 생활을 갓 시작한 무렵처럼 마주칠 때마다 괴물처럼 대하는 것보다는 훨씬 낫다.

뭐, 이것도 다 부모에게 말하면 막을 수 있지만, 지금보다 관계를 나쁘게 만들 필요는 없다.

반응을 바라는 시녀의 목소리에 동료 용병에게 하듯 한 손을 들어 인사하자, 환성이 더욱 커졌다.

거참, 옛날이나 지금이나 『밀레느』란 존재는 사람을 귀찮게 한다니까.

◆

"오오, 밀레느! 오늘도 나부끼는 머리카락이 참 아름답구나. 단련은 벌써 마쳤니?"

옷을 갈아입고 저택 안을 거닐 때.

저택 안에서는 드물게——이 몸에 깃들고 저택 밖으로 나간 적은 손으로 꼽을 정도지만, 아무튼——경칭을 생략하고 부르는 목소리를 들은 나는 속으로 혀를 찼다.

"뭐, 그래."

"오오, 또 그런 말투를 쓰는 것이냐. 요즘 들어서는 말투만이 아니라 행동거지도 변했다는 소식을 메이드들에게 들었다만 —— 혹시 이상한 소설에 영향을 받은 거니? 행동거지 쪽은 평판이 좋은 것 같다만, 말투가 그래서야 이르타니아 왕실에 가서 고생할 텐데?"

이걸 봐라. 악의가 없는 건 알지만, 성가시기 짝이 없다.

말투로 봐서 알겠지만, 이 남자는 밀레느의 부친이다.

이름은 발자크 베트레 드 레리에. 권력과 돈에 환장한—— 우리 같은 시민 관점에서 볼 때 '평범한 귀족'이다.

평범한 귀족이 아니더라도, 앞으로 왕실에 시집을 갈 딸의 말투를 고치려는 것은 당연하지만——.

"나도 알아. 밖에서는 어울리는 말투를 쓰겠어. 그게 내 카드가 된다면 그렇게 해 주지."

"참 매정하구나. 그래도 네가 그럴 생각이라면 나도 더 말하지 않으마."

이걸 봐라.

거물인 척하고 싶은 걸까. 더 말하지 않고 자시고—— 딸인 밀레느의 눈치만 보는 이 인간들은 내 성질을 건드릴 말을 하지 못한다.

이래서야 『밀레느』가 삐뚤어지는 것도 다소 이해가 되었다. 그렇다고 그걸 곧이곧대로 받아들여서 나라까지 망친 여자를 불쌍하게 여길 마음은 없지만.

평범한 귀족 부모가 어떤지는 모르겠지만, 사교계에 참가할 나이가 된 딸이 이런 말투를 쓴다면 두들겨 패서라도 고치게 하지 않으려나.

물론 그때까지 이 집에 있을 생각은 없지만.

그래도 이런 식으로 한마디씩 하는 점이 이 부모의 본성을 드러냈다.

"잔소리할 생각은 없다만, 다음 달로 잡힌 알베르 왕자와의 혼담 자리에서는 무례를 범하지 마렴."

즉—— 자기 체면만 지켜준다면, 불이익만 없다면 된다는 것이다.

참 알기 쉬운 말이다. 용병으로서는 무조건 부정할 생각도 아니지만, 네 딸에게 보일 태도가 아니잖아.

"칫. 그럼요. 저도 알아요, 아버님. 당일에는 저도 예의를 지키겠어요. ……이러면 되지?"

드레스 자락을 살짝 들어 보이며 인형처럼 인사한다.

솔직히 내가 생각해도 소름 끼치는 말투지만, 이게 상류 계층의 예법인 것 같다.

"그래! 잘했구나. 그렇다면 나중에 보자꾸나, 밀레느."

"그래——."

내 대답에 만족한 건지, 발자크는 기분 좋게 자리를 떴다.

저래도 일단은 귀족이라 그런지, 꽤 열심히 돈을 벌어대고 있는 것 같았다. 덕분에 이 페투레 가문에 있으면 어지간한 것을 다 구할 수 있다. 그것만은 감사해도 되려나, 하고 생각했다.

하지만 다음 달에 혼인을 전제로 왕자를 만나러 간다……는 이야기를 들으니 마음이 무거워졌다.

몸은 여자지만, 속은 남자다. 남자와 가까워진다는 생각만 해도 등골이 오싹하다.

신을 맹신하는 자가 많은 나라니까, 『신이 총애하는 자』로 불리는 존재를 강제로 덮치지는 않을 테지만…….

이 나라—— 이르타니아에서는 국호이기도 한 신을 맹신한다. 실제로 신이 존재한다면 신이 사랑한다는 예전의 밀레느는 그런 비참한 꼴이 되지 않았을 것이며, 애초에 좀 더 제대로 된 녀석을 『스루베리아의 머리칼』로 뽑았을 것이다.

하지만 지금 이 나라의 대다수는 그런 것도 모르고 이르타니아 님, 이르타니아 님 하며 매일 기도한다. 신이라는 녀석이 선택한 여자가 이 나라를 망쳐서 멸망한다는 사실은 나만이 안다.

그런 의미에서 본다면 『스루베리아의 머리칼』을 지닌 내가 신이란 녀석을 가장 잘 이해할 것이다. 그건 그렇고——.

"칫…… 다음 달이냐."

마음이 무거워지는 날이 생각보다 빨리 찾아온다는 사실에 고개를 푹 숙였다.

왕성에 가면 당연히 이런 말투를 쓸 수 없다. 혼담이 깨지는 걸 바라지만, 그러다가 가문에서 쫓겨나면 일이 커진다.

지금 이 상태로도 완력만으로 살아가는 건 어렵지 않다—— 하지만 공짜 밥을 먹고 잠자리도 불편하지 않은 상황에서 마음껏 몸을 단련할 수 있는 환경을 버리는 건 조금 아깝다.

한동안은 이 여유로운 환경에서 힘을 기르며 지반을 다질 필요가 있다.

어딜 가도 눈에 띄는 이 머리는 거추장스럽기 그지없고, 어리게 보이면 무시당한다. 시작부터 무시당하는 상태로는 좋은 일을 건질 수 없다. 용병도, 숙녀도, 체면 장사라는 점은 같은 것 같았다.

한동안은 저 작자들이 원하는 숙녀를 연기할 필요가 있는 셈이다.

"거참, 귀족 아가씨 생활도 편하지는 않은걸……."

지긋지긋하다는 투로 내가 중얼거린 혼잣말이, 기나긴 복도 너머로 빨려들었다——.

제2화 신혼(神婚)

불규칙하게 흔들리는 마차 안.

드디어 '그날'이 찾아오자 내 마음속에는 먹구름이 꼈다.

턱을 괴고 보는 창밖 날씨는 밉살스러울 정도로 화창했다. 아버지인 발자크는 신께서도 이 혼인을 축복해 주고 있다── 라며 기뻐했다.

"기분이 나빠 보이는구나, 밀레느. 전에는 왕자와의 혼인을 그렇게 기뻐했잖니."

내 심정이 자연스럽게 표정에 드러난 듯하다.

혀를 차는 것을 겨우 참고 창밖을 보면서 대답한다.

"그야 여자 마음은 갈대와도 같다니까요."

외부인을 만나야 하므로 오늘은 온종일 이 말투를 써야 한다. 솔직히 말해 이 말투가 가장 성가셨다.

그러단 비단 그게 다는 아니다. 부모가 신경을 써서 장식이 과하게 달린 옷은 움직이기 불편하고, 헤드드레스가 시야 가장자리에서 흔들려 신경을 거스른다.

무엇보다 나라를 망치는 데 일조한 '사상 최악의 암군'을 만나서 아양을 떨어야 한다는 게 가장 귀찮았다.

──사치를 부려 국고를 바닥내고, 이의를 제기하는 자는 서슴없이 처단하고, 여기저기 싸움을 걸어서 나라를 멸망시킨 자는 밀레느지만, 그 지위는 어디까지나 왕이 아니라 왕비다.

어느 정도 제멋대로 굴 수는 있지만, 특히나 중요한 일에 최종 결정권을 쥔 자는 따로 있다.

예전 역사──라고 편의상 부르겠다──에서는, 그것이 이제 만날 '알베르 왕자'였다.

소문에 따르면 현명하고 마음씨 착한 왕자라고 하는데, 그 실상은 악녀 밀레느가 시키는 대로만 하는 우유부단 남자다. 그것이 사상 최악 암군의 실태다.

그래도 미남이란 평판은 사실 같은데, 그것도 그 녀석의 여린 면을 두드러지게 해서── 어찌 보면 밀레느보다 더 한심한 녀석이라는 것이 '암군'에 대한 내 평가다.

그 녀석과 가까워지라는 것이다. 불쾌한 것도 당연하리라.

같은 남자로서 어쩌고 같은 소리를 할 생각은 없지만, 아무리 그래도 한 나라의 정점에 서는 남자가 심약한 기생오라비라면 기분이 썩 좋지 않다. 사람들이 따르는 남자는 그에 걸맞은 존재감이 있는 법이다.

"오오! 이제 보이는구나, 밀레느! 저기가 바로 이르타니아의 중추! 자랑스럽고 장엄한 이르타니아 성이다!"

땅이 꺼지게 한숨을 쉰 순간, 발자크가 흥분을 감추지 못하며 창밖으로 몸을 내민다.

그 너머로 웅장한 성이 보인다.

뭐, 나는 전생에 들어간 적이 있다. 그때는 알베르 자식을 말 그대로 '끌어내리려고' 간 거지만.

하지만 끌어낼 것도 없이, 그 녀석은 분노로 미쳐 날뛰는 민병에게── 뭐, 그건 상관없나.

"마음이 무거운걸⋯⋯."

입에서 웅얼거린 푸념은 누구에게도 들리지 않은 채 상쾌한 바람에 묻혀 사라졌다.

◆

"잘 왔다. 『스루베리아의 머리칼』을 지닌 자, 밀레느 페투레 드 레리에. 그리고 그 아비 발자크 페투레 드 레리에여. 오느라 수고 많았다."

등성하고 처음으로 간 곳은 옥좌가 있는 알현실이었다. 무릎 꿇은 우리를 깔보며──라는 건 좀 적의에 찬 표현일까.

옥좌에서 내려다보며 위엄 넘치는 목소리로 우리를 노고를 치하한 자는 요제프 이르타니아. 현 이르타니아 국왕이다.

긴 수염과 긴 금발. 머리에 쓴 왕관과 날카로운 눈동자── 왕이란 말에 걸맞은 노인이다.

이렇게 칭찬해 봤자, 이 녀석도 결국은 암군이지만.

이제껏 이르타니아란 나라가 평화로웠던 것은 이 남자의 수완 덕분일 것이다. 군사력으로 영토를 확장하는 이웃 나라 코르온과 화친하고 최대한 평화를 유지한 점은 사실 대단하다.

내정 면에서도 세금이 과하지 않고, 민중의 불만도 거의 들은 적이 없다── 공적을 열거하자면 너무 많아서 일일이 셀 수가 없으며, 그런 점을 평가하면 명군일지도 모른다.

딱 하나, 밀레느라는 계집을 이르타니아 왕실에 들인 최악의 실수를 제외하면 말이지만.

들기로 이 요제프이란 남자는 독실한 이르타니아 신도 같다. 밀레느의 인성을 알았지만, 그 사실을 덮어 두고서라도 왕실에 『신이 총애하는 자』를 들이려고 한 것이리라. 결국 그것이 이 나라 역사에 종지부를 찍었다.

하다못해 왕자가 멀쩡하게 성장했다면 최악의 결과를 맞이하지 않았겠지만──.

"자, 알베르. 언제까지 숨어 있을 게냐. 네 약혼자가 왔지 않느냐. 이리 나오너라."

"아…… 네……!"

실망이 섞인 다그침에 응해 옥좌 뒤에서 조그마한 누군가가 고개를 빼꼼 내민다.

하지만 몸의 절반은 여전히 옥좌 뒤에 숨어서── 마치 조그마한 동물 같다.

아하, 이게 '사상 최악의 암군'의 어릴 적 모습인가.

이러니까 그렇게 되지── 보는 사람만 없다면 나는 짜증이 나서 머리를 벅벅 긁었으리라.

옥좌 뒤에서 모습을 드러낸 자는 소녀로 착각해도 이상하지 않을 인물이었다.

짧게 다듬은 금발은 잡티 하나 없이 살랑살랑하다. 남녀의 차이가 몸에 드러나기 이전의 나이라고는 해도 몸이 참 가냘프다. 커다란 눈은 인형 같다.

만약 머리를 길렀다면, 성장한 모습을 몰랐다면, 왕자로 불려서 나온 지금도 소녀로 여겼으리라.

얼굴은 파격적으로 예쁘지만, 거꾸로 말하자면—— 남자다움이 전혀 없다. 그게 바로 알베르라는 왕자였다.

하다못해 태도가 당당하다면 또 모르겠는데, 약혼자를 만나는 자리인데도 의자 뒤에 숨는 걸 보면 답이 없다.

"와…… 정말 아름다운 분이에요……! 이분이 이르타니아 님께서 선택하신 분인가요……!"

그 알베르는 내 모습을 잠시 보더니 눈을 휘둥그레 뜨면서 놀란 표정을 짓는다.

외모를 칭찬받으니 기분이 나쁘지 않지만…….

"어머, 말씀도 참 잘하셔요. 잘 부탁드려요, 알베르 님."

내가 열심히 영업용 스마일을 보이자 알베르는 몸을 움츠리듯 위축했다.

역시 남자가 보이는 태도치고는 너무 비실비실하다.

우락부락한 남자와 그렇고 그런 관계가 되는 것도 싫지만, 이것도 좀 사양하고 싶다.

"하하하, 부끄러운가 보군. 어떠냐. 잘 지낼 수 있겠느냐?"

"그, 그건……! 네……. 하지만 신께서 선택하신 분과 제가 어울릴지, 걱정이에요……."

어쩌면 이 나라 최악의 실수는 이 왕자를 후계자로 정한 요제프 왕의 판단일지도 모른다.

아무리 머리가 좋아도, 나라를 이끌려면—— 사람들 위에 서려면, 다른 무언가가 필요하겠지.

설령 신이 정하더라도 나는 이 왕자를 배우자로 선택하지 않을 거다. 그 작전도 이미 세우고 있지만—— 이대로 이 나라를 떠나는 것도 불안해진다.

이 나라에 대한 미련은 전생에서 이미 끊은 줄 알았는데, 그래도 고향은 고향이다. 멸망하는 순간을 또 본다면 찜찜할 것이다.

내가 『밀레느』이니 전생에서 있었던 일이 똑같이 생기진 않겠지만, 결국 이딴 녀석이 왕자여서는 앞날이 불안하다는 점에 변함이 없다.

"아직 서로를 잘 모를 테지. 같이 차나 마시면서 친목을 다지는 게 어떻겠느냐? 장소를 준비해 주마."

지반 다지기의 덤이지만, 조금은 일갈하는 게 좋을지도 모르겠는걸.

너무 미덥지 않은 왕자를 보며 그렇게 생각했을 때, 요제프 왕이 다과회를 제안했다.

"다, 단둘이서 말인가요? 저, 저기, 저는……."

알베르는 갑작스러운 제안에 당황하면서 나를 힐끔 곁눈질했다.

그래. 마침 좋은 기회일지도 모른다.

덤 같은 거지만, 또 멸망할 나라를 못 본 척하면 꿈자리가 뒤숭숭할 것이다.

이 기회에 근성을 뜯어고쳐 주마.

"네. 참 좋은 제안이어요."

나는 마음속의 짜증을 전혀 드러내지 않으며, 미소 띤 얼굴로 고개를 끄덕였다.

◆

"자, 이쪽입니다."

알현실을 나선 후, 근위병이 휴게실이라는 곳으로 안내했다.

슬쩍 둘러보니 집기 하나하나가 비싸 보인다. 차분하게 이야기하기 어려울 만큼 호화찬란한데, 왕실의 위광인지를 드러내려면 여기처럼 손님을 부르는 데까지 호화롭게 꾸며야 하나?

방에 들어서자 한 명만 남고 나머지 근위병이 밖으로 나간다. 그래서 실내에는 나와 왕자, 근위병 이렇게 셋만이 남았다.

다들 너무 평화에 찌든 게 아닐까. 아무리 자국민이자 신앙의 대상이라도, 강대한 마력을 지녔다는 『스루베리아의 머리칼』 소유자 앞에서 유일한 왕위 계승자인 왕자를 지키는 자가 한 사람밖에 없는데. 위험하다고 여기지 않는 걸까?

이 나라에서 『스루베리아의 머리칼』 소유자는 신성한 존재지만—— 맹신이 지나치다. 나라가 망할 만도 하다.

"참 아쉽군요…… 영차."

몸을 내던지듯 커다란 의자에 털썩 앉자, 공기를 머금은 푹신한 쿠션이 부드럽게 허리를 받친다. 진짜 좋은 의자를 쓰네. 내가 코웃음을 치자 왕자는 흠칫하며 어깨를 떨고, 호위로 남은 남자가 인상을 찡그렸다.

"어머, 실례했어요. 왕자님을 두고 제가 먼저 앉다니, 버릇없는 짓을 했군요."

"어, 아, 아뇨! 제, 제가 굼뜬 바람에 괜한 신경을 쓰게 해서, 죄송해요……!"

약간의 비아냥이 섞여서 도발하듯 왕자의 신경을 건드려 본다. 하지만 왕자는 화내는 기색도 없이 몸을 웅크리며 허둥지둥 자리에 앉는다.

야, 명색이 왕자가 이렇게 무시당하고 아무 말도 못 하냐? 진짜로 걱정되기 시작하네.

호위는 노골적으로 불쾌감을 드러내지만—— 알베르가 이러니까 주군보다 먼저 언성을 높을 수도 없겠지.

"자신을 너무 낮추지 마셔요. 알베르 님은 이 나라의 왕자님이시죠? 그렇다면 침착하게 버릇없는 행동을 꾸짖으셔야죠."

"아으으. 네, 맞는 말이에요……."

틀렸네.

예전 역사에서 오늘 어떤 일이 벌어졌을지 눈앞에 어른거리는 것 같았다.

『스루베리아의 머리칼』 소유자가 팍팍 밀어붙이면, 아니 그러지 않아도 알아서 넘어가겠지.

어쩌면 좋을까. 어디부터 손봐야 하지?

"저기, 알베르 님. 저는 알베르 님을 뵈면 꼭 여쭙고 싶은 게 있었답니다. 하나 여쭈어도 될까요?"

"아, 네! 뭐든 물어만 보세요!"

나도 참 지극정성 같지만, 명색이 고향이다.

이대로 가다간 밀레느가 괜한 짓을 하지 않더라도 이 나라는 망할 것이다. 평화로운 세상이라면 문제없지만, 이웃 나라가 코르온이면 최악이다. 내 예상이지만, 그 여제는 밀레느가 아니라 이런 녀석이라도 질색할 인간이다.

할 수 있는 일은 해두지 않으면 꿈자리가 뒤숭숭할 것이다.

"조금 막연해서 송구하오나―― 알베르 님께서는 어떤 왕이 되고 싶으셔요?"

"네……?"

첫 질문은 알베르란 남자가 어떤 왕이 되고자 하는지, 그 목표를 물어보는 것이다.

전생에선 이 녀석이 마음씨 착한 인물이라고 들은 적이 있는데, 결국에는 밀레느가 시키는 대로만 했다.

그렇기에 나는 이 녀석이 어떤 인간인지 아직 모른다.

내가 아는 건―― 어깨에 조잡한 도끼가 박힌 채로 지은, 뭔가를 받아들이는 표정뿐이다.

"저는, 아버님 같은 왕이 되고 싶어요."

그리고―― 그렇게 말하는 알베르의 눈빛은 그럭저럭 괜찮아 보였다.

"그건 어떤 의미인가요?"

"평화를 구축하고, 국민과 함께하며, 더 나은 미래로 나아가는—— 그런 왕이에요. 아직 필요한 지식을 익히는 도중이지만, 무엇보다 국민에게 사랑받는 왕이 되고 싶어요."

보아하니 목표는 훌륭한 것 같다. 아직 어수룩한 수준이지만, 목표를 위해서 노력도 한다는 대답은 나쁘지 않다.

호위의 표정도 많이 누그러졌다. 부하가 따른다는 점에서 조금은 재평가해도 될까.

하지만 한 가지, 이 녀석에게는 필요한—— 꼭 챙겨야 하는 의식이 있다.

"참 훌륭하셔요. 그렇다면 외람되지만 저도 한 가지 조언을 올려도 될까요?"

"밀레느 양이……? 네, 부탁드려요."

"그렇다면—— 신을 믿지 마셔요."

"네……?!"

그 말은 신처럼 시답잖은 것을 믿지 말고, 마지막에는 자기 힘으로 알아서 한다는 의식이다.

왕자의 입에서 경악에 찬 목소리가 흘러나왔다.

그야 당연하지. 이른바 신의 사도나 다름없는 존재가 국교를 부정하는 발언을 했으니까.

"무슨 소리죠……?! 밀레느 양은『스루베리아의 머리칼』을 지닌…… 신께서 총애하는 자로도 불리는 분이잖아요!"

"방금 말씀드린 그대로예요. 진정으로 중요한 순간, 신께서는 인간을 구원하지 않는답니다. 『밀레느』는 그 사실을 몸으로 깨달았죠."

가슴에 손을 대고 미소를 짓는다. 그러나 눈빛은 한없이 차갑다.

분노, 아니 실망이 얼굴에 드러내고 일어선 알베르는 용병 시절의 살기가 어린 내 눈을 보더니 숨을 삼키며 다리에서 힘이 풀린 듯이 다시 의자에 앉는다.

그렇다. 나는 안다. 신의 총애를 받는다 해도, 신은 그를 구원하지 않는다는 '사실'을……

물론 『밀레느』가 신을 믿었는지는 알 수 없다. 자신의 위광을 장식할 장신구 정도로 여겼을지도 모르지만, 아무튼 신은 자신을 믿는 이르타니아 왕국의 국민도 구원하지 않았다.

그 사실은 아직 일어나지 않은 일이다. 밀레느가 없으면 이르타니아의 멸망도, 그날 있었던 일도 일어나지 않으리라.

하지만 이 유약한 왕자가 왕이 되면 머지않아 찾아올 것이다. 약한 나라는 곧 먹잇감이다. 지금은 코르온과 평화가 이어져도, 그 여제가 이웃한 이상 내일 일도 알 수 없다.

"그러니—— 당신께선 강해져야 한답니다. 이 나라를 이끌기엔 지금의 당신은 너무 약해요."

"그럴 수가. 저는……"

살기를 느낀 알베르의 눈에 눈물이 어린다.

날카롭게 노려보는 눈이 무섭기만 한 것은 아니리라. 신앙을 바치는 신을, 그 신에게 사랑받는다고 하는 자가 부정하면서 느낀 혼란도 있을 것이다.

하지만 그 순간을 목격한 내 말은, 눈이 드러내는 지옥은, 조금이나마 그 마음에 전해진 것 같다.

뭐, 초라한 자존심으로 부정하는 것보다는 나은 반응인걸.

"우선 신을 믿지 말고, 당신의 몸과 마음을 갈고닦는 건 어떨까요? 신을 믿는 건 성장에 맞춰 눈높이가 높아진 후에 해도 괜찮지 않을까요?"

"아으…… 아……."

숙녀의 체면을 아슬아슬하게 유지하면서, 한편으로는 용병 같은 과격한 말을 내던진다. 그러자 알베르는 뭍에 올라온 물고기가 물을 찾듯 입만 뻐끔거리고 말았다.

하지만 단순히 겁먹은 것은 아닌 듯하다. 생각이 뒤죽박죽 엉망이 된 탓이리라. 그렇다면 일단 가망은 있다.

뭐, 나도 하루아침에 어떻게 된다고 보진 않는다. 나는 바라지 않더라도 앞으로 만날 기회가 늘어날 테고, 빈말로 나라를 걱정하는 것도 아니다. 근성만 서서히 뜯어고치면 쓸만하겠지.

첫인상이 별로인 것은 상대도 똑같겠지만, 애초에 덤으로 하는 일이다. 적극적으로 얽힐 마음은 없으니까 미움을 받든 말든 상관없다.

자, 이제 어쩔까? 일단은 상대가 왕자니까, 내 이야기가 끝났다고 물러나는 것도 좀 그럴까.

"부디 생각해 주셔요. 여자인 제가 이렇게 말하는데 끙끙거리기만 하는 당신은 무리일지도 모르겠사오나──."

태도가 미적지근한 알베르를 보고 무의식중에 짜증이 난 걸까. 무심코 한마디 보태려는 순간—— 내 말을 끊듯이 옆에서 시립하던 근위병이 쌓인 분노를 터뜨렸다.

"무례하오, 밀레느 님! 아까부터 말씀이⋯⋯!"

그 이마에 시퍼런 힘줄이 돋고, 옷 안의 근육이 불거진 것도 알 수 있다.

주인을 향한 무례를 도저히 참을 수 없어진 것 같다.

"어머, 실례했군요."

"아무리 신이 총애하는 자일지라도, 주군을 자꾸 모욕해서는 그냥 넘어갈 수 없소!"

단정한 얼굴을 시뻘겋게 붉히며 분노하는 기사의 모습은 그럭저럭 좋은 구경거리였다.

하지만 그것보다 더 신경이 쓰인 것은 기사의 몸이다.

왕국 근위병인 만큼 마술에도 제법 초예가 있겠지만, 그것에만 의지하지 않고 몸도 잘 단련했다. 싸움에 있어 진지하다는 증거다.

이렇게 한심한 왕자를 유능한 부하가 무척 따른다는 사실에 조금 놀랐다.

전생에서 들었던 인망이 좋다는 평판도, 아무런 근거도 없이 퍼진 이야기가 아니었나 보다.

"그냥 넘어갈 수 없다고 하셨나요. 그렇다면 어쩌실 거죠? 제 목이라도 치시겠어요?"

나는 도발하듯 눈을 가늘게 떴다.

"폴! 너야말로 무례해! 이분은……!"

"알베르 님……! 하오나……!"

목을 친다. 지금의 내가 평민이라면 태연하게 그랬을 테지만, 그럴 수도 없겠지. 왜냐하면 나는 『신이 총애하는 자』이니까.

격앙해서 나서기는 했지만, 다음 대응이 별로인걸.

하지만 싫지는 않아.

모습도 보여주지 않는 신 따위를 믿을 필요는 없다.

일개 공작가 영애가 왕자인 주군에게 저지른 무례를 비난하는 것이 왜 무례인가.

주어를 좀 과장하자면, 이 근위병은 신보다 주군을 더 우선한 셈이다. 그런 인간이야말로 신을 맹신하는 이 나라에 필요한 인간이라고 생각한다.

"아니에요. 알베르 님. 괜찮답니다. 이분이 한 행동은 '일개 공작가 영애가 왕자에게 저지른 무례를 비난한 것'에 지나지 않으니까요."

"밀레느, 양?"

표정을 지우고, 용병의 눈으로 근위병을 노려본다.

희미하게 섞인 살기를 알아챈 것이리라. 근위병의 눈빛이 변한다.

경악. 그리고 본인도 눈치채지 못할 만큼 미세한 공포가 떠오르는 걸 알 수 있다.

옛날이나 지금이나, 얕보이면 여러모로 편리하다니깐.

양의 탈을 쓴 늑대라고 할까. 나는 이제껏 그런 식으로 적들을 잡아먹었다.

그것을 어렴풋이나마 눈치채다니—— 이 나라에도 멀쩡한 녀석은 있나 보다. 기분이 조금 좋아졌다.

"정체도 모르고, 모습도 보이지 않는 신의 비위를 맞출 필요는 없답니다. 이 지상에서 살아가고 있는 건 바로 우리니까요. 앞으로 이 나라에 필요한 것은 이런 분이어요. 잘 보셔요."

내가 갑자기 태도를 바꿔 근위병을 추어올리자, 두 사람 모두 정신을 못 차리는 듯했다.

내가 먼저 험악한 분위기를 수습해서 그럴까, 근위병은 분노를 드러내면서도 더 어떻게 말할지 몰라서 말문이 막힌 기색이다.

"소인에게는 과분한 말씀이오. 하오나 그것으론 주군께 범한 무례에 대한 사죄가——."

"안 되겠죠. 애초에 사죄할 마음이 없으니까요."

주군에게 사죄를 요구해 끝내려고 하는 근위병의 말을 끊고, 나는 거듭 도발했다.

좋은 기회다. 신이 얼마나 변변찮은 족속인지, 이 기회에 똑똑히 알려주겠다.

"밀레느 님. 아녀자를 벌하지 않을 거란 생각으로 폭언을 일삼는 것은 고상하지 않소만?"

"어머, 배려해 주시지 않아도 된답니다. 저도 몸을 단련해서, 어지간한 남아에는 뒤지지 않을 거여요."

입가를 손으로 가리며 온화한 미소를 짓는다.

어지간한 남아라는 표현이 자신만이 아니라 알베르도 가리킨다고 알아챈 것이리라. 근위병의 얼굴에 시퍼런 핏대가 선다.

"하, 하하……. 그렇군요. 하지만 어설프게 단련하면 몸을 버리기 쉽다고들 하는데, 과신하면 위험할 것이오만?"

근위병은 겉으로 웃음을 띠며 온화하게 말하려고 애쓰는 눈치인데, 분노를 채 감추지 못한다.

어린애가 무슨 소리를 하냐는 뜻일까? 조금만 더 밀어붙이면 되겠는걸.

"그렇군요……. 그렇다면 저를 지도해 주시겠어요? 알베르 왕자님 직속의 근위병에게 가르침을 받고 싶어요."

한판 붙고 싶다면 상대해 주겠다고, 돌려서 제안했다.

지도해 달라는 당돌한 제안. 이 자리에 있는 모두가 얼어붙은 것처럼 굳어버렸다.

하지만 그 의미는 이해한 것이리라. 알베르가 자리에서 일어난다.

"위, 위험해요! 당신은 여성이고……! 게, 게다가 폴은 나라에서도 손꼽히는 검사거든요?!"

머리 회전은 느리지 않은 것 같다. 하지만 실력에 자신감이 있는 남자라면 어지간해선 여자에게 이토록 무시당하고 가만히 있을 수 없다. 이 왕자는 그런 점을 모른다.

"괜찮습니다, 알베르 님. 밀레느 님이 직접 희망한 일입니다. 소인도 잘 처신하겠습니다."

폴이라고 하는 근위병은 사늘하면서도 매섭게, 겉보기에는 온화한 미소를 지었다.

상대도 바라는 바일 것이다. 그럴 줄 알았다고.

이제야 조금 재미있어졌다. 몸도 단련했고, 전생의 기술도 서서히 익숙해졌다. 슬슬 실력을 시험해 보고 싶던 참이다.

"그렇다면 안뜰을 좀 빌려도 될까요?"

"아아…… 마, 맙소사……!"

쩔쩔매는 왕자는 이제 안중에도 없다.

나는 폴의 눈을 보고 다시 미소를 지었다.

◆

"이렇게 관객이 늘어날 줄은 미처 생각하지 못했어요."

우리는 '지도 대련'을 위해서 널찍한 장소를 찾아 안뜰로 이동했다.

이동을 마치고 훈련용 목검을 준비시켰을 즈음에는 어디서 소문이 났는지 성안에서 한가한 자들이 나타나 우리를 에워싸듯 구경하기 시작했다.

대부분 흥미로운 눈초리로 보지만, 나를 향한 적의도 적잖이 있다. 하긴 그렇겠지. 저들이 모시는 왕자에게 폭언을 퍼부었으니까, 안 그러면 곤란하다.

물론 다 그런 건 아니고, 일부 병사는 폴이 지나치게 대응하지 않도록 감시하는 의미도 있을 것이다.

왕이 있을지 없을지가 가장 걱정됐지만, 발자크나 왕은 이 자리에 없는 듯하다. 흥미가 없는 걸까, 아니면 소문이 중간에 차단당한 것일까. 나로서는 없는 편이 움직이기 편해서 좋지만.

"그러면 잠시 지도하겠소. 정말 방어구를 착용하지 않겠습니까? 다쳐도 괜찮으신지요?"

"그래요. 제 작은 몸에 맞는 방어구도 없을 테고——— 다칠 마음도, 없으니까요."

목검의 감촉을 확인하고 있을 때 기분이 좋아 보이는 폴이 말을 걸었다.

방어구를 권하는 건, 어디까지나 지도라는 형식을 갖추기 위함이리라. 제아무리 목검이라도 힘껏 때리면 사람을 죽일 수 있다. 무엄하게도 왕자를 모욕한 자라도 『스루베리아의 머리칼』을 지닌 자에게 무슨 일이 생기면 곤란하다는 걸까.

하지만 다칠지도 모른다고 충고했다는 것은 다치게 할 마음이 있다는 뜻이다. 의욕이 가득한 셈이다.

"폴, 그만둬요! 밀레느 양에게 무슨 일이 생긴다면, 죄를 씻을 수 없다고요!"

이번만큼은 왕자도 언성을 높이며 말리고 들었다.

"무슨 말씀이십니까. 이건 밀레느 님이 직접 희망하신 일입니다. 최대한 부응하는 것이야말로 『스루베리아의 머리칼』에 경의를 표하는 것 아니겠습니까. 밀레느 님은 『신이 총애하는 자』입니다. 본인이 바란 지도 대련에서 무슨 일이 생기더라도, 사소한 일을 따질 만큼 그릇이 작은 분이 아실 테지요."

뭐, 명색이 왕자 직속의 병사다. 그야 자신감이 있겠지.

이러니저러니 해도 알베르가 순순히 물러나는 것도, 폴이라는 병사를 신뢰하기 때문이리라. 이 상황에서 '나는 왕자다!'라고 일갈하면 나도 그릇을 잘못 봤다고 적당히 사죄해서 상황을 수습했을 것이다.

하지만── 정말이지 이 나라는, 아니 이 나라만이 아닌가. 자신감에 사로잡힌 '윗사람'은 하나같이 빈틈이 많다.

"자, 준비하시오. 사전에 정한 바대로, 이것은 검술 지도. 공격 마술의 사용을 금하는 것으로 알면 되겠소이까?"

"그래요. 그게 맞아요."

"좋소. 그러면…… 누가 신호를 다오!"

폴이 말하고, 나는 검을 대충 들었다. 이 나라의 '검술'과 동떨어진 아류의── '용병 엔빌'의 자세를 본 주위 사람들이 실소를 흘린다.

오만방자한 꼬마 계집인『스루베리아의 머리칼』이 단련을 시작했다는 소문이 귀족과 왕족 사이에서 돌았다고 한다. 저들의 실소는 거기서 비롯된 것이다. '실력이 대단하다는 소문이 돌던데, 버릇없는 계집애의 변덕에 지나지 않겠지. 소문도 본인이 퍼트린 게 틀림없어'. 이 자리에 모인 이들의 시선이 그렇게 말하고 있었다.

"어머나…… 저게『스루베리아의 머리칼』을 지닌 자의 마력인가요?"

"『신이 총애하는 자』가 저 정도일 줄이야. 흔한 하급 병사보다도 못하지 않습니까."

하지만 자세만 문제가 아니다. 저것들은 내 빈약한 마력을 보고 웃는 것이다. 자신감이 있는 녀석일수록, 상대의 마력을 보고 실력을 판단한다.

나는 현재, 극한까지 마력을 억누른 상태다.

겨우 그것만으로, 기사이니 병사이니 하는 녀석들은 홀랑 속았다.

숙녀의 가면으로 감춘 내 본성을 엿본, 이 폴이라는 근위병조차도.

"시작!"

신호를 맡은 병사가, 높이 든 손을 힘차게 내린다.

그때── 폴은 공격해 보라는 듯이 자기 가슴을 두드렸다.

엘리트란 것들은 이래서 문제라니까.

"신사군요. 그렇다면 사양하지 않아도 될까요?"

"물론이오. 알베르 님을 모시고자 단련한 이 몸은 녹록하지 않소."

전생에서 마주쳤어도 별문제 없을 상대다. 하지만 지금은 어쩔 수 없을지도 모른다.

그야 상대는 『신이 총애하는 자』다. 창피를 준 다음에 돌려보내려는 거겠지. 하지만 세상에는 이런 말이 있다.

사람을 겉만 보고 판단하지 마라.

자세를 낮추듯 몸을 앞으로 기울이고, 목검을 늘어뜨리듯 자세를 취한다.

그리고 마치 지면에 엎드린 것처럼, 그러면서도 두 다리로 내

달렸다.

　"……?!"

　그 접근 속도에 놀랐는지, 폴은 경악한 표정을 짓는다.

　딱히 이름을 붙이지는 않았지만, 전생에서는 '짐승'으로 불렸던 접근 기술이다.

　최대한 자세를 낮추고 지면을 미끄러지듯 움직이는 보법. 그 이질적인 움직임과 다리에 들러붙는 듯 낮은 자세는 마치 짐승을 상대하는 것 같다──라고 하던가.

　인간은 다리를 노린 공격에 약하다. 작은 동물이라면 걷어차서 끝낼 일이지만, 그런 움직임을 취한 이는 칼날이라는 송곳니와 생각할 두뇌를 지닌 인간이다.

　뭐, 지금 무기는 목검이지만.

　"으헉?!"

　아래로 육박한 나를 향해 폴이 무기를 휘두른다. 기술이고 뭐고 없는 꼴사나운 궤도다. 결국 검술이란 인간을 상대하려고 만든 것이므로, 지면을 달리는 짐승을 상대하기는 벅차다.

　나는 어디까지나 어설프게 모방한 것이지만, 그 효과는 절대적이다. 더군다나 열네 살 먹은 아이의 몸이, 작은 표적이 고속으로 움직이기만 해도 그럭저럭 교란되었다.

　머리 위에서 날아드는 검을 비끼듯 어깨에 검을 걸치고, 각도를 틀어서 그대로 미끄러뜨린다. '짐승'에서 가장 자주 쓰는 방어 기법이다.

　그렇게 힘껏 휘둘린 검을 흘리고, 나는 그대로 상대의 발을 힘껏 후려쳤다.

"커억……!"

진검이면 오른발 절단. 즉, 전투 불능이다. 하지만 나는 그대로 등 뒤로 돌아가 무릎을 꿇은 폴의 목에 검을 들이댔다.

"이걸로 결판이 났다고 보면 될까요? 근위병님."

일부러 놀리듯 물어본다.

내 목소리에 반응하고, 그제야 폴이 나를 돌아본다. 망연자실한 표정이다.

그야 그렇겠지. 나는 마력을 억제하고 대치해서 폴을 방심시키고—— 마력을 억누른 상태로 이겼다.

솔직히 말해서 폴이 제대로 싸웠다면 조금은 나은 결과가 나왔을 것이다. 하지만 그러지 않았다.

"방심하셨죠? 이게 왕자님을 노리는 자객과의 실전이라면, 당신은 어떤 마음가짐으로 저에게 맞섰을지 조금 궁금하기는 하지만——."

방심. 그것이 폴이 패배한 가장 큰 이유다. 평범한 어린애 수준의 마력만 지닌, 조금 단련한 어린애한테 졌다. 그 의미는 크다.

"그 경우, 왕자님께선 세상을 떠나셨겠죠. 조언을 드리자면, 외모로 상대의 실력을 판단하지 않는 편이 좋지 않을까요?"

내 말에 폴이 얼어붙는다. 그렇다—— 이것이 실전이라면. 이것이 나라의 종말이다. 왕자의 곁에 있는 근위병의 패배는 곧 그런 의미다.

상대의 마력이 작으니까, 멀쩡한 교육도 안 받은 평민이니까
—— 녀석들은 그렇게 방심하고, 죽었다.

이 세상에서는 마력이라는 것을 너무 신뢰하는데, 인간은 베이면 죽는다.

불을 날리거나 빛의 화살을 날리는 것도 당연히 위협적이지만, 아무런 마력도 깃들지 않은 검도 배에 박히면 끝장이다.

마력으로 이룩한 영광을 불식할 수 없다. 결국 이 나라는 그런 점에서 '약하다'.

끝까지 살아남는 자는 교활한 자다. 그런 점에서 이웃 나라 황녀는 참 교활했다. 다 망한 나라를 없애려고 대군을 이끌고 왔으니까 말이지.

"포……폴 대장이……."

"마력이 느껴지지 않는, 저런 왜소한 소녀한테 졌어……?!"

구경하던 병사들이 술렁거렸다.

이런 인간이라도, 폴이란 남자는 그럭저럭 실력이 있는 듯하다.

그 실력을 다 발휘했다면, 어느 정도는 나한테 맞설 수 있었을 것이다.

망연자실한 폴을 내버려 두고, 알베르에게 다가간다.

나는 우아하게 인사하고——.

"봤지? 약하면 아무것도 지키지 못해. 약해선 목숨을 부지할 수도 없어. 죽으면, 자기 자신을 관철할 수도 없는 거야. 결국, 소중한 무언가를 지키려면 강해질 수밖에 없어."

"어?! 아. 어⋯⋯?!"

왕자에게만 들릴 정도로 작게, 딱 잘라 말했다.

급변한 말투 탓인지, 말한 내용 탓인지―― 벼락을 맞은 것처럼, 왕자는 놀라서 눈을 확 뜬다.

"잠시 이야기를 나누지 않겠어요? 가능하면, 이번에야말로 단둘이서――."

가면을 쓴 내 미소는, 그야말로 청순한 소녀처럼 보일 것이다.

그 직전에 드러난 본성만 보지 못했다면 말이다.

◆

단둘이서 이야기할 장소를 찾아, 우리는 안뜰에서 알베르의 개인 방으로 이동했다.

왕자의 방이라면 어지간해선 아무도 발을 들이지 않고, 이야기를 엿듣는 자도 없을 것으로 판단했다.

감시의 눈이 사라지자 나는 연기를 관두고 다리를 꼬아 앉았다.

눈앞에는 아까보다 더 위축한 알베르가 있다. 역시 '숙녀 행세'는 귀찮다. 그럴 마음은 눈곱만큼도 없지만, 명색이 약혼할 예정인 사람끼리 본색을 숨겨선 어쩔 도리도 없겠지.

퉁명한 시선을 보내자 알베르는 다리를 모으며 몸을 더 웅크렸다.

"까놓고 물어볼 건데 말이야."

"아, 네헷!"

내가 몸을 내밀자, 몸이 딱딱하게 굳은 알베르가 등을 꼿꼿이 펴며 더 얼어붙었다.

너무 버릇없이 군 것 같지만, 이것도 좋은 자극일지도 모른다.

"너는 오늘까지 생판 모르던, 이런 선머슴 같은 여자랑 결혼하라는 말을 듣고도 불만이 없냐? 나 같으면 죽어도 싫을 것 같은데."

오늘 이 왕자를 보며 신경 쓰인 점은 역시 심약한 성격이다.

만약의 이야기지만, 지금의 나와 이 알베르가 약혼한다고 치자. 그런 우리를 기다리는 건, 분명 전생과 똑같은 구도── 제멋대로 구는 나와 내 말에 무조건 따르는 이 녀석이라는 관계다.

그리고 그것은 상대가 바뀌어도 달라지지 않는다.

딱히 『밀레느』 같은 여자만 왕비 자리를 노리는 건 아니겠지만, 개인적으로 귀족이란 것들은 전부 거기서 거기라고 본다.

즉, 지금 단계에선 이 녀석이 어떻게 하든 나라의 장래가 어둡다는 말이다.

일반가정이라면 여자에게 잡혀 사는 것도──전생의 친구를 보면서 느낀 바에 따르면──나쁜 일이 아니다. 하지만 한 나라를 움직일 수 있는 자라면 멀쩡하지 않은 인간에게 실권을 빼앗긴 시점에서 끝장이다.

"저, 저기…… 저는 그게, 밀레느 양 같은 분이라면……."

하지만 당사자인 이 녀석이 이 모양이다.

뭘 잘못 먹으면 나 같은 여자가 괜찮다는 생각에 이른 것일까.

"이런 소리나 듣는데도? 농담 말라고. 네 아버지처럼 되고 싶다면, 이딴 여자가 멋대로 떠들게 두지 말라고."

심약하기 이전에 마조히스트 아닐까. 그런 생각이 들자 머리가 지끈거린다.

개인의 취향 및 기호는 자기 책임이지만, 그 피학적 취향에 국가를 휘말리는 건 싫다.

"확실히 아버님 같은 국왕을 동경하지만, 그것보다──."

고개를 돌리고 한쪽 입술을 실룩거릴 때, 나는 알베르가 자기 의견을 말하려 한다는 것을 눈치채고 언짢은 얼굴로 시선을 돌렸다.

여자로 착각할 법한 소년이 몸을 배배 꼬는 모습이 너무 어울려서 거꾸로 기분이 상했다.

그렇게 한참을 어물거린 뒤, 알베르는 고개를 들었다.

"저, 저기…… 지금은 밀레느 양처럼 멋진 사람이 되고 싶어요!"

"아앙……?"

갑자기 예상을 벗어난 말이 튀어나왔다.

"작고 가냘프고 아름다운 몸으로 펼치는, 믿기지 않을 만큼 힘찬 검술이라든가! 나이 많은 형이 있다면 이런 느낌일까 싶은 늠름한 행동거지라든가! 밀레느 양의── 아니, 밀레느 님의 모습은 제 이상형이에요!"

흥분으로 가득 찬 얼굴이, 빛나는 눈이, 그 말이 진실임을 알려주고 있다.

"아름답고, 강하고, 고결해요……! 당신은 이르타니아 님을 모시는 발키리 같은 분이에요!"

"그, 그래……. 그렇게 볼 수도 있나……?"

"네! 꼭, 당신처럼 되고 싶어요!"

태도가 너무 당차서 무심코 주춤거리고 말았다.

계집애처럼 생겼다고 생각했는데, 취향도 비슷할지 모른다. 그런 취향도 있단 이야기는 들은 적이 있지만…… 이런 얼굴로 저런 소리를 하니, 이 녀석이 사실은 여자가 아닌가 하는 의혹이 생긴다.

간단히 말해, 남자 같은 여자가 이상형인 셈이다. 부정하진 않겠지만, 시대를 앞서나가는 녀석 같다. 물론 내가 죽을 때까지 그런 취향이 보편적인 시대는 오지 않았지만.

그래도 강한 사람을 좋아하고, 그렇게 되기를 바라는 건 나쁜 생각이 아니다. 오늘 들은 말 중에서 가장 와닿는 듯한 느낌이 들었다.

"호오……. 즉, 너는 남자다워지고 싶다는 거구나?"

"어어, 네…… 그래요……! 괘, 괜찮다면 가르침을 청하고…… 싶, 은데요……."

하고 싶은 말을 다 해서 기세가 풀렸는지 알베르는 다시 몸을 웅크리면서도, 의지를 꺾지 않고 그렇게 대꾸했다.

"크큭. 일단은 여자인 나한테, 남자다워지게 지도하라고?"

"앗……! 죄, 죄송해요……."

나는 약간 비꼬듯 말했다.

그러자 한눈에 알 수 있을 만큼 당황한 알베르가 새가 날갯짓 하듯 팔을 흔들어댔다.

"크……하하하……! 꽤 재미있는 소리를 하잖아, 왕자님."

그 모습이 웃겨서 무심코 웃음이 흘러나온다.

하지만 나쁘지는 않다.

"좋아. 남자다워지고 싶다면, 내가 단련시켜 주겠어."

"정말요……?!"

알베르의 과도한 반응은 정말 우스꽝스러웠다.

생각해 보니 용병 시절에도 '제자'를 희망한 사람이 몇 명 있었다. 뭐, 남자다워지고 싶다는 게 목적인 사람은 처음이라 신선하지만.

"하지만 조건이 하나 있어. 그걸 받아주지 않는다면, 이 이야기는 없었던 걸로 할 거야."

단, 그러려면 먼저 조건이 있다.

의자 위에 세운 무릎에 팔을 얹었다. 그리고 손가락 하나를 세웠다.

알베르는 호들갑스럽게 침을 꼴깍 삼킨다. 긴장이 훤히 보이네. 하지만 유별난 조건을 제시할 마음은 없다.

"신 따위는 믿지 마. 내 삶의 방식은 말이지? 앞을 막아서는 모든 것을, 눈에 들어오는 것을 전부 이용해 직접 쳐부수는 거야. 신을 '이용하는' 거라면, 그래도 돼."

신을 믿지 마라. 그게 전부다.

매달릴 존재가 있다는 건 나쁘지 않다. 쓰러지려는 순간에 땅을 짚을 지팡이가 있는 건 좋다. 하지만 그것을 맹신해서 바닥을 살피지 않는 것은 바보나 할 짓이다.

"그건……."

"못 하겠나?"

노려보듯 묻자 알베르의 표정이 어두워진다.

하지만 잠시 망설인 후, 다시 든 알베르의 얼굴에는 결의가 있었다.

"솔직히 말해서, 어려울 것 같아요. 저는 이 나라의 왕자이고, 지금껏 이르타니아 님의 신앙을 배우며 살아왔으니까요."

결국 틀렸나——라고는 생각하지 않았다.

알베르가 말을 잇는다.

"하지만 아까 당신이 싸우는 것을 보고 정신을 차렸어요. 이르타니아 님께서 내려주신 강대한 마력으로 공격 마술을 쓰면 폴을 손쉽게 쓰러뜨릴 수 있었겠죠. 하지만 당신은 얼마 안 되는 마력과 갈고닦은 기술만으로 왕국 기사 중에서도 특히나 뛰어난 폴을 쓰러뜨렸어요. 의도한 건지는 모르겠지만, 당신은 그것으로 저에게 신이 없어도 자기 힘으로 세상을 개척하며 살 수 있다는 것을 가르쳐 줬어요."

사실 알베르의 말이 옳다. 특별히 생각해서 마력을 쓰지 않은 것은 아니다.

그게 가장 편하니까 그랬을 뿐이다.

하지만 알베르는 그 싸움에서 다른 무언가를 본 것 같다.

"제게는 아까 싸움에서 밀레느 님이 신을 부정한 것처럼 보였어요. 『스루베리아의 머리칼』을 지닌 당신의 그런 행동은 특별한 이유와 처절한 체험에서 비롯되었겠죠. 그러니 당신이 신을 믿지 말라고 한다면, 저는 그렇게 하겠어요. 그 대신——.”

“그 대신?”

알베르는 말을 끊고 눈을 감았다.

여러모로 생각하고 있는 건지, 그 눈꺼풀과 입은 무겁다.

하지만 뜻을 정한 듯 눈을 뜨고, 알베르는 힘차게 선언했다.

“——밀레느 님을 믿겠어요!”

신을 부정한다. 그런 시시한 싸움으로 그렇게 거창할 소리를 할 생각은 눈곱만큼도 없다.

그러나 실제로 나는 신이 자신의 ‘총아’를 끝까지 구원하지 않았음을 안다.

언뜻 보니, 알베르의 눈빛은 제법 괜찮아 보였다.

자기 멋대로 떠들지만, 뭔가를 깨달은 것 같다.

“제법 그럴싸한 소리를 늘어놓는걸. 좋아. 내가 너를 단련시켜 주마.”

“아, 네! 감사합니다. 밀레느 님!”

꾹 다문 입에서 힘을 풀고 슬쩍 웃자 알베르가 소녀처럼 환하게 웃는다.

이런 걸 두고 초롱초롱한 눈이라고 하는 걸까. 용병 업계에서는 본 적이 없지만, 이렇게 순수한 눈으로 자신을 보는 것은 그럭저럭 신선한 느낌이 들었다.

하지만 일이 이상하게 굴러간다.

전생에서는 귀찮아서 자제를 받지 않았는데, 비록 제자라고 할 정도는 아니어도 처음으로 뭔가 가르치는 사람이 왕자님일 줄이야.

　인생은 정말 어떻게 될지 모르는 법이다. 아니, 그 망할 여자가 된 지금 상황부터가 그렇지만.

　──그건 그렇고.

　문득, 나를 향한 알베르의 시선을 정면에서 보았다.

　그 눈빛은 한마디로 말해 '동경'이다. 꾀죄죄한 꼬맹이가 번지르르한 악기를 보는 듯한── 손이 닿지 않는 존재를 꿈꿀 때의 눈빛이다.

　아니, 그것과도 조금 다르다. 이건 혹시── 신앙의 대상만 바뀐 게 아닐까……?

　오늘 처음 만난 여자에게 이렇게 푹 빠지면, 여전히 문제가 있는 것 같지만──.

　"에헤헤. 앞으로 잘 부탁해요, 밀레느 님!"

　그렇게 웃는 알베르의 얼굴은 역시나 소녀처럼 귀여워 보였다.

　서두를 필요는 없다. 천천히 이 녀석의 근성을 뜯어고쳐 주자.

　그렇다면 나는 앞으로 이 성에 드나들어야 하나? 귀찮기 그지없지만, 아버지는 기뻐하겠지.

　노골적으로 한숨을 쉬고 알베르를 째려본다.

　행복해 보이는 표정을 보니 어쩐지 앞날이 불안해졌다.

제3화 인연(因緣)

첫 등성이 끝나고, 나는 한동안 다시 단련하는 나날을 보냈다.

여전히 근육 발달은 건강한 수준을 벗어나지 못했지만, 마력은 쑥쑥 성장하고 있다.

똑같은 일상 때문에 조금 질릴 것 같았지만, 그래도 요즘 들어 페투레 저택의 뜰에서는 변화가 있었다.

예전에는 내가 뜰에서 훈련할 때면 한가한 시녀가 몰려와서 구경했는데, 지금은 내가 일부러 사람을 물려서 보이지 않는다.

그 이유는——.

"왜 자세가 그렇게 엉거주춤해! 하체에 힘을 주라고, 이 얼간아!"

"네……네에에……!"

왕자가 이 페투레 저택의 뜰에 있기 때문이다.

소녀로 착각할 듯한 소년이 내 질타를 듣고 약하면서도 기운차게 대답했다.

그렇다. 이 소년이 바로 이 나라의 유일한 왕위 계승권자, 알베르 왕자다.

처음에는 내가 성에 가려고 했지만, 무슨 생각인지 어느 날 갑자기 알베르가 페투레 저택을 찾아왔다. 명색이 왕족이, 그것도 왕자가 호출하지 않고 제 발로 찾아가면 여러모로 문제가 생길 텐데도, 그건 '왕자님의 말씀'으로 밀어붙였다고 한다.

여자를 만나려고 특권을 쓰는 것도 참 그렇지만, 이렇게 약삭빠른 점을 배운 것은 기뻐해야 하지 않을까.

사람들을 물린 이유는, 일반 국민이 보는 앞에서 왕자의 엉덩이를 때릴 수도 없기 때문이다.

"헉……헉……!"

하지만 이 녀석도 요즘에는 근성이 붙어서 그럴 기회가 줄었지만.

시키는 대로 자세를 고치고 목검을 휘두르는 알베르.

숨을 헐떡이는 것을 봐서는 서 있는 것도 힘든 기색인데, 자세가 흐트러지면 내가 질책을 날리므로 필사적이다.

"좋아. 이제 그만해도 돼. 쉬어."

"네에……."

휴식 허가가 나오자마자 알베르가 잔디에 벌렁 드러누웠다.

고작 나무 막대를 휘두르고 너무 지친 느낌이다. 반죽음──아니, 3분의 2 정도는 죽은 것 같다.

하지만 처음 왔을 때와 비교하면 많이 좋아졌다.

"어, 어때요……? 밀레느 님……."

솔직히 말해서, 아직 평가할 수준에도 도달하지 못했다.

전장에 서는 건 고사하고, 여차하면 검술을 배우는 웬만한 꼬마가 더 강하겠지.

하지만 의외로 아득바득 따라오는 근성만은 나쁘지 않다.

"나쁘지 않아. 검술은 아직 못 써먹을 수준이지만, 몸은 좀 괜찮아졌는걸."

"에헤헤……. 감사합니다……."

하지만 이 녀석도 체격은 그다지 변화가 없는 것 같다.

사실은 여자입니다, 같은 건 아니겠지? 전생에서 본 알베르는 대역──같은 생각이 들 정도로, 겉모습이 변함없이 '여자애' 같다.

뭐, 알베르는 용병업으로 먹고살지 않을 테니까 기술과 몸, 근성만 완성하면 문제없다.

그건 그렇고── 문제는 나다. 마력이 익숙해지면서 힘은 강해지는데, 겉모습은 거의 변화가 없다.

팔뚝을 보면 군살이 빠졌지만, 전생과는 비교도 되지 않을 만큼 가늘다.

이번 인생에서도 용병이나 하려고 했는데, 외모로 몸값을 올리는 것은 단념하는 게 좋을지도 모른다.

꼬이기 시작한 잡념을 내던지듯 검을 들고 마음껏 휘두른다. 사실 지난번 폴과 싸우면서 제법 성과가 있었다.

낮은 자세를 주축으로 하는 '짐승'의 검술은 이 작은 몸과 상성이 좋았다. 더 낮게, 더 작게. 공격이 닿는 범위가 작다는 건, 회피를 중점으로 초근접전을 중심으로 한 '짐승'의 자세에서는 리치를 희생할 정도의 가치가 있다.

"그나저나 밀레느 님은 대단하세요. 검술, 아니 싸움에 대한 사고방식의 차원이 다르다고 할까요……. 저는 그렇게 자세를 낮추고 움직이는 검술을 본 적이 없어요."

"전에 말했지? 이용할 수 있는 건 뭐든 이용한다고. 마술을 쓰는 상대와 어떻게 싸울지—— 그걸 생각하다 보면 자연스럽게 나 같은 방식으로 싸우게 돼."

알베르에게 평범한 검술을 가르치면서 내가 전생의 기술을 복습하고 있을 때, 알베르가 상체를 일으키는 모습을 보고 움직임을 멈췄다.

내 검술은 기본적으로 마법을 상대하는 움직임을 주축으로 삼는다.

마법이란 기본적으로 직선 혹은 부채꼴이나 원형을 공격 범위로 삼는다. 몸집이 작고 자세가 낮으면 그런 장거리 공격에 우세해진다.

또한 귀족이란 족속이 집착하는 검술을 상대하는 것도 중요시한다. 귀족 검술은 땅을 기는 짐승을 상대하는 법을 가르치지 않는다. 그리고 상대의 움직임을 '정형'에 맞춰 반응을 최적화하는 것이 목적이기에, 배우지 않은 것에는 대처하기 어렵다.

그래서 전생의 나는 『새비지팽』으로 불렸다. 배우지 않은 짓을 하니까 비겁하다고, 그런 귀족들의 야유와 변명에서 비롯한 별명이다.

"뭐, 다양하게 배워서 스스로 응용할 수 있다면 나와 다른 뭔가를 익히겠지. 그건 어느 분야든 똑같잖아."

"아하……! 하나의 길을 갈고닦다 보면, 새로운 길이 생기는 거군요!"

"그렇게 거창한 건 아니야."

눈을 빛내고 달라붙는 알베르에게 무뚝뚝하게 대꾸한다.

정말이지 낯부끄러운 소리나 하는 녀석이다. 매사를 좀 더 간결하게 생각하지는 못하는 걸까…… 같은 생각이 드는데.

코로 숨을 내쉬고, 다시 검을 쥔다. 자, 이번에는 마력을 쓰는 법이라도 생각해 볼까──라고 생각한 바로 그때였다.

"밀레느! 밀레느, 큰일이다!"

저택 쪽에서 아버지가 헐레벌떡 뛰어왔다.

숨을 헐떡이면서 느릿느릿 겨우겨우 다가오는 그 우스꽝스러운 모습을 보니, 이 작자야말로 운동해야 한다는 생각이 든다.

하지만 이렇게 허둥대는 데는 이유가 있겠지.

"왜 그래, 아버지. 무슨 일 있어?"

아버지에게 대꾸하자 발자크의 얼굴이 점점 새파랗게 질렸다.

"미, 밀레느……! 알베르 왕자님 앞에서 무슨……!"

"저는 개의치 마세요. 이게 더 멋지잖아요!"

"네……? 어, 으음…… 알베르 왕자님께서 그렇게 말씀하신다면야……."

아버지는 내 평소 말투를 꾸짖으려 했지만, 알베르도 이미 이 말투에 익숙해졌다.

오히려 열기를 띤 투로 받아치자 발자크가 다른 느낌의 당혹감을 보였다.

"어험! 아, 아무튼 큰일이 났구나."

발자크는 피로를 털어내고 기분을 진정시키려고 크게 헛기침을 했다. 그리고 위엄 어린 태도를 가장한 아버지가 내게 뭔가를 내민다.

발자크가 손에 쥔 것은 편지다. 이 남자라면 편지 정도는 시종에게 전하라고 시킬 텐데—— 의아하게 생각하며 봉투를 뒤집어본다.

봉투에는 흑사자 문장(紋章)이 있었다.

"코르온에서 보냈다고?"

내 목소리를 들은 알베르가 일어선다.

들여다보는 알베르를 무시하고 거칠게 봉투를 뜯는다. 겉에 있는 문장처럼, 안에서 나타난 것은 코르온에서 내게 보낸 편지였다.

"코르온 기사단 연습 초대장? 코르온에서 왜 나한테 이딴 걸 보내?"

요약하자면 『스루베리아의 머리칼』을 지닌 밀레느 페투레 드레리에를 코르온에서 치르는 기사단 연습에 초대한다는 내용이었다.

나를 『신이 총애하는 자』로 추앙하는 이르타니아와 달리, 국교가 없는 코르온에서 스루베리아의 머리칼은 강한 마력의 표식에 지나지 않을 텐데——.

무심코 입에 담은 의문에 알베르가 답한다.

"밀레느 님, 모르세요? 왕성에서 있었던 일이 알려진 후로,

밀레느 님의 이름은 우리 나라만이 아니라 인근 국가에도 널리 퍼졌어요."

"아앙? 칫. 일이 성가셔졌는걸."

알베르의 말을 듣고 솔직하게 느낀 바를 푸념으로 내뱉는다.

언젠가 행방을 감추고 용병이나 할까 생각한 인간의 이름이 널리 알려지면 골치 아프다. 용명과 뜬소문은 용병으로서 바라 마지않는 일이지만, 가출한 공작가 영애에게는 족쇄에 지나지 않는다.

그런 성가신 짓을 벌인 건——.

"어……? 밀레느 님, 왜 그러세요?!"

옆에서 눈을 반짝이고 있는 이 도련님이겠지.

나는 알베르의 머리를 마구 흐트러뜨렸다.

"아, 앗! 이러지 마세요, 밀레느 님."

말은 그렇게 하지만, 좋아하는 티가 풀풀 난다. 순순히 관두자 알베르가 버림받은 강아지처럼 풀이 죽는다.

"그나저나 기사단 연습이라……. 타국의 일개 영애를 부르다니, 되게 황당한 소리네."

마음을 다잡은 후, 다시 편지에 의식을 집중했다.

파티라면 또 모를까, 기사단 연습에 초대한 것이다. 예전 역사를 생각하면 무위를 과시하려는 걸지도 모른다는 생각이 들었지만——.

"그래요? 코르온의 황녀도 말괄량이에, 무예로 유명하거든요. 영지가 가까운 밀레느 님께 흥미를 느낀 게 아닐까요?"

"그런 걸까."

뭐, 그렇다면 평화에 찌든 이 나라 사람을 초대할 수도 있겠지.

그 말대로 편지 끝에는 전생에서 본 코르온 여제의 이름이 있었다. 제위를 계승하기 전이라 그런지, 서명은 단순히 '콜레트'다.

콜레트 폰 코르온. 전생에서 내 고향을 멸망시키고, 결과적으로 나를 죽인 여자의 이름이다. 잊을 리가 없다.

그 일에는 딱히 원한도 없지만, 이 세상에서 그 녀석의 속셈이 어떤지는 흥미가 있다.

"흥미로운걸. 아버지, 간다고 답장 보내."

나는 편지를 팔랑팔랑 흔들어 아버지에게 들이댄다.

눈에 띄게 허둥대는 모습이 재미있다.

"그, 그래……. 그러마. 그래도 밀레느, 부디 말투는 조심하거라……!"

"저도 부탁할게요. 밀레느 님은 지금이 더 매력적이지만, 상대는 코르온 황제의 여식이니까요."

한편, 알베르는 참 차분하다.

태도를 나눠서 보이는 것도 아니까, 나를 신뢰하는 것이리라.

이용할 수 있는 건 뭐든 이용한다. 그렇게 가르친 내가 그걸 어길 생각은 없다.

"안다고. 조금 생각하는 바도 있으니, 말씀에 따르겠어요."

나도 참 익숙해졌다. 자조가 흘러나올 것 같지만, 숙녀다운 미소로 억누른다.

노골적으로 가슴을 쓸어내리는 발자크, 눈을 반짝이고 있는 알베르의 태도가 대조적이었다.

◆

며칠 후. 나는 마차를 타고 영지 인근에 있는 코르온 제국 수도를 찾아갔다.

사실 여기 오는 건 처음이 아니다. 용병으로서 자립한 후로는 이 나라도 몇 번 방문했다.

군사적으로 발전해서 그런지 치안 유지 체제도 우수하고, 그에 따라 상업이 발전해 국가 전체의 활기로 이어지고 있다——그래서, 개인적으로 꽤 호감이 가는 동네다.

무엇보다 밥이 맛있다. 다진 고기를 창자에 넣고 익힌 요리를 처음 먹었을 때는 진짜 감동했는데.

초대받아 왔으니 밥을 기대하고 싶은데——.

기사단 연습을 거의 잊으려던 즈음, 그것이 눈에 들어왔다. 군사 대국 코르온의 위광을 과시하는 것처럼 무식하게 큰 궁전이다.

중후한 소리를 내며 문이 열려 마차를 안으로 들인다. 마치 괴물의 아가리로 들어가는 느낌이 드는 건, 전생의 기억 때문일까.

괴물의 아가리—— 아니, 나를 맞이하려고 정렬한 병사들 사이를 지나, 궁전 앞에서 마차가 선다.

호를 그리듯 이어진 계단 위, 궁전 입구에는 검은 머리를 길게 기른 소녀가 눈을 빛내며 팔짱을 끼고서 위풍당당하게 서 있었다.

어린애……같은 나이는 아닐지도 모르지만, 소녀 특유의 순진무구함을 흩뿌리면서도 날카로운 안광을 내고 있다. 나는 한눈에 상대를 알아봤다.

"잘 왔다. 아름다운 머리칼을 지닌 귀인이여. 이번에는 나의 개인적인 초대에 응해 주어서 고맙다!"

개인적인 초대, 라는 말을 하는 것을 보면 틀림없다.

이 소녀가 바로 '콜레트'. 이 시점에서는 형제자매 중 누가 제위를 계승할지 정해지지 않았기 때문에 아직은 '콜레트'에 지나지 않지만, 나는 안다.

이 소녀가 바로 왕위인 '폰 코르온'의 이름을 이어받을──엔빌의 원수다.

코르온의 제위는 형제자매 중에서 가장 뛰어난 자에게 대대로 계승된다. 이 나이에 그런 세상에 있는 소녀의 눈동자는 천진난만이 있으면서도 매── 아니, 사자처럼 날카로웠다.

소문에 따르면 여동생과 오빠가 있다는데, 그 녀석들도 눈이 이럴까?

역시 미래의 코르온 여제라고 감탄했지만, 나도 지난번과는 다르다. 시종의 손을 잡고, 우아하게 계단을 오른다.

"처음 뵙겠습니다. 초대해 주셔서 영광이어요. 밀레느 페투레 드 레리에입니다. 앞으로 잘 부탁드려요……."

드레스 자락을 살며시 들어 올리고 공손히 고개를 숙였다.

──이용할 수 있는 건 뭐든 이용한다. 내 삶의 방식을 드러내듯, 한편으로 눈동자 깊숙한 곳의 전의만은 격렬하게 불태우며 이름을 밝혔다.

"저 사람이 『스루베리아의 머리칼』인가."

"소문만 들어선 대단한 여걸인 줄 알았는데, 참으로 아리땁군……."

옆에 서 있는 남자 귀족이 들뜬 기색으로 말한다. 뭐, 외모는 반반하니까 말이야. 속을 모르면 저렇게 생각할 만도 하지.

옛날이나 지금이나 성격은 칭찬받을 만한 게 못 되지만.

그나저나 이 정도로 속아 넘어가는 것을 보면, 코르온의 귀족도 별 볼 일 없는 것 같았다.

이렇게 말할 수 있으면 참 좋을 텐데.

"후!"

──눈동자 깊은 곳에 감춘 투지를 느낀 것이리라. 몸을 희미하게 떨며 흥분 섞인 미소를 짓는 콜레트를 보아하니 만만치 않을 것 같다.

소문을 듣기로 콜레트 황녀는 어릴 적부터 뛰어난 무예를 자랑해왔다고 한다. 과연, 소문이 사실임을 실감했다.

"후하하── 마음에 들었어! 앞으로도 잘 부탁하지. 그대와는 오랫동안 알고 지내게 될 것 같은걸."

"네, 저야말로 잘 부탁드립니다. 나이도 같으니, 외람되지만 좋게 봐주시면 좋겠어요."

환하게 웃으며 상대방이 내민 손을 잡는다. 주위에서 한숨이 들리는 건 그 모습이 한 폭의 그림 같아서이리라.

아직 어리지만, 콜레트는 장래의 미모를 느끼게 할 만큼 얼굴이 곱다. 백발인 나와 흑발인 콜레트. 대조적이면서 얼굴은 반반한 두 사람이 환한 표정으로 악수하는 모습은 아무것도 모르고 보면 눈 보신이 될 것이다.

실제로는 짐승 두 마리가 대치하는 거지만. 그것을 눈치챈 이가 과연 몇 명이나 있을까.

"기사단 연습이 시작될 때까지 시간이 있지. 그동안 여행하며 쌓인 피로를 풀도록."

◆

얼마 후.

나는 코르온의 수도 부스베르크에서 적당히 떨어진 곳에 있는 초원으로 이동했다.

허허벌판이 수많은 인파로 붐비는 가운데, 나는 마련된 내빈석에서 기사단 연습을 내려다보고 있었다.

코르온의 국기에 쓰인 두 가지 색깔, 적군과 백군으로 나뉜 중대가 격돌하는 모습은 꽤 박력이 있었다.

듣자니 두 장군이 각각의 군을 이끄는 것 같다. 이 기사단 연습은 의전 행사이면서 절차탁마를 위한 자리이기도 한 것이다.

하지만── 솔직하게 말하자면 좀 심심했다.

박력은 있지만, 미래의 코르온이 사용하는 전술을 알고 있기에 솔직히 김이 샐 정도다.

 마법이 개발된 후의 전쟁은 한 명의 영웅이 승패를 결정하는 일이 드물지 않았다. 그래서 전쟁이란 형태의 전투는 수많은 병사가 마술을 날려서 용맹한 장수를 지원하는 형식이 일반적이다.

 미래에 석궁 같은 병기를 도입하는 코르온도, 이 시대에는 이르타니아와 별반 다르지 않은 전술을 썼다.

 뭐, 장병의 질에서는 크게 차이가 나지만――.

 "자, 어떤가? 밀레느 양."

 그렇게 하품을 죽이고 있을 때, 옆에 있는 콜레트가 질문을 던졌다.

 태도로 드러내지는 않았을 텐데. 그렇게 생각한 나는 다시 대외적인 표정을 지었다.

 "매우 박력이 넘치는군요. 특히 장군 두 분의 기백이 엄청난 것 같아요."

 "하하하. 그래?"

 생긋 웃고 대답하자 콜레트가 웃는다.

 하지만 쾌활한 웃음과는 달리 유쾌한 기색이 별로 없다.

 "확실히 구경거리로서는 괜찮은 편이겠지. 하지만 연극을 보는 것 같지 않나?"

 구경거리. 실전으로도 손색이 없는 병사들의 격돌을 보며, 콜레트는 그렇게 평가했다.

맞는 말이다. 표정에 드러내지 않고 아래에서 펼쳐지는 '전투'를 본다.

정렬한 병사들이 마술을 쏘면서 전장에 다양한 속성을 지닌 형형색색의 마술이 어지러이 날아다닌다── 연습이라서 살상력을 줄이기는 했지만, 이것이 이 시대의 '전투'다.

하지만 콜레트는 그것을 연극을 보는 것 같다고, 구경거리에 지나지 않다고 말했다.

"마술이 긍지니, 고결한 승리를 위한 것이니 같은 말은 하찮기 그지없지. 그딴 말은 책이나 무대에서 하는 게 좋지 않다고 생각하지 않나?"

초대받은 손님이 대답하기 껄끄러운 것을 물어본다.

하지만 그 말에는 전적으로 동의한다. 이 시대의 전투는── 훗날에도 그렇지만, 융통성이 없다. 검과 마술을 이용해 싸우는 것에 집착한 나머지 다른 수단에 눈이 가지 않는 것이다.

극단적으로 말해서, 사람은 화살을 맞으면 죽는다. 맨손으로 움직일 수 있다는 마술의 이점은 무시할 수 없지만, 다른 방법도 얼마든지 있다는 것이 전투를 보는 내 인식이다.

"나는, 저걸 더 재미있게 만들 거다. 이 코르온을 더더욱 강하게 할 거다. 긍지 같은 건 죽여야 얻고, 살아야 전하지. 그렇게 생각하지 않나?!"

콜레트의 목소리에 서서히 열기가 어렸다.

사실 콜레트가 여제가 된 미래의 코르온에서도, 그 이상이 전부 실현되었다고는 말하기 어렵다.

결국 마술의 권위는 쇠퇴하지 않았고, 마술을 이용하지 않는 병기 또한 도입되기는 했지만 어디까지나 선택지 중 하나에 지나지 않았다.

　하지만 열네 살의 어린 몸으로 그런 생각을 할 줄이야.

　『흑사자』는 타고난 전쟁광이라는 이야기를 들은 적이 있는데, 헛소문은 아니었나 보다.

　무엇보다 그 말에서 잘 모를 설득력이라고 할까—— 카리스마 같은 것을 느꼈다. 그 휘하에서라면 참 뜨거운 꿈을 꿀 수 있을 것 같다.

　흑사자의 송곳니가 고향을 노리지 않기를 바랄 뿐이다.

　"저는 잘 모르겠지만, 참 정열적인 이야기군요."

　"그렇지? 뭐, 고정관념을 깨는 게 쉬운 일이 아니겠지만."

　하지만 이렇게 되면 나도 여러모로 난처해진다.

　'마법 무능자'로 불린 전생에 비해 『스루베리아의 머리칼』을 지닌 지금은 이미 어려워진 상황이지만, 그래도 마력을 숨기면 이 외모 덕분에 상대방을 방심시킬 수 있을 것이다.

　마술을 별로 중요시하지 않는 세상에서는 익숙한 방식을 못 쓰는 만큼, 그런 세상은 오지 않는 편이 좋다.

　말로는 긍정하면서도 속으로 그런 생각을 하며 막연히 연습을 보고 있을 때, 마침내 결판이 났다.

　적군의 승리다. 다소 젊어 보이는 장군이 검을 치켜들며 승리의 함성을 질렀다.

　"대단하군요."

"그런 걸로 해두지."

서로가 마음에도 없는 말을 하고 있다는 건 아마 상대방도 눈치챘을 것이다.

주위의 성대한 박수와 달리 내빈석에 있는 우리의 반응은 냉담했다. 소란 속에서 침묵이 흐른다.

"저기, 밀레느 양."

"왜 그러시죠? 콜레트 황녀님."

콜레트가 먼저 침묵을 깼다.

"듣자니 요새 단련에 힘을 쏟고 있다지? 『아름다운 발키리』로 추앙받는 그 이름은 영지가 가까운 우리도 익히 듣고 있어."

"그건 과장된 소문에 지나지 않는답니다. 자신을 다스리기 위해, 몸을 단련하는 것인데……."

"하하, 너무 겸손하지 마. 뭐, 그건 됐어. 밀레느 양은 몸을 단련할 뿐이라고 하지만, 만약 장래에 장군으로서 병사를 이끈다고 가정해 봐. 밀레느 양은 백군을 어떻게 승리로 이끌지, 좋은 생각이 있나?"

가볍게 지혜를 시험해 보는 것일까? 콜레트는 패배한 백군을 이기게 해 보라며, 호기심으로 가득한 눈빛을 보인다.

지금 조건이라면 좀 성가시겠지만, 실전이라는 조건이 붙는다면 대답은 간단했다.

잠시 고민하는 척한 후, 나는 답했다.

"글쎄요……. 저라면, 부대 전원에게 석궁을 주겠어요."

"석궁이라! 이유는 뭐지?"

콜레트의 목소리는 상기되었지만, 그 눈은 진지하기 그지없었다.

비꼬는 것처럼 들리는 것도 흥분 탓이리라.

그렇겠지. 이것은 미래에 콜레트 본인이 군대에 도입해——밀레느를 처형하려 모인 반란군을 혼란의 도가니에 빠뜨린 전술이니까.

"저렇게 마술을 쏘면 소모가 심하니까요. 화려한 마술이 오가는 건 개전 직후뿐이에요. 이 전투에서도 그랬지만, 그 후에는 마력 소비가 적은 마술이 충분한 살상력이 생기는 거리까지 접근하잖아요? 그렇다면 화살을 쏴서 상대가 접근하기 전에 병력을 크게 줄일 수 있겠죠. 화살이 급소에 명중하면 목숨을 잃으니까요."

이상한 생각인가요? 하며, 내가 생각해도 소름 돋을 만큼 내숭을 떨며 고개를 갸웃거렸다.

하지만 콜레트는 어이없어하지도, 내 내숭에 인상을 찡그리지도 않으며—— 흥분에 찬 웃음으로 표정을 물들였다.

사자를 방불케 하는, 호전적인 눈빛을 곁들이고서.

정말, 일을 번거롭게 벌이는 사람이다.

영지가 가깝다는 이유만으로 굳이 공작가의 딸을 부른 것은 현재의 '전투'를 논하기 위해서도, 하물며 기사단 연습을 보여 주기 위해서도 아닐 것이다.

이르타니아에서는 『스루베리아의 머리칼』을 중시하지만, 다른 나라에서는 마력이 많은 사람보다 큰 의미를 지니지 않는다.

그렇다면 콜레트가 볼일이 있는 건——.

"그런 생각을 지닌 그대한테, 방금 연습은 꽤 심심한 볼거리였겠군."

'밀레느 페투레 드 레리에' 개인이 틀림없다.

"아뇨, 매우 흥미로웠답니다."

애를 태우듯 그 질문을 슬쩍 피한다.

확실히 이 볼거리는 심심했지만, 이건 거짓말이 아니다. 왜냐하면 그저 강하기만 한 기사단에 완성된 전술을 도입한 이 여자가 비범함을 다시 깨달았기 때문이다.

"후후. 너무 그러지 마라. 우리 같은 말괄량이는 가만히 앉아만 있어도 지칠 텐데? 밀레느 양, 이쯤에서 잠시 몸을 움직여 보지 않겠나?"

천천히 자리에서 일어나 돌아본 콜레트는 미소를 지었다. 투지를 감추지도 않고 다짜고짜 나를 자기와 동류로 치면서.

"솔직히 말해서 전부터 궁금했지. 거대한 마력을 지녔다는 『스루베리아의 머리칼』의 소유자. 그 힘을 꼭 내 눈으로 확인하고 싶구나!"

거참, 내 이름이 외국에 어떤 식으로 알려진 걸까. 이르타니아 성에서 있었던 일이 퍼진 거라면 조심해야 할 것 같지만——.

"콜레트 황녀님께서 희망하신다면, 부족하게나마 최선을 다해 보겠어요."

아무튼 모처럼 초대해 주었는데 댄스 파트너 역할도 다하지 못해선 '숙녀' 가 될 수 없다.

물론 그 상대는 어마어마한 말괄량이 아가씨지만.

"그래야지! 거기 누구 없느냐!"

내 대답을 들은 콜레트는 기다렸다는 듯이 망토를 휘날리며 돌아섰다.

확실히 앉는 것에도 질린 참이다. 이쯤에서 운동하는 것도 나쁘지 않겠지.

콜레트의 부름에 병사 한 명이 다가오더니, 이것저것 지시를 받고 어딘가로 사라진다.

그 모습을 지켜본 콜레트는 잠시 침묵하더니, 이윽고 콧노래를 흥얼거릴 듯한 분위기로 눈을 빛내며 나를 본다.

"자, 이동하자! 마침 연습장도 비었으니 말이다!"

"어머, 참 적극적이시군요."

그리하여 손을 잡힌 나는 지금껏 내려다보던 연습장으로 연행되었다.

◆

──일이 그렇게 된 까닭에.

얼마 후, 어느새 나는 사람들이 지켜보는 가운데 콜레트와 대치하고 있었다.

역시 처음부터 이게 목적이었던 거다.

기사단 연습에 초대한다는 명목으로, 싸움 좀 한다는 영애가 있다는 소문에 한번 붙어 보려고 부른 거겠지.

그것은 처음부터 알았다. 평소라면 이웃 나라로 사람을 부르다니 웃기지 말라고 하겠지만—— 이 콜레트가 그 콜레트와 다른 사람이라고는 해도, 역시 조금은 신경이 쓰이는 구석이 있다.

"밀레느 양의 이야기를 들은 뒤로 쭉 만나고 싶었지. 예상했던 그대로의 인물이라 좀 흥분되는걸."

"어머."

목검의 감촉을 확인하며 너스레를 떨듯 웃음을 흘렸다.

남들 앞에서는 내숭을 잘 떨었다고 생각하는데 말이야. '예상했던 그대로'란 어떤 점을 가리키는 걸까.

하지만 예상했던 그대로라고 느낀 건 나도 마찬가지다. 이 콜레트가 그 콜레트의 전환점에 해당하는 연령이며, 나이를 먹고 차분해지면서 그런 느낌이 되었다는 것은 충분히 이해되었다. 그것을 차분해졌다고 표현해도 될지는 의문이지만, 아무튼 그렇다는 말이다.

지금은 그 말괄량이 기질이 겉으로 드러난 것이 명백하다. 실력자가 다른 실력자의 이야기를 들으면 겨루고 싶어서 몸이 근질거린다. 그런 인간은 용병 사회에도 널렸다.

"자, 검을 들어라! 그대의 실력을 보여다오!"

늠름하고 씩씩한 콜레트가 검을 번쩍 들자 천둥 같은 환성이 울려 퍼졌다.

보아하니 국민의 마음도 장악한 듯하다. 장래에 적대할 일이 생기면 성가시기 그지없겠는걸.

시키는 대로 검을 든다. 검술의 기본에 따른 상단 자세다. 몸집이 작은 콜레트에게는 '짐승'의 검술이 효과가 거의 없을 것이다. 상대가 바뀌면 고르는 카드도 바뀐다. 싸움에 매진하며 보낸 10년 남짓한 세월로 깨달은 이치다.

자, 어쩌면 좋을까. 초대받은 손님이기는 하지만, 상대는 이 나라의 황녀님이다. 상대의 체면을 세워서 끝내는 게 가장 무난할 듯한데——.

"미리 말하겠는데, 봐줄 생각은 마라. 나는 얕보이는 걸 가장 싫어해."

당사자인 황녀님이 이러니까 말이지.

얕보이는 걸 싫어한다는 건 진심일 것이다. 그렇지 않다면 무례하다는 이유로 이웃 나라를 공격하지는 않으리라.

그렇다고 전력을 다하는 것도 어른스럽지 못하고, 본인과 다르게 주위 녀석들을 자극할 수 있다.

봐주지는 않고, 전력을 다하면서도 상대방의 체면을 세우려면——.

눈에 힘을 주고 노려보듯 콜레트에게 시선을 보내자 그녀는 입이 찢어질 듯한 웃음을 짓는다.

"간다!"

시작 신호도 없이, 콜레트가 몸을 날린다. 자부심을 가지는 게 당연한 수준의 마력이다.

가능하면 한동안은 연약한 영애인 척하고 싶지만, 목검으로는 마력의 도움 없이 받아낼 수 없겠는걸.

뭐, 그건 여기 불려온 시점에서 이미 늦었나.

"이얍!"

함성과 함께 목검이 날아든다. 격렬한 마력을 섬세하게 짜인 기술로 통제한, 날카로운 일격이다.

아직 원석에 지나지 않지만—— 직접 검을 맞댈 기회가 없었던 그 여제는, 아마 뛰어난 지도자 이상으로 뛰어난 전사였으리라는 것을 예감하게 하는 멋진 검술이다.

조금은 안심이 되었다. 예전의 자신을 죽인 미래의 원수가, 얼간이가 아니라서 다행이라고.

"훌륭하군요. 하지만——."

거머쥔 목검으로 방어한다. 날카로운 금속음을 자아낸 건 목재가 아니라 그것을 감싼 마력이다.

역시 마력을 쓰지 않고 받아냈다간 검이 간단히 부러졌을 것이다. 그 점에서 생각하면 마력이 있는 자가 없는 자를 '마법 무능자'라고 부르는 것도 이해가 되었다.

현실에서는 그것만으로 잘 담금질한 강철 검을 부러뜨릴 실력자가 많지 않지만.

아무튼, 나는 콜레트의 일격을 비슷한 수준의 힘으로 받아냈다. 이것도 봐주는 거라고 할 수 있겠지만——.

"흡……!"

기술 면에서는 제대로 붙을 작정이다.

살짝 물러나고, 밀어붙인다. 그 낙차에 의해 상대의 힘이 흐트러지는 것을 이용해 단숨에 콜레트의 검을 쳐낸다.

그리고 그대로 어깨를 향해 목검을 휘두르는데—— 콜레트는 자유로운 하반신으로 땅을 박차면서 어찌어찌 후방으로 이탈했다.

　과연. 검술에서 노력이 느껴질 뿐만 아니라, 센스도 좋다. 반응 속도는 상당한 수준이다.

　무엇보다——.

　"소문만큼…… 아니, 소문보다 더 좋구나! 대단하다, 밀레느 양!"

　힘에서 차이가 드러났는데도 매섭게 웃는 저 기질.

　그 차이를 한 번 부딪힌 것만으로 느낀 것도 좋다. 혹은 밀리지 않는다고 생각하는 듯한 저 격렬한 투지도 좋다.

　——솔직히 말해서, 나는 이 소녀를 딱히 원망하지 않는다. 어차피 그 나라는 끝장났음을 알았다. 그런데도 내 발로 돌아간 것은 내 의지이며, 그 나라의 숨통을 끊은 게 다른 사람이었을 뿐이다.

　게다가 언젠가 그렇게 될 미래를 안다고 해도 지금 이 자리에 있는 소녀는 아직 아무것도 하지 않은, 그 여제와는 별개의 인간이다.

　나는 무인 기질의 소녀에게 호감이 있음을 느끼고 입꼬리를 올린다.

　"그러시는 콜레트 님이야말로 솜씨가 대단하시군요. 아마 성 안에서도 당신을 상대할 수 있는 분은 몇 안 되지 않으려나요?"

　"하하, 그 말이 맞아. 참으로 한심해서, 귀가 따가운 소리지만

――― 말이다!"

다시 달려온 콜레트와 정면에서 격돌한다.

연이어 목검을 휘두를 때마다, 맞닿는 마력이 검과 검이 부딪히는 소리를 연출한다.

전쟁이란 병사의 숫자도 중요하지만, 한 명의 용맹한 장수가 승부를 가를 때도 많다. 콜레트를 상대할 자는 이미 용맹한 장수로 불리는 수준의 인간밖에 없음을, 검을 통해 느껴지는 기술과 마력으로 알 수 있었다.

전생의 나라면 제대로 검을 받아내지 못했을 것이다. 상대가 이렇게 격렬한 기세로 검을 휘둘러댄다면, 기술만으로는 도저히 받아낼 수 없다.

지금의 나에겐 기술과 더불어 상대의 힘을 받아낼 힘도 있지만.

정말 분통 터질 일이다. '어떻게 싸울까' 만 생각하던 힘을 내가 지니다니, 참 아이러니한 일이다.

하지만 덕분에 그 힘을 잘 이해하고 있다. 이용하는 방법도, 약점도 말이다.

마력이란 마음의 힘을 변환한 것이다―――란 이야기를 들은 적이 있다. 당시의 나한테는 잘 모를 이야기였지만, 한 가지 아는 것이 있다.

그것은 고양된 의식에 의해 마력이 흘러나오는 경우가 있다는 점이다. 예를 들면―――.

"……!"

콜레트의 눈이 더욱 강렬한 빛을 낸다. 그것은 승리를 확신한 눈빛이다.

대단하군. 잘 보는걸. 나는 속으로 탄성을 토했다.

──전투 중에 끓어오르는 '기'는 때때로 몸보다 먼저 마력을 움직일 때가 있다. 그것은 이제부터 움직일 것이란 사실을 알려주는 징조다. 하지만 마력이 미숙해서는 느낄 수 없을 만큼 미약한 산들바람 같으며, 뛰어난 마력을 지닌 자들끼리의 대결에서는 속도가 너무 빨라서 의식할 수 없을 만큼 미세한, 겨울에 손끝을 찌르는 작은 짜릿함처럼 미약한 징조에 불과하다.

콜레트는 그 '기'를 감지하고 옆으로 눕힌 검을 앞으로 드는 방어 자세를 취한다── 뛰어난 감각, 뛰어난 반응 속도라고 칭찬할 수밖에 없겠지.

왼쪽 어깨에서 허리를 가로지르는 강력한 일격. 내가 뿜은 '기'는 그런 의미였다.

"컥……?! 아니……?!"

하지만 실제 내 움직임은 반대편 몸통을 노리는 가벼운 수평 베기였다. 말하자면 마력에서 느껴진 것과는 정반대되는 움직임이다.

마음만 먹으면 몸통을 가를 수도 있지만, 이것은 대련이다. 뼈가 부러지지 않을 정도의 위력으로 때렸지만, 봐준 거라고는 할 수 없을 것이다.

콜레트는 검에 맞은 아픔으로 옆구리를 붙잡고 후퇴한다. 그 표정에는 명확한 난처함이 드러나 있었다.

'이것'은 달인의 영역에 도달한 자만이 느낄 수 있다고 한다. 이 어린 나이에 그 경지에 도달하는 일은 드물 테고, 애초에 대다수가 평생 체험하지 못하는 세상의 이야기다.

말하자면, 이것은 콜레트만의 세상이었겠지. 그 의식 속에만 존재하는 세상이 무너졌다── 방금 일격은 단순히 의식의 허를 찔렸다고 치부할 수 없는 충격을 주었을 것이다.

"바, 방금 그건……?!"

"정말 대단하시군요. 그게 뭔지 이해했다면 경탄을 금할 수 없어요."

살기만 드러내는 '기술'. 이것이 지금의 내가 만든 기술이다. 하지만 그것은 수준이 매우 높은 강적에게만 통하는 속임수이므로, 원래라면 열네 살 소녀에게 쓸 게 아니다── 써 봤자 의미가 없는 기술이다.

"어떻게 이럴 수가……!"

"하, 하지만…… 믿기지 않아!"

술렁거리는 관객 사이에서 경악에 찬 목소리를 낸 것은 아까 군을 이끌던 두 장군이었다.

관객들에게는 황녀가 잘못 예측해서 공격에 맞았다. 고작해야 그런 결론에 이를 일이다. 하지만 장군들은 지금 무슨 일이 일어났는지 이해한 것 같았다.

상식의 틀에 박힌 전술을 쓰지만, 그 실력은 진짜 같군. 이런 녀석들이 있다면 군사 제국 코르온의 장래도 밝겠는걸. 나한테는 아이러니한 이야기지만.

"더 하실 건가요?"

"······큭."

조금 싸늘하게 한 말에는 '억지를 부리겠어?' 란 의미가 담겨 있다.

경상이라고는 해도, 텅 빈 몸통을 맞았다. 실전이었다면 어땠을지 생각해 볼 필요도 없다.

즉, 나는 죽은 자가 계속 움직이는 거냐고 물어본 것이다.

상황을 파악하지 못하고 그 무례한 발언을 알아챈 자는 "유효타 하나 가지고." 라며 떠들어댔고, 그것이 관객에게 전염되며 소란을 불렀다.

보아하니 국민에게 인기가 많은 것 같으니까, 아무리 초대한 손님이라고 해도 갑자기 튀어나온 계집이 우리 황녀님의 몸을 슬쩍 친 정도로 승리를 뽐내지 말라는 거겠지.

"그만두지 못할까!"

하지만 민중의 착각은 콜레트가 가장 잘 이해했다.

참다못한 기색으로 고함을 지른 콜레트의 표정에는 분노가 드러나 있었다.

"너희는 나를 망신시키려는 것이냐? 이게 실전이라면, 나는 방금 죽었을 거다! 그런데도 불필요한 상처를 내지 않게 손에서 힘을 뺐거늘······!"

그 분노는── 이 소녀답게, 소란을 피우는 민중을 향한 분노였다.

무인 기질인 콜레트에게 힘든 것은 패배를 인정하지 않는 민중의 목소리이리라.

　그것은 싸움에 엄격할수록 더할 것이다.

　"너희는 밀레느 양이 얼마나 고도의 기술을 썼는지 모르겠지……! 그것도 모르면서 소란을 피우다니, 가소롭구나! 너희는 나한테 어리석은 자가 되라고 강요하는 것이냐!"

　끓어오를 듯 흥분하던 관객들이 일제히 입을 다문다. 아름다운 황녀가 터뜨린 불꽃같은 분노가 자신들을 가뿐히 뛰어넘을 만큼 뜨겁다는 사실을 이해한 것이리라.

　역정이 아니다. 질책이다. 그것을 알기에 민중은 아무 말도 하지 않는다.

　볼수록 재미있는 녀석이다. 적으로 만들고 싶지 않다고 다시금 생각한다.

　군화 소리를 딱 내고, 콜레트가 내게 돌아섰다.

　"미안하다, 밀레느 양. 못난 국민들의 무례를 사과하마. 초대해서 가르침도 받았는데 이런 꼴을 보이다니, 면목이 없구나."

　그리고 깊이 머리를 숙였다. 한 나라의 황녀가 함부로 머리를 숙이면 안 된다── 하지만 알면서도 그런 것이다.

　관객들 사이에서 오열이 들려왔다. 그토록 소란을 피운 것도 황녀를 경애하기 때문이리라. 그 마음이 그들의 황녀에게 머리를 숙이게 했음을 이해한 것이다.

　정말 성가신 나라다.

　국민의 두터운 신뢰, 뛰어난 무예와 카리스마. 적이 되면 성가시기 그지없을 것이다.

"머리를 들어 주세요. 저들의 마음은 저도 잘 안답니다."

"밀레느 양……."

뭐, 아직은 적이 아니라서 다행이지만.

이런 나라와 전쟁하는 일이 없어도 조심하고 싶다.

콜레트에게 다가가서 머리를 들게 하자 찬물을 끼얹은 것처럼 주위가 조용해진다.

가까이에서 시선을 주고받자 이윽고 콜레트의 표정이 풀렸다.

"완패다! 다들, 봤느냐! 강하고, 고결하며, 아름답다! 다른 나라 사람일지라도, 뛰어난 자를 우수함을 인정하는 것 또한 도량이다! 이 모습을 똑똑히 눈에 새겨서, 코르온의 이름에 부끄럽지 않은 고결한 삶을 살아줬으면 한다!"

목검을 내던지고, 그 대신에 콜레트가 내 팔을 붙잡았다.

승자를 칭송하듯 내 팔을 높이 쳐들자 호응하듯 오늘 들어 가장 큰 환성이 터져 나온다.

"만세!"

"콜레트 황녀님 만세!"

"밀레느 님 만세!!"

솔직히 조금 벙찐 느낌이다. 아까와 확 달라진 태도도 그렇지만, 이렇게 많은 사람이 추켜세운 경험이 없기 때문이다.

예전의 나는 비겁하니 야만스럽니 같은 말을 상대의 칭찬으로 여겼지만── 기분이 나쁘지는 않았다.

목검을 지면에 꽂아 세우고 다시 내숭을 떤다.

높이 쳐든 오른손은 자유롭게 놀릴 수가 없어서 관객들에게 왼손을 흔들었다.

내가 생각해도 태도를 바꿔서 써먹는 데 익숙해진 것 같다. 물론 무예를 칭송받는데 마치 베란다에 선 왕족처럼 손을 흔드는 건 좀 아니라는 생각이 들었지만——.

그걸 알면서도, 조금 흥분했기 때문일까.

"저기, 밀레느 양."

옆에서 손을 쳐든 콜레트가 상황에 어울리지 않게 차가운 목소리로 내 이름을 부른다.

"왜 그러시죠?"

찬물을 뒤집어쓴 심정이지만, 나는 생긋 웃고 대꾸했다.

속으로는 화가 치민 것일까? 의문이 들지만, 나는 그 생각을 부정했다. 이 황녀님은 그렇게 쪼잔한 작자가 아니다.

그것보다 눈에 익은 저 모습은——.

"나는 그대가 마음에 들었다. 몹시 말이지. 무슨 수를 써서라도 그대를 손에 넣고 싶어졌다."

그때. 최후의 순간에 내게 보인 눈빛과 똑같았다.

"어머, 정열적이시군요."

"내 앞에서는 숨기지 않아도 된다. 그 눈동자 깊은 곳에 사자가—— 아니, 긍지가 강하고 교활한 늑대가 숨어 있다는 사실을 알거든."

"잘 꾸미려고 했는데 말이지."

"같은 무인이 보면 알겠지. 그것보다, 너는 그렇게 말하는군. 아까보다 훨씬 매력적이다."

"그래?"

표정은 그대로 두고 말투만 원래대로 돌린다. 나도 참 능숙해진 줄 알았는데, 본성이 들켰다고 하니까.

그러나 여자에게 구애받는 건 제법 귀중한 경험이다. 몸으로 장사하는 여자가 들러붙은 적은 있지만, 그런 것과는 전혀 다른 감각이다.

우리에게 쏟아지는 큰 환성에 숨어서, 우리는 둘만의 대화를 계속한다.

"이봐, 밀레느. 코르온에 올 마음은 없느냐? 나는 『신이 총애하는 자』 같은 전설에는 흥미가 없다만, 너 같은 능력을 지닌 인재가 앞으로 코르온에 필요하다는 건 알지. 그걸 위해서라면 뭐든 들어줄 생각이다만……."

"헤에, 구애 문구치고는 매력적인걸."

그것은 제왕이 하는 말이다. 상대를 원하지만, 어디까지나 자신이 베푸는 쪽이라는 자세를 고수한다. 이런 말을 흔해 빠진 도련님들이 입에 담는다면 우습겠지만, 이토록 매력적인 여자가 말하니 남자로서 더없이 행복하다. 뭐, 지금은 남자가 아니지만. 그건 집어치우고.

"실은 예전에도 비슷한 말을 들은 적이 있어. 그쪽은 거절했지만, 그것도 나쁘지 않을 거야. 어차피 언젠가는 가문을 버리고 용병이라도 할 작정이니까."

"오호! 참 잘된 일이구나."

나는 언젠가 가문을 버리고 자유롭게 살 작정이다. 멋대로 살

수 있는 환경을 콜레트가 마련해 준다면 거절할 필요도 없겠지.

알아보기 쉽게 표정을 푸는 콜레트. 하지만 나는 계속 말한다.

"옛날부터 들개 기질이어서 말이야. 이렇다 할 주인을 만난 적이 없단 말이지. 그걸 준비해 준다면, 네 밑에 들어가도 돼."

이건 야유가 섞인 말인데, 간단히 말해 이거다.

『너는 나를 길들일 수 없어』.

콜레트가 이 말뜻을 모를 리가 없다. 놀라서 일을 딱 벌린다.

"하하! 재미있구나. 그렇다면 늑대에게 걸맞은 주인이 되어 주마. 다시 선언하지. 나는 너를 손에 넣을 거다. 무슨 수를 써 서라도."

하지만 곧장 매서운 웃음을 띠고 팔을 쳐든 손에 힘을 줬다.

무슨 수를 써서라도 손에 넣겠다고 했나. 너무 부추겼나 싶지 만, 기분이 나쁘지는 않았다.

나는 이번 인생에서 내가 원하는 대로 살 것이다. 그것은 불변 의 신조지만, 자유가 보장되는 한에서 누군가의 밑에 들어가는 것도 나쁘지 않겠지.

콜레트의 밑에 붙는 것이 내가 '하고 싶은 일'이 된다면, 그때 는 기꺼이 꼬리를 흔들자.

"흥, 기대할게."

"기억하마."

서로 짐승처럼 웃은 뒤 번쩍 든 손을 내린다.

그리고 콜레트는 다시 손을 내밀었다. 나는 망설임 없이 그 손 을 잡는다.

"이걸로 우리는 맹우다! 내가 누군가를 대등한 친구로 인정한 건, 네가 처음이다!"

"그것참 영광이네. 하지만 그런 아부를 원하지는 않잖아? 앞으로 잘 부탁한다는 말이면 충분해."

"음, 그런가."

굳게 악수하자 오늘 들어 가장 큰 환성이 터져 나오고, 내가 너무 큰 소리에 인상을 찡그리자 콜레트가 웃는다.

"그러면—— 앞으로 잘 부탁한다. 오래도록 말이지."

"그래, 잘 부탁해. 힘내라고, 황녀님."

이렇게 나는 전생에서 내 고향을 멸망시킨 적국의 황녀와 우정을 맺었다.

적어도 '밀레느와 콜레트의 첫 만남'은 예전 역사보다 훨씬 나아졌겠지. 콜레트에게도, 용병인 들개에게도 말이다.

그러나 그것이 평화로울지는 아직 모른다.

한 가지 확실한 것은, 이제야 대등하게 교류할 친구가 생겼다는 사실이다. 내게도, 콜레트에게도.

이웃 나라로 외출하는 것도 가끔은 괜찮은걸.

"자, 궁전으로 돌아가자. 우리 나라가 자랑하는 요리를 마련하게 했다!"

콜레트의 말을 듣고, 나는 다시 한번 그렇게 생각했다.

덧붙이자면, 술도 마실 수 있다면 소원이 없겠는데——.

제4화 심창(深窓)

비 오는 날에 정취를 느낀 적은 없다.

문득 책에서 눈을 떼고 창밖을 보니 칙칙한 하늘이 눈에 들어왔다.

이렇게 집 안에서 유리 너머로 보니 정말로 뭔가 평소와 다른 정취가 느껴졌다.

기본적으로 용병은 밖을 싸돌아다니는 직업이다. 인원 경호든 도적 토벌이든 한번 의뢰를 받으면 밖을 걸어야 하며, 내 사정은 고려되지 않는다. 비가 내려도 드는 생각은 '재수 없네.'나 '짜증 나.' 같은 것이다.

그래도 항상 밖에만 있는 것 아니다. 하지만 용병이 지붕 아래에 있는 건 대체로 주머니 사정에 여유가 있을 때다. 그럴 때는 대부분 술집에서 술을 마시거나 여관에서 잠이나 자니까 비 오는 하늘을 의식할 일은 거의 없다고 봐도 좋다.

집 안에서 밖을 보는 게 몇 년 만의 일일까.

심심해서 창문을 만지자 물기가 손가락을 적신다. 젖든 말든 상관없이 손을 대자 바깥의 한기가 그대로 전해지는 유리가 아늑하게 느껴진다.

이렇게 감상에 젖어 창문에 손댄 나를 밖에서 누가 보면 '창가의 영애'로 비칠 것이다. 입꼬리를 올려 슬쩍 웃은 뒤, 나는 다시 책을 읽으려고 창에서 뗀 손을 손수건으로 닦았다.

때로는 비도 괜찮은걸. 그렇게 생각하는 것도 이런 기회라도 없으면 단련을 쉴 일이 없기 때문이리라. 비가 오니까 쉰다. 그건 이런 신분이 아니면 불가능한, 무척 배부른 짓이다. 그렇게 특별한 느낌도 비의 '정취'일지도 모른다.

게다가 비 오는 날에는 알베르도 찾아오지 않는다. 이렇게 독서하면 시녀들도 시끄럽게 굴지 않으므로, 요즘의 내게는 드물게도 조용한 시간이라는 사실도 비 오는 날을 특별함을 더 크게 느끼게 하는 것 같다.

그나저나 용병 엔빌이 독서라. 옛날 지인이 들으면 웃겠거니 싶다. 내가 생각해도 참 어울리지 않는 짓이지만, 그렇다고 해서 나는 단순히 시녀들에게 눈치를 주어 조용한 시간을 얻으려고 책을 펼친 건 아니다.

책의 제목은 바로 『스루베리아의 머리칼』이다.

종교에는 전혀 흥미가 없지만, '나 자신'을 이해할 필요는 있다. 어처구니가 없어서 코웃음이 날 것 같지만, 나는 『이르타니아』라는 신과 『스루베리아의 머리칼』── 언젠가 나 자신이 마주해야 할 이 명칭과 전설에 관해 조사할 필요가 있었다.

다행이라고 해야 할지, 밀레느가 『스루베리아의 머리칼』로 태어났다는 것을 안 발자크가 허겁지겁 관련 서적을 긁어모았다고 한다.

그런 책은 페투레 저택에 널렸다.

『스루베리아의 머리칼이란, 우리의 구세주 이르타니아 님이 사랑했다고 하는 꽃 스루베리아와 같은 색깔의 머리카락, 혹은 그 머리카락을 소유한 자를 가리키는 명칭입니다. 스루베리아의 머리칼을 지닌 자는 이르타니아 님께 사랑받는다고 하여 대부분 특별한 재능과 거대한 마력의 은총을 받습니다. 그에 따라 스루베리아의 머리칼을 지닌 자는 신이 총애하는 자로 불리며, 우리 이르타니아의 주민에게 있어 매우 중요한 존재로 여겨집니다.』

그나저나 참 수상쩍은 이야기다. 읽기만 해도 우스워서 코웃음이 다 나온다.

하지만 그 논리 자체는 이해할 수도 있다. 머리카락의 색깔이 신이 사랑했다는 꽃과 같고, 뛰어난 재능과 마력까지 지녔으니 신에게 사랑받는다는 이야기도 그럴듯하게 들렸다.

하지만 그런 『신이 총애하는 자』의 말로가 그 모양이다. 신이란 것의 존재만큼은 좀처럼 믿을 수가 없었다.

내 나름의 논리로 풀어보자면, 애초에 그 반대가 아닐까 싶은데. 애초에 흰색에 희미하게 붉은색이 섞인 머리카락이 대량의 마력을 타고난 자의 신체적 특징이고, 그것과 비슷한 색깔의 꽃이 존재한다는 이야기가 나오면서, 그 꽃을 신이 사랑한다는 말이 생겨났다──는 식으로, '거대한 마력의 소유자는 머리카락이 하얗다'라는 사실이 먼저 밝혀졌던 것이 아닐까 하는 추측이다.

오래된 역사는 모르니까 증명할 수는 없지만, 완전히 틀린 생각은 아닐 것 같다.

뭐, 이런 이야기를 『스루베리아의 머리칼』을 지닌 자가 하면 좋지 않겠지. 신의 이름을 그대로 국호로 삼은 나라다. 그렇게 그럴싸한 소리를 했다간 긁어 부스럼이 될지도 모른다.

그나저나 이런 걸 배우기 시작하면 의외로 재미있다. 전생에는 학문이나 공부와는 인연이 없는 인생을 살아서 그런지 문헌을 보고 스스로 생각하는 것이 매우 신선하다. 의외로 적성에 맞는 걸지도 모른다——라는 건, 새로운 발견이었다.

학문이란 무척 사치스러운 것이다. 평민 중에는 하루하루의 일을 내팽개치고 시간을 낼 수 있는 녀석이 거의 없으며, 배워서 이론을 세우려고 해도 애초에 수준 높은 교육 자체가 사실상 귀족의 전유물로 변했다.

——그렇다. 나는 마음만 먹으면 교육을 받으러 갈 수도 있다.

예전의 나는 공부를 질색했지만, 예전의 신분으로는 원해도 구할 수 없는 것을 얻을 수 있다면, 받아서 손해를 볼 일이 없다.

공부 자체는 귀찮지만, 살다 보면 교양도 유용한 카드가 될 수 있다. 쓸 수 있는 카드는 최대한 많이 확보해 두는 것이 용병 엔빌의 신조다.

들자니 귀족만 다니는 학원(學園)이란 데가 있고, 그곳에서는 기숙사 생활을 한다고 한다. 이 어수선한 페투레 저택에서 나갈 수 있다면 괜찮을지도 모른다.

"하아……."

그렇게 생각했는데.

책을 덮고, 나른하게 창밖을 본다.

한숨 소리를 크게 내는 건 숙녀답지 않지만, 어차피 보는 사람도 없다. 그만큼 내 고민은 크다는 뜻이다.

고민의 원인은 그 학원에 다니는 것을 막는 자가 있다는 사실이다.

뭐, 발자크다.

세상 귀족이 다 그러는 건 아니지만, 보통 지금의 내 나이쯤 되면 제르포아에 있는 귀족 전용의 마법학원에 다닌다고 한다.

제르포아는 대륙 중앙에 있는 중립국이다. 명산품은 딱히 없지만, 대륙 중앙에 있어서 다양한 것들이 활발히 유통되고, 교역으로 큰 이득을 얻는다고 한다.

여기를 건드리면 교역 분야에서 고립되므로 이르타니아 말기에도 전쟁에 휘말리지 않고 평화를 유지한 일종의 성역이다.

평화롭고 부유한 곳이기에, 귀족 학원을 설립해 세계 평화에 공헌한다……는 곳이 바로 제르포아란 나라다.

뭐, 결국에는 전쟁이 자꾸 터지고 이르타니아도 망했지만, 그건 일단 무시하고…….

당연히 나도 때가 되면 그 학원에 다니게 될 줄 알았는데──.

『학원? 아아, 밀레느. 그건 찬성할 수 없겠구나. 네가 말하는 학원은 제르포아에 있는 귀족 학원이지? 그렇게 먼 곳에 너 혼자만 보낼 수는 없단다.』

이것이 발자크의 말이다.

발자크는 『스루베리아의 머리칼』의 꼭두각시인 줄 알았는데, 자기 눈이 닿지 않는 곳에 가는 건 달가워하지 않는 듯하다.

자기 '재산'이 손을 떠나는 것에 거부감이 드는 것이리라.

겉으로는 『밀레느』를 걱정하는 것처럼 말하지만, 내용물이 바뀌어도 모르는 부모다. 무슨 생각인지는 금방 알 수 있다.

내게는 그런 거리감이 달가웠지만, 이번에는 밀레느에 대한 그 녀석의 인식이 방해되는 셈이다.

나 또한 괜한 자존심 때문에 학원에 가고 싶다며 강하게 주장하지 못한다.

멀쩡한 행동 같지만, 이 나이를 먹고 '학원에 가고 싶다'며 부모에게 부탁하는 것도 왠지 부끄럽다.

그런 이유로 서재에서 창가의 영애 흉내를 내는 것이다.

물론 지금 이곳에는 나밖에 없다. 숙녀다운 행동은 의식하지 않으므로 우아한 분위기는 조금도 나지 않겠지만.

아무튼 갈 수 없다면 여기서 내가 할 수 있는 일을 할 뿐이다. 서재를 이용해서 공부하기 시작한 것에는 그런 이유가 있다. 비 오는 날은 밖에서 몸을 움직일 수 없으니, 이 머리카락을 이용해 허풍이라도 칠 수 있게끔 공부하자……는 셈이다.

예전 역사의 밀레느는 『스루베리아의 머리칼』이라는 점을 최대한 이용한 것 같은데, 그 녀석도 이런 공부만은 했던 걸까. 자신의 무기를 갈고닦았다고 해석하면 호감이 생기겠지만, 다른 모든 면에서 엉망이라 나라까지 망하게 한 것을 보면 최소한의 처신 정도는 배우고 싶어지는 법이다.

결국 그런 것에 의지하지 않아도 마음 편하게 사는 것이 이번 인생의 목적이지만.

뭐, 이것도 내가 카드를 늘리는 데 보탬이 되겠지. 좌우지간 『이르타니아』 신이라도 조사해 볼까——.

"미……밀레느 님, 여기 계세요?!"

그랬더니 시녀가 노크도 하지 않고 서재에 뛰어 들어왔다.

일반적으로는 무례한 행동이지만, 나는 아무렇지도 않다.

"리사냐. 너무 허둥대는걸. 좀 진정해."

"아, 아, 네에에에에……!"

뛰어든 시녀는 리사다. 멀찍이서 내 훈련을 구경하는 하인인데—— 내게는 전속인 레아가 있다. 레아를 건너뛰고 리사를 보낸 것을 보면 급한 볼일일까?

진정하라는 말을 들은 리사는 심호흡해서 숨을 고른다. 허둥지둥 뛰어온 탓인지 지친 기색이 보인다.

나는 조용히 다음에 나올 말을 기다렸다.

이윽고 숨을 고른 리사가 내 눈을 똑바로 보며 말한다.

"주인 어르신께서 찾으십니다. 무척 다급하신 눈치로, 좌우지간 밀레느 님을 바로 부르라고 하셨어요……!"

"아버지가? 그래, 알았어. 바로 갈게. 아버지는 어디 있어?"

"집무실에 계세요."

나는 리사의 말을 듣고 미간을 찌푸렸다.

딱히 마음에 들지 않는다거나 하는 이유는 아니다. 자기 눈이 닿는 곳에 있는 한, 아버지는 대체로 방임주의다.

내가 알베르를 꾸짖더라도 왕자 본인만 만족하면 입을 다물고 —— 나로 바뀌기 전의 밀레느가 안하무인으로 행동해도 전혀 혼내지 않을 정도다.

그런 아버지가 다급하게 나를 부른다는 점이 마음에 걸렸다.

대범한 척하지만, 그자는 소심하다. 내 성질을 건드리는 짓은 안 하려고 할 텐데.

하지만 그런 추측은 나중에 해도 된다. 행동이 늦어지면 나 대신 시녀가 꾸중을 들을 게 뻔하다.

책을 덮어서 책상 위에 두고 서재를 나선다. 리사가 뒤에서 따라왔기에, 속도를 대충 맞춰서 빨리 걷는다.

아무리 저택이 넓다고 해도 결국 실내다. 목적지에는 금방 도착했다.

"오오, 밀레느! 급하게 불러서 미안하구나. 메이드도 수고했다. 물러나도록."

이 저택에서도 특히 화려한 문을 열자, 안에서 발자크가 노고를 치하하는 말을 입에 담으며 시녀를 나가게 했다.

시녀의 이름을 일일이 기억하지 않는 거겠지. 그렇게 생각하면 너무 예민한 걸까. 뭐, 상관없다.

"그나저나 무슨 일인데?"

"음, 그게 말이다……. 어느 분에게서 편지가 왔구나."

대체 무슨 일로 불렀나 했더니, 편지 때문이라고 한다.

고작해야 편지가 그렇게 긴급할 리도 없을 텐데. 아버지가 내민 편지를 받아 보니—— 보낸 사람이 '콜레트'였다.

아하. 이러니까 다급하게 굴 수밖에.

한 나라의 황녀님이 개인에게 편지를 보냈다는 사실이 어떤 의미일지 나는 감이 오지 않지만, 아버지가 다급하게 굴게 할 정도의 효과는 있나 보다.

몹시 만족스럽게 웃는 건, 이 녀석도 카드가 늘었다고 생각해서 그럴지도 모른다.

뭐, 대국의 황녀와 연줄이 생기는 일이라면 알랑거리고 싶어지겠지.

낚아챈 편지의 봉투를 뜯는다. 안에는 그 콜레트의 인상과 다르게 또박또박 곱게 쓴 글씨가 있었다.

그것을 훑어보고—— 침을 꼴깍 삼켰다.

"왜, 왜 그러느냐? 조금이라도 좋으니까 나한테도 내용을 가르쳐주지 않겠니?"

태연한 척하려는 거겠지만, 콧구멍이 벌렁거린다. 욕심에 충실한 인간은 싫지 않지만, 발자크는 거물이 되기 어려울 것 같은걸.

코웃음을 치고 손가락 사이에 잡은 편지를 내밀자 발자크는 위험물을 다루듯 그것을 잡았다.

그 편지의 내용이란——.

"하, 함께 학원에 다니는 날을 고대한다……?!"

그렇다. 나와 콜레트는 동갑이다. 곧 귀족 학원에 다니게 되는 건 그 녀석도 마찬가지다.

콜레트가 보낸 편지에는 친애를 드러내는 인사말과—— 몇 달 뒤에 찾아올 학원에서의 재회를 고대한다는 내용이 담겨 있었다.

콜레트는 발자크가 나를 곁에 두고 싶은 마음에 학원에 다니는 것을 허가하지 않았다는 사실을 모르니까, 당연히 나도 학원에 다닐 거라 여기고 있다.

자, 이 편지를 본 발자크가 어떤 반응을 보일까.

바르르 떨던 발자크가 고개를 들더니──.

"참으로 멋지구나! 설마 대국 코르온의 공주와 개인적으로 친분이 생길 줄이야! 역시 내 딸 밀레느야!"

만면의 미소. 욕심에 사로잡힌 어른다운 표정이었다.

예상 밖의 표정을 보니 조금 황당하다.

뭐, 체면에 욕심이라는 가죽을 뒤집어쓴 듯한 작자다. 충분히 예상할 수 있겠지만.

"그래서……? 나는 뭐라고 답장하면 될까? 아버님."

하지만 그것은 어제오늘 일도 아니다.

야유하듯 코웃음을 치고 '학원'에 관해 에둘러서 물어본다.

이제껏 아버지가 보인 태도를 생각하면 '학원에는 못 갑니다.'라고 답장을 보내야 하겠지.

그러나 그랬다간 코르온 황족과의 연줄이 사라진다.

"그야 물론 '저도 그렇습니다.'라고 답장해야 하지 않겠니. 콜레트 님께 무례를 범해선 안 된단다."

그것은 아버지가 가장 꺼리는 행위다.

자기가 한 말을 싹 뒤집더라도, 먼저 상대의 비위를 맞추려는 것이다.

이만큼 속물이면 짜증도 나지 않는다. 아주 조금은 그 밀레느를 동정해도 되지 않을까 같은 생각이 든 것은 짜증이 나지만.

"아하, 잘됐네. 그렇다면 나는 학원에 갈 수 있어?"

"그래. 나도 참 편협한 소리를 했구나. 딸의 성장을 바라는 것도 부모의 소임. 나도 자식 곁을 지키는 부모를 졸업해야 한다고 생각한단다."

여전히 말을 잘한다. 낯짝이 두껍다고 할까. 어쩌면 이 뻔뻔함도 본받을 데가 있을지도 모른다.

안타깝게도 나는 눈치가 없어서 타인의 신발을 핥는 짓은 할 수 없지만.

"뭐, 그건 상관없지만. 그런데 볼일은 그게 다야?"

"그래. 코르온의 황녀님에게 온 편지니까 말이지. 이보다 더 급한 볼일이 어디 있겠니."

아무튼 이것으로 학원에 갈 수 있다면 별로 나쁘지 않다.

귀족 도련님과 아가씨가 모이는 학원이니까 완전히 자유로울수는 없겠지만, 이 '본가'에서 벗어난 기숙사 생활은 조금 기대된다. 적어도 지금보다는 조용하겠지.

"그러면 이제 됐지? 답장을 써야 하거든."

"그래. 너무 버릇없게 굴지 않게 꼭 조심해라."

"어차피 애들끼리 주고받는 편지인걸. 그래도 상대는 다른 나라의 황녀님이니까, 나름 조심하겠어."

아버지에게서 편지를 되찾고 다시 흔들어 본다.

편지를 주고받는 취미는 없지만, 학원에 가게 된 점에선 고맙다. 고맙다고 말하는 것 정도는 상관없다.

아버지의 집무실을 나와서 다시 서재로 간다. 그 발걸음은 가벼웠다.

그나저나 전생에서는 나와 『밀레느』가 콜레트에게 죽었는데, 그 원수 덕분에 학원에 다니게 될 줄이야. 참 기묘한 인연도 다 있다.

잘 생각해 보니, 콜레트가 개인적으로 우호적인 편지가 올 정도로 친해졌다면 더는 나라 걱정을 할 필요가 없지 않을까.

밀레느의 악행도, 속에 내가 있는 시점에서 나라가 기울 일은 없을 테고…… 의외로 이 나라의 장래는 밝을지도 모른다.

그래도 내가 나답게 살려면 카드가 많을수록 좋다는 점에는 변함이 없다. 귀족이 배우는 마도 교육이란 것을 최대한 흡수해 주자.

내가 생각해도 이토록 힘을 갈구하는 것은 뜻밖이었다. 하지만 이렇게 원하는 만큼 힘이 생기는 몸을 얻고 보면 오히려 힘을 아무리 얻어도 부족하다는 느낌이 들었다.

이것은 근거고 뭐고 없는 헛소리에 지나지 않지만, 어쩌면 욕심이 많은 것도 『스루베리아의 머리칼』의 숙명일지도 모른다는 생각이 들었다.

역대 소유자들이 어땠는지를 조사해 봐도 되겠지만——— 아무튼, 나는 아직 힘이 부족하다. 포만감을 느끼는 그 날까지, 힘과 지식을 게걸스럽게 먹어치우자.

창문에 비친 소녀가 송곳니를 드러내며 웃는다.

아아, 기대된다. 그렇게 중얼거린 나는 우선 '은인'에게 편지를 쓰고자 서재로 향했다.

제5화 학원(學園)

세월이 흘러, 1년 후. 열다섯 살이 된 나는 레리에 영지에 있는 페투레 저택을 떠나, 대륙 중앙에 있는 '제르포아 마법학원'을 찾았다.

"오오…… 상상했던 것보다 큰걸……."

그 위용은 압권이다.

돈 많은 나라가 아낌없이 돈을 쓰면 이토록 훌륭한 것이 완성된다는 본보기 같다.

나는 벼락부자의 취미를 좋아하지 않지만, 실제로 이렇게 훌륭한 것을 보니 혀를 내두를 수밖에 없다.

각국의 귀족 자녀가 모이는 만큼, 각 귀족에 대한 배려와 제르포아의 국격을 높이려면 이만큼 훌륭할 필요가 있겠지.

마법학원 입학이 결정된 후로도 예전보다 더 수련에 힘썼지만, 마술에 관해서는 전생에서 전혀 건드린 적이 없어서 독학 수준을 벗어나지 못한다.

페투레 저택에 있는 책은 초심자용부터 조금 복잡한 것까지 전부 훑어봤는데, 독학으로는 한계라고 할 수 있는 지경에 이르렀다.

그런 의미에서 보면 이 타이밍은 아주 반가웠다.

발자크는 마술에 관해서 문외한이며, 대대로 이어지는 부모의 지위만 물려받은 얼간이다. 전문 지식을 전문가에게 물어볼 수 있는 환경이란 힘을 추구하는 데 있어 외면할 수 없는 관문이라고 생각한다.

그걸 위해서 이것저것 성가신 절차를 거치는 등 갖가지 장벽이 있었지만, 그것을 넘어서 여기까지 이르니 감개무량하다.

오늘 날씨도 새로운 출발을 축복하는 듯하다—— 같은 풋내나는 소리를 할 생각은 없지만, 기분 좋게 화창했다.

무엇보다, 그 페투레 저택을 벗어났다는 게 참 좋다.

성가시지만 호의를 보여주게 된 하인들은 그렇다 쳐도, 그 아버지의 곁에 있는 건 정신건강 면에서 좋지 않다.

언젠가 떠날 집이지만, 그 예행연습이라고나 할까. 오래간만에 혼자만의 자유를 만끽할 수 있게 되니 단순하게 마음이 가벼워진다.

"보세요, 저분이에요."

"소문과는 다르군요. 기품이 넘치는 것 같은데……."

물론 조용한 환경과는 아직 거리가 먼 것 같지만.『스루베리아의 머리칼』은 여전히 어디에서나 화젯거리가 되었다.

이르타니아가 특히 중요시한다는 건 사실이지만, '재능의 소유자'가 곧 '신에게 사랑받는 자'라는 인식은 다른 나라도 별반 다르지 않다.

온 대륙의 여러 나라에서 귀족 자녀가 모이는 이 학원에서도 밀레느란 인물이 특이한 존재임은 다르지 않은 듯하다.

"하지만 매우 난폭하다면서요?"

"자기를 신에게 사랑받는 존재라고 떠벌리고 다닌다는 이야기도 들었답니다."

당연히 좋은 소문만 있는 건 아니다.

난폭한지 어떤지는 몰라도, 나는 그런 소리를 한 적이 없다. 정말로 신이 존재한다면 나를 참 싫어할 거라는 생각마저 들었다.

아마 『밀레느』가 멋대로 공공연하게 떠들었겠지. 정말이지 변변찮은 짓거리만 하는 녀석이다.

이번 인생에서는 『밀레느』와 계속 얽힐지도 모른다. 세상의 굴레나 어린 『밀레느』가 저지른 과거 악행, 스루베리아의 머리칼이라는 특이한 형질. 평생 그래야 한다고 생각하면 조금 우울해지는데, 이미 익숙해진 것도 사실이다.

무엇보다 여기에는 소문 따위에 휘둘리지 않을 '힘'을 찾으러 왔다.

어리숙한 귀족들의 말에 귀를 기울일 겨를은 없는데…….

"밀레느 님! 오래간만이에요!"

"칫…… 어머, 알베르 님. 오래간만에 뵙습니다."

소녀처럼 생긴 우리 왕자님이 인파를 헤치고 내 손을 잡는다. 주위가 술렁대고 일제히 시선이 몰렸다.

혀를 차면서도 대외적인 웃음을 짓고 '왕자님'을 응대한다.

"아아, 너무 서먹하게 말하지 마세요! 저와 밀레느 님 사이잖아요!"

"단둘일 때라면 몰라도, 여기에는 다른 나라 분들도 계시잖아요? 왕족께 버릇없이 굴 수는 없답니다."

"무슨 말씀을. 이 알베르는 그날부터 밀레느 님의 종복이에요. 이참에 여기 있는 분들께도 밀레느 님이 얼마나 위대한 분인지 알려주는 거예요!"

"야, 작작 좀 해……. 네가 그 모양이면 나라가 무시당한단 말이야……."

정신 나간 소리를 늘어놓는 알베르를, 나는 숙녀처럼 웃으며 질책한다.

내 자유로운 삶은 아무도 방해하지 못하게 한다. 최종적으로는 그럴 생각이지만── 지금은 그럴 수 없는 게 사실이다.

이러니저러니 해도 왕자라는 직함에는 폭발적인 힘이 있다. 지금의 내게는 거기서 빠져나갈 힘이 없는 것 같다.

"보아하니 알베르 님을 휘어잡나 보군."

"마치 신봉하는 것 같은데…… 대체 어떤 존재인 거지……?"

이르타니아 신앙에 해박한 인간이라면 몰라도, 다른 나라 사람은 왕자가 머리를 숙이는 인간이 대체 누구인지 당혹스러운 눈치다.

알베르는 몰라도 이르타니아가 얕보이는 건 피하고 싶지만, 이 녀석은 아랑곳하지 않고 나를 숭배하고 지랄이다.

요새는 학원 쪽 일을 처리하느라 바빠서 못 봤는데, 그래도 이전 시점에서는 검술 실력이 꽤 좋아져서 감탄했는데 말이다.

이건 다시 따끔한 질책이 필요할지도 모르겠다. 남들의 눈을 피해야 하는 만큼, 언제 가능할지는 모르지만.

"오오…… 여기 있었나! 한참 찾았다, 밀레느!"

안 그래도 골치가 아픈 상황인데, 새로운 고민거리가 하나 더 난입했다.

"콜레트 님. 오래간만이에요."

"너무 서먹서먹한 것 아니냐? 너는 언젠가 내 것으로 삼을 테지만—— 지금은 대등한 친구 사이가 아니더냐. 담을 쌓고 말하지 말았으면 좋겠구나."

대국 코르온의 황녀 콜레트다.

이쪽은 표정에서 웃음을 유지하기도 어려운 지경이다. 대외적으로 보자면 한 나라의 공작가 영애에 지나지 않는 내가 황녀님에게 반말할 수도 없으리라.

"저 콜레트 황녀가 대등한 친구라고 했어……."

"밀레느 페투레 드 레리에…… 대체 정체가 뭐지……?!"

그리고 콜레트의 존재감은 알베르와 비교도 안 될 만큼 크다. 개인적으로는 호감이 있지만, 참으로 거추장스러운 존재다.

나는 온화한 미소를 띠면서도 기운으로 위압하면서 알베르와 콜레트에게 다가갔다.

"하아…… 다 알잖아? 너도 자기가 어떤 존재인지 알라고."

주위에 들리지 않도록 목소리를 낮춰 두 사람에게 단단히 당부한다.

"맞아요! 아무리 콜레트 황녀라도, 밀레느 님을 곤란하게 하지 마세요!"

알베르는 내 말에 가세했다. 아니, 네가 할 소리냐.

"알베르 왕자. 그대도 그런 소리를 할 자격은 없다고 생각한 다만⋯⋯."

"저한테는 이게 올바른 관계니까 괜찮아요. 설령 남들 앞에서 도, 밀레느 님에게 버릇없이 굴 수는 없으니까요."

"그렇게 치자면 나도 이것이 공적인 태도다. 내가 남들 눈을 신경 쓸 필요는 없겠지. 친구와의 대화 정도는 편하게 해도 마 땅할 것으로 보는데 말이야."

이르타니아와 코르온. 이 세상에서도 손꼽히는 대국의 왕족 들이 나를 사이에 두고 말다툼을 벌였다.

얌전하게 표현해도 큰 논란거리다. 이미 주위의 혼란은 수습 할 수 없는 지경에 이르려 했다.

어쩌면 그냥 집에 있는 편이 더 편했을지도 모른다. 나는 이때 까지 두 사람을 대수롭지 않게 여긴 거겠지.

"아무래도 심심할 일은 없겠는걸⋯⋯."

농담하듯 중얼거리지만, 웃음은 쓴웃음으로 변한다.

한동안은 좋든 싫든 입방아에 오르리라.

딱히 눈에 띄기 싫다는 소리를 지껄일 마음은 없다. 이런 신분 이 되면서 어느 정도는 각오했고, 당장 몸뚱이 하나로 살아가려 면 이름이 널리 알려지는 편이 내 생활이 궤도에 오르는 데도 도 움이 될 것이다.

하지만 소란의 중심이 되면 성가실 뿐이다. 역시 조용한 생활은 아직 요원한 듯하다.

현실을 외면하려고 시선을 돌리자 이쪽을 노려보듯 쳐다보는 소녀가 눈에 들어온다.

소녀는 나와 눈이 마주치자 어깨를 흠칫 떨고 모습을 감춘다.

——뭐, 알베르와 콜레트도 포함해서, 심심할 일은 없을 것 같다.

애초에 내 목적은 내 인생을 아무도 방해하지 못하게 하는 것이다. 꼬맹이들이 수군거리는 것도 극복하지 못해서는 이런 데 온 의미가 없다.

방해하는 녀석은 전부 해치운다. 매섭게 송곳니를 드러내고, 나는 학원 생활을 머릿속에 그려 보았다.

제6화 신생활(新生活)

학원 생활을 시작하고 며칠이 지났다.

결론부터 말해서, 나 자신도 뜻밖일 만큼 학원 자체를 즐기고 있다.

배우는 교과는 다양해서, 세계정세부터 마법 지식까지 매우 폭넓다. 예의범절 수업은 지루하지만, 세계정세는 유익하고, 마법 수업은 여기 온 목적인 만큼 보탬이 될 것이다.

마법 대책에는 항상 고심했지만, 전생에서는 마법을 전혀 쓰지 못해서 사용법을 배울 생각도 안 했다. 하지만 막상 배우고 보니 꽤 재미있다.

그래서 뭐, 수업이 즐거운 건 당연한 일이지만, 학원 생활 자체도 의외로 나쁘지 않았다.

"밀레느 님! 같이 식사해도 될까요?!"

"밀레느. 식사 시간이다. 식당에 가자."

왕족 두 명이 성가시게 구는 건 여전했지만, 바탕에 호의가 있다는 걸 아니까 이것도 딱히 나쁘지는 않다.

정해진 시간에 일어나서 정해진 시간에 밥을 먹는 생활도 나쁘지 않고, 시끌벅적한 식사도 용병 시절 생각이 나서 제법 마음에 든다.

학원 생활을 시작하기 전에는 꼬맹이들만 있어서 짜증스러울 것 같았지만, 해 보니 예상과는 다르게 딱히 나쁘지 않다.

"네, 지금 가겠어요."

내숭을 떨어야 하는 건 피곤하지만, 그것도 요즘 익숙해졌다.

용병 시절에는 프리랜서여서 상하관계 같은 게 있으나 마나 하니까 내 존댓말도 어설펐다. 하지만 계속 쓰다 보면 저절로 몸에 배는 법이다.

그런고로 나는 예상보다 더 즐겁게 지내고 있다. 원래 용병 시절부터 집단생활은 드문 일도 아니었으니까, 하려고 마음만 먹으면 의외로 내 적성에 맞았을지도 모른다.

물론 애들이 짜증 난다는 점에는 변함이 없지만.

주위에서 수군거리는 소리를 듣고 두 왕족이 코웃음을 친다.

"흥. 이제는 이상한 광경이 아니라고 깨달아도 좋을 텐데."

"어쩔 수 없어요. 다들 아직 밀레느 님을 잘 모르니까요."

콜레트의 힐난에 주위를 가득 채운 목소리가 순식간에 잦아들었다.

유치한 귀족 꼬맹이들도, 대국의 왕자와 황녀 앞에서 수군거릴 기개는 없나 보다. 학원 생활이 시작되고 며칠이 지났지만, 여전히 나는 소문의 중심인 것 같았다.

이 또래의 꼬맹이는 신분 고하를 막론하고 소문을 좋아하는 것 같다. 왕족 두 명과 항상 함께 행동하는 나에 대해, 별별 소리를 다 떠벌이는 녀석도 있는 듯하다.

하지만 그런 것은 어차피 꼬맹이들의 잡담이다. 실제로 피해가 발생하면 그때 따끔한 맛을 보여주면 된다.

자리를 뒤로하면서 크게 코웃음을 치는 콜레트에게 쓴웃음을 지으며 식당으로 가는 길을 걷는다.

그 도중에 맞은편에서 걸어온 남학생이 뭔가를 눈치챈 것처럼 놀란 표정을 지었다.

"아…… 일전에는 고맙습니다, 밀레느 양!"

그리고 깊이 머리를 숙였다.

대체 무슨 일로 저러는 건지 기억을 뒤져서 찾아낸 나는 인상이 구겨지려는 것을 필사적으로 참았다.

"아뇨, 개의치 마세요."

잠시 머뭇거린 후, 나는 손을 펼쳐 살짝 흔들고 대답했다.

콜레트는 계속 머리를 숙이는 소년을 의아한 눈으로 본다.

"밀레느, 저 녀석은 누구지?"

"조금 인연이 있었을 뿐이랍니다. 개의치 마시길."

콜레트의 질문에 나는 통명한 어조로 대꾸했다.

일일이 말할 일도 아닌 데다——.

"어이. 너, 밀레느와 무슨 일이 있었지?"

"한심한 이야기지만, 얼마 전 상급생이 괴롭힐 때 구해 주셨어요! 몸집이 훨씬 큰 상급생에게 기죽은 기색도 없이 날아오는 마술을 간단히 피하더니……! 그건 정말이지 아름답다는 말로 표현할 수밖에 없었거든요!"

그것을 말하는 것도 조금 창피하기 때문이다.

콜레트가 위압한 소년이 영웅시를 읊는 듯 또랑또랑하게 설명했다.

"오호~? 의외로 상냥한 구석이 있는걸."

내가 구해줬다는 소년의 말에, 콜레트는 유쾌하다는 듯이 눈을 가늘게 뜨며 웃는다.

암 그러시겠죠. 빌어먹을. 용병 엔빌이 괴롭힘을 당하는 꼬맹이를 구해주다니, 농담 축에도 못 들 일이라고.

"흐음, 콜레트 황녀께선 그것도 모르세요? 밀레느 님은 상냥한 분이에요."

"상냥함에도 여러 종류가 있지. 밀레느는 저런 자들을 보고 발끈할 것 같은데."

알베르가 우쭐대듯 한 말에 눈꼬리를 세우면서도, 콜레트는 넌지시 뜻밖이라는 투로 말했다.

하지만 사실 나도 뜻밖이었다. 자기 앞가림도 못하는 꼬맹이를 돌보는 건 어울리지 않는 짓이라고 생각하지만, 이번에는 자기 힘을 자랑하는 상급생 귀족 때문에 화가 났다.

단순히 기분이 언짢아지는 이유가 달라졌을 뿐이라는 생각이 들지만, 내가 생각해도 성격이 참 둥글둥글해졌다.

"그렇다면 저는 신하로 인정받지 못했을 거예요. 밀레느 님은 그야말로 전설 속 발키리 같은 분이에요."

"멋대로 떠들지 마. 왕자의 신분을 자각하라고 내가 말했지?"

주위에 아무도 없는 것을 확인한 기회라는 듯 내 신하임을 주장하는 알베르의 머리를 쥐어박았다.

"아얏! 하, 하지만……."

"하지만은 무슨."

말로 안 통하면 주먹을 쓸 수밖에 없다. 이것도 최근에 배운 것이다.

아니, 이것도 올바른 짓은 아닐 것이다. 한 대 맞고 눈물을 글썽거리면서도 어쩐지 기쁜 내색을 보이는 알베르를 보면 나라의 장래가 본격적으로 걱정된다.

바보는 못 고쳐도 최소한 한 나라의 수장이 될 남자라는 점은 자각하게 만들고 싶은데.

그런 분위기에 휩싸인 채 걸음을 옮기고 있을 때 주위 학생들이 피식 웃는다. '또 잡혀 사는구나.' 라고 생각하는 걸까.

그것이 비웃음이라면 큰 문제지만, 다행히 이 광경은 1학년 사이에서 훈훈한 명물로 자리잡았다.

이런 분위기를 보면, 나를 둘러싼 소문이 전부 나쁜 것만은 아니란 생각이 들었다. 괴롭힘을 당하는 꼬맹이를 구해준다는 변덕이 호의적으로 받아들여진 결과일지도 모른다.

식당에 도착하고 개방된 문을 통해 안으로 들어간다.

"밀레느 님! 요전번 일의 보답으로 시내에서 과자를 사 왔어요. 받아주시겠어요?"

그러자 나를 발견한 여학생이 달려왔다.

요전번 일이라면—— 물건을 찾는 것을 거들었을 때인가.

"네, 나중에 맛볼게요. 호의에 감사드려요."

"후후, 감사하다고 말씀하시면 곤란하답니다. 그러면 저는 이만 물러날게요. 알베르 님, 콜레트 님, 같이 계시는데 실례했습니다♪"

귀여운 꾸러미를 건네준 여학생이 자리를 떠났다.

멋쩍은 마음에 뺨을 긁적이고 있을 때, 눈을 빛내는 알베르와 유쾌하게 웃는 콜레트가 내 눈에 들어온다.

정말 성가시다.

"하아…… 빨리 점심을 먹지 않겠어요?"

"네!"

"그래, 그러지."

이 녀석들에게 놀림당할 바에야 차라리 변덕을 관두는 편이 낫지 않을까 싶지만, 어쩌면 내 천성일지도 모른다. 눈에 들어오면 내버려 두지 않는다. 그것은 여유에서 비롯한 것일까.

용병 시절에는 이런 일이 없었는데 말이다. 인간은 참 알다가도 모르는 존재다.

마치 은거를 생각하는 노인 같아서 왠지 우스웠다.

내가 밀레느라고 불리게 된 지도 아직 5년밖에 되지 않았다. 원래 나이와 합쳐도 아직 그럴 나이는 아닌데 말이다.

하지만 성격이 원만해진 것은 나쁜 일이 아니다. 용병에게는 어처구니없는 농담이겠지만, 다툼은 없을수록 좋다.

건전하고 풍족하게 생활해서 온화해진 것일까. 그런 생각이 드는 건, 점심 식사가 호화롭기 때문일지도 모른다.

쟁반에 놓인 식사는 매일 메뉴가 바뀌면서도 공을 들여서, 매우 호화롭다.

음식을 받고 자리로 앉는다. 오늘 메인 요리는 뫼니에르다. 버터 향기를 맡으니, 자연스레 표정이 풀어진다.

"후후. 밀레느는 식사 때마다 참 기뻐 보이는구나."

콜레트가 귀엽다는 듯이 표정을 풀고 미소를 짓는다.

"당연하지 않나요? 식사는 꼭 필요한 행위지만, 항상 먹을 게 있지는 않으니까요. 이렇게 매일 맛있는 식사를 할 수 있다는 건 참 고마운 일이에요. 이런 이야기는 군사적으로 유명한 코르온 제국의 황녀이신 콜레트 님이 더 잘 아시지 않나요?"

"음, 그건 그렇지."

이것만큼은 진지하게 대답한다.

용병으로 살다 보면 식량의 중요함을 사무치게 느낀다. 병사도 인간이다. 밥이 없으면 움직이지 못한다.

군대를 이끄는 자라면, 군량의 중요성을 무시할 수 없겠지.

먹기만 해도 다행인데, 이렇게 공들인 요리를 매일 먹을 수 있다면 더할 나위가 없다.

애초에 어지간히 풍족하지 않고서는 맛을 의식할 수도 없다.

"그렇군요. 유익한 이야기네요. 일용한 양식에 감사하는 것도 중요해요."

"이렇게 식사로 나오려면 식량을 키우는 분과 그것을 운반하고 요리를 만드는 분까지, 많은 사람이 관여하죠. 그런 의미에서도, 끼니마다 꼭 감사해야 한답니다."

내 말에 감탄한 알베르가 고개를 끄덕끄덕 움직인다.

이 녀석이 장차 '그 미래'를 실현하지 않기를 빌 뿐이다.

그렇게 말하고 나는 식사를 시작한다.

숙련된 요리사가 솜씨를 발휘해 만든 각종 요리는 이런 식당에서 아무렇게나 제공될 음식이 아니다. 비싼 레스토랑에서 나올 법한 요리다.

"여기 요리는 여전히 맛있군요."

"맞아요. 요리사의 솜씨가 뛰어나다고 들었는데, 정말인가 봐요."

그리고 그것은 입맛이 고급인 왕족에게도 먹혔다.

대량으로 만들어야 하기에 타협할 수밖에 없는 부분도 있겠지만, 그런데도 합격점을 넘어서는 것이다. 여간내기가 아니다.

내가 맛을 표현하는 어휘는 '맛있다'와 '맛없다'에 조금 보태는 정도인데, 이것은 맛있는 수준에서도 꽤 상위권에 속한다.

언젠가 이곳의 요리사가 최대한 솜씨를 발휘해서 만든 요리를 먹어 보고 싶다. 그런 생각을 하며 식사를 이어갔다.

그리고 마지막으로 조그마한 디저트를 한입 먹은 그 순간.

"저기, 나 좀 볼까."

느끼한 목소리가 머리 위에서 들려왔다.

목소리가 들린 곳을 쳐다보니—— 갈색 머리를 길게 기른 꼬맹이가 서 있었다.

꼬맹이라고는 해도 옷깃에 달린 휘장으로 보아 상급생—— 선배인 거겠지. 녹색 휘장은 최상급생인 3학년이다.

3학년과는 접점이 없을 텐데. 건들거리는 남자의 얼굴을 무덤덤하게 볼 때 주위 사람들이 술렁거렸다.

"무슨 일이시죠?"

"와, 소문대로 태도가 참 끝내주는걸. 재미있잖아. 안 그래?"

그 옆에는 얼굴에 치료받은 흔적이 있는 학생이 서 있었다.

느끼한 남자가 하는 말에 어깨를 떤 남자의 휘장은 청색. 2학년이다.

잘 보니 희미하게 기억이 나는 얼굴이다. 아마도 며칠 전 내가 날려버렸던 상급생 중 한 명이리라.

"이런 여자한테 속수무책으로 당했냐? 부끄러운 줄 알아라."

"윽! 죄, 죄송합니다. 윌리엄 씨……."

얼굴에 난 상처는 내가 낸 것이 아니다.

자기 파벌의 인간이 어린 계집에게 당했다고 벌을 준 거겠지.

"밀레느 님의 질문에 답하지 않은 것 같습니다만?"

눈앞에서 오가는 대화에 불쾌함을 느낀 걸까. 알베르가 싸늘하게 지적한다.

윌리엄은 웃고 있지만, 태도가 호의적이지 않다. 그것을 적의로 받아들이고 견제한 것이리라.

"그럴 필요는 없어, 알베르 왕자. 하급생의 질문에 답할 필요가 없거든. 이 학원에서는 원래 신분을 잠시 잊으라고 교칙에도 있을 텐데? 나는 너희의 선배에 해당하는 인간이야. 태도를 바로잡으라고."

하지만 남자는 코웃음으로 흘리고 거창하게 두 팔을 벌렸다.

불필요한 다툼을 피하기 위해서일까, 각국에서 귀족 자녀가 모이기 때문에 학원에 다닐 동안에는 원래 신분을 잊으라는 교칙이 있기는 하다. 하지만 1학년인 알베르와 콜레트를 대하는 다른 사람들의 태도를 보면, 그것은 명목상의 교칙이며 제대로 기능하지 않는 게 분명하다.

이 남자는 딱 봐도 자기가 잘난 줄 착각하는 바보다. 짜증이 난 콜레트가 눈을 가늘게 뜨는 것을 보고, 나는 속으로 한숨을 쉬었다.

"그래서요? 그런 선배가 제게 무슨 일로 오셨는지 물어본 건데 말이죠."

아무리 학생 전원이 귀족이라고 해도 이런 놈팡이는 있기 마련이다. 아니, 오히려 귀족이라서 그러는 건지도 모른다. 상급생의 거들먹거리는 태도에서는 생기가 넘쳤다.

"그야 물론, 너처럼 유망한 후배를 '지도' 해 주려는 거지. 듣자니 꽤 설치고 다니나 본데── 호된 맛을 보기 전에 더 실전적인 마술 사용법을 단단히 가르쳐 주고 싶거든."

그리고 그런 녀석들이 거들먹거리기 위한 변명이 바로 '지도' 라는 말이다.

학생 사이의 싸움은 엄격히 금하지만, 뒤가 켕기는 짓을 하려는 놈들은 이럴 때만 머리가 잘 돌아간다. 그건 어딜 가도 마찬가지다.

즉, 지도한다는 명목으로 시건방진 하급생을 괴롭혀 주겠다는 말이다.

주위가 술렁거리는 것도, 그걸 알기 때문이리라.

"오호, 잘도 짖는구나. 네놈은 어디의 누구지?"

팔짱을 끼고 살기를 감추지 않는 콜레트가 매서운 눈으로 바라본다.

"스티레다의 윌리엄이다. 아버지는 군에서 원수 지위에 있거든. 실력에는 자신이 있지."

'코르온의 황녀'가 하는 말에 약간 숨을 삼키면서도, 이 3학년은 자기 이름을 밝혔다.

"크큭."

그 이름을 듣고 무심코 웃음을 흘렸다.

"뭐가 그렇게 웃기지?"

윌리엄은 앞머리를 쓸어 올리면서 느끼하게 굴지만, 나는 우스워서 참을 수가 없었다.

원래 신분을 잊으라고 말하고 황녀 앞에서 자기가 원수의 아들임을 자랑한 것도 참 우스꽝스럽지만——.

내가 웃은 이유는 스티레다란 나라가 미래에 존재하지 않기 때문이다.

몇 년 후인지는 정확하게 기억하지 않지만, 그 나라는, 아니 그 땅은 미래에 이름이 바뀐다—— 코르온 제국의 일부로.

예전 역사에서도 등장인물만 조금 다르게 똑같은 일이 있었겠지. 콜레트란 여자는 자기가 얕보인 일만큼은 잊지 않는다.

"아뇨, 그렇다면 부탁해 보겠어요. 실전적인 마술 사용법이라는 것을, 부디 전수해 주시길 바라요."

결국, 교칙은 제대로 기능하지 않는 셈이다.

그게 너무 웃겨서, 농담하듯 제안을 받아들인다. 완전히 무시하는 내 태도가 전해진 것이리라. 먼저 시비를 걸어 놓고서 윌리엄이 얼굴을 붉히고 몸을 떨었다.

"교정으로 와라. 거기서 지도해 주지."

그렇게 말한 윌리엄이 사라졌다. 어디 보자. 수락하고서 얼굴을 안 내비치면 나만 한심해지겠지.

주위의 반응은 다양하다. 걱정스럽게 나를 보는 자, 꼴좋다고 웃는 자. 감정 자체는 정반대지만, 전부 내가 이기지 못한다고 생각해서 나온 반응이다.

사람을 너무 믿지 않는 것 같지만, 어쩔 수 없다. 마술을 중심으로 가르치는 학원에 다니는 만큼, 학년 차이가 고스란히 실력 차이로 이어지기 마련이다.

상급생이 더 많이 배우고, 더 오래 단련하며, 단순히 나이도 많다. 어린 시절에는 그런 차이가 더 현저할 것이다.

"흥, 저자는 운이 좋구나."

"그럼요. 밀레느 님의 식사를 방해하지 않았으니까요."

하지만 알베르와 콜레트의 반응은 주위 학생들과 완전히 딴판이었다.

즉, 내 승리를 확신하는 것이다.

"그렇게 되었으니까, 저는 교정에 가겠어요. 어차피, 같이 가실 거죠?"

"식후에 딱 좋은 여흥이다. 당연히 보러 가야지."

"밀레느 님의 용맹한 자태를 볼 수 있으니까, 당연히 함께하겠어요!"

슬쩍 웃는 콜레트, 눈을 빛내는 알베르. 두 사람은 평소와 다름없다.

이러니저러니 해도 죽이 잘 맞을 것 같은데.

이 녀석들이 친해진다면 나라의 장래를 걱정할 이유도 없을 텐데. 아무튼 상관없다.

"흥…… 너희도 참 별종이군. 따라올 거면 멋대로 따라와."

주위에 들리지 않게 조용히 말했다.

두 사람에게는 그렇게 말했지만, 결국 이런 말썽도 싫지 않다. 원만해져도 본래 성격은 달라지지 않은 듯하다.

식기를 치운 나는 의기양양하게 그 자식이 기다리는 교정으로 향했다.

◆

"오래 기다렸다고, 밀레느 양."

교정에 가니 어느새 소문이 퍼졌는지, 제법 많은 구경꾼이 나와 저 녀석의 '지도 대련'을 견학하러 온 것 같았다.

모르는 얼굴이 많은 것으로 보아 상급생이 다수인 듯하다. 보아하니 나는 건방진 것으로 유명한 듯, 말괄량이 계집이 고통받는 모습을 구경하러 온 거겠지.

내가 걸음을 옮기자 구경꾼들이 히죽거리며 길을 튼다.

"윌리엄이 상대라면, 저 녀석도 이번에는 끝장일걸."

"꼴좋다. 얼굴이 좀 반반하다고 설친 벌이라고."

아무래도 내 예상은 적중한 것 같다. 하지만 보아하니 이것들은 하급생 대 상급생 구도가 아니라 윌리엄 본인을 판단의 근거로 삼은 듯하지만.

그렇다면 어느 정도는 실력이 있다는 걸까.

"자, 무기를 들어라. 네가 검을 쓴다는 이야기는 들었지."

윌리엄과 마주 서자, 아까 동행한 2학년 남학생이 목검을 가지고 왔다.

그것을 받고 가볍게 두드려서 확인해 본다. 보아하니 수작을 부리진 않은 것 같다.

그럴 필요가 없다고 생각한 것이리라. 나로서는 그 정도는 하는 편이 더 달가운데.

검을 준 학생이 후다닥 구경꾼들 사이에 숨는다. 여럿이서 덤빌 생각도 없는 듯하다.

윌리엄은 자신만만하게 손을 펼친다.

"자, 그러면 시작해 볼까. 언제든지 공격해 봐라!"

이건 어디까지는 지도의 일환이라는 자세를 유지했다.

이상한 쪽으로만 용의주도하다. 기왕이면 '이긴 다음'이 아니라 '이길 때까지'에 애써 주면 조금은 즐거울 텐데.

"그렇다면 사양하지 않겠어요."

온화한 미소를 지으며 갓난아기를 달래듯 말하는 것을 듣고, 윌리엄은 어벙한 표정을 지었다.

그 순간, 나는 폭발하듯 파고들었다.

"헉…… 커억?!"

그리고 거리를 좁혀서 윌리엄의 오른팔을 후려쳤다.

둔탁한 소리가 울려 퍼졌다. 마음만 먹으면 골절을 넘어서 절단도 가능하지만, 이건 어디까지나 '지도 대련'이다. 그렇게까지 할 수는 없다.

"어머, '방심은 금물'을 몸소 가르쳐 주시는 거여요?"

"이……이 자식이!"

그리고 일부러 조소를 머금었다.

나를 얕보는 멍청이를 놀리려는 목적도 있지만, 화나게 하는 것도 목적이다.

분노는 공격을 단조롭게 만든다. 아무리 기술이 뛰어나도, 힘이 강대해도, 분노라는 녹은 손쉽게 칼날을 무디게 한다.

반대로 분노가 끌어내는 힘도 있지만.

윌리엄이 쥔 검에 번개의 마력이 모인다. 맨몸인 상대에게 쓰기에는 다소 위험한 힘이다.

"이야압!"

분노에 몸을 맡긴 번개의 검이 휘둘린다.

하지만 단순히 공격력이 강한 마력검 공격은 평범하게 검을 휘두르는 거나 별반 차이가 없다. 나는 작은 체구를 활용해 몸을 숙여 수평 베기를 피한 다음, 윌리엄의 배에 발차기를 날렸다.

"끄윽, 꺼억!"

윌리엄이 마력을 쓴 것을 아니까 조금 강하게 찼다. 남자의 몸은 공중에 뜨고, 지면에 내동댕이쳐진 후에 교정 잔디를 헝클어뜨리며 미끄러진다.

"커헉! 끄어어……!"

지면에 엎드려서 심하게 기침하는 윌리엄.

치욕과 경악, 증오가 뒤섞인 시선을 보면서 나는 그리움을 느꼈다.

전생에서 실컷 본 것이다. 깔보던 상대에게 호된 일격을 받은 놈들의 표정. 아이든 어른이든 다르지 않나 보다.

"이, 이 자식이……!"

위에서 쏟아낸 내용물을 입가에서 질질 흘리며 가까스로 증오를 퍼붓는 윌리엄.

지금 상황에서 저럴 여유가 있다니 참 대단하다. 그럴 시간에 조금이라도 호흡을 가다듬고 몸을 일으키는 것이 나을 것 같은데 말이다.

쓰러진 상대를 공격하면 안 되는 규칙이 있는 걸까. 그렇다면 인식이 참 물러 터졌다.

"저야 상관없지만…… 일어나지 않아도 괜찮은데요?"

"이게 감히……!"

느끼한 소리를 할 여유는 없는 듯하다. 다리를 후들거리면서도 몸을 일으킨 그 기개는 높이 사지만 말이다.

내가 생각하는 이 상황의 정답은 순순히 항복하는 것이다. 목숨을 빼앗지 않는다는 보증도 있다. 괜한 부상을 피할 수 있다는 호화 옵션도 있다.

"계속하실 생각인가요?"

"하, 하하! 공격이 겨우 두 번 명중했다고, 다 이긴 것 같냐?!"

알고는 있었지만, 역시나 이 남자는 머리가 안쓰러운 듯하다. 여유롭게 한눈을 팔았더니 콜레트가 어깨를 으쓱했다.

──그 두 번으로 얼마든지 죽일 수 있었다는 사실을 모르는 것이다.

눈썰미가 있는 녀석은 알아챘을지도 모르겠는걸. 내가 아직 마력을 쓰지 않았다는 것을 말이야.

한눈파는 내게 부아가 치민 것이리라. 이를 악문 윌리엄이 손을 내민다.

"선더 니들!!"

그리고 그 마술의 명칭을 외쳤다.

나는 그 전에 뛰어서 자리를 이탈했다.

번개 마술은 속도가 뛰어난 마술이다. 미숙한 녀석의 마술이라도 발사된 후에는 나라도 눈으로 보고 피하기 어렵다.

"뭐, 뭣이?!"

하지만 발사 전에 어디를 조준하는지 알면 피하기 쉽다.

맞더라도 마력을 두르면 딱히 피해가 없지만.

"어, 어이, 저거……."

"그, 그래……. 저 여자, 마력을 쓰지 않잖아……?"

관객 일부가 슬슬 눈치챈 것 같다.

"거대한 마력을 지녔다는 『스루베리아의 머리칼』이잖아? 마력이 적은 것도 아니지……?"

"즉, 마력을 쓰면 더 일방적인 전개가……."

경악이 술렁거림을 부른다. 그 일부가 커져서 윌리엄의 귀에도 들어간 거겠지. 그 얼굴이 벌게진다.

"나를 얼마나 얕보는 거냐……!"

날아가는 번개 바늘의 밀도가 상승한다. 하지만 결국 빠르게 공격할 뿐이다. 손이 가는 방향만 파악하면 몇 발을 날리든 달라질 게 없다.

하지만 담긴 마력은 참 굉장하다. 원수의 아들답게 나름대로 훈련한 듯하다. 뭐, 그래도 명중하지 않으면 의미가 없지만.

"왜냐, 왜 안 맞는 거냐고……."

그 얼굴에 초조함이 드러난다. 분노 탓에 단조로운 공격이 더욱 조잡해진다.

나는 그 빈틈을 노려 단숨에 전진했다.

"아, 아아아앗!"

그리고 윌리엄의 표정이 공포로 변한다.

몇 가지 뻔한 패턴 중 하나다. 이제는 공격을 피할 필요도 없다. 윌리엄의 마술은 나를 정확히 조준하지 못한다.

그렇게 가까이 다가간 다음——.

"크어억!"

배에 주먹을 꽂았다.

윌리엄이 몸을 숙이고, 무너지듯 무릎을 꿇는다.

피해가 남은 부위에 두 번째를 맞은 것이다. 꽤 아플 것이다.

그대로 쓰러진 윌리엄은 철사를 꼬듯이 천천히 지면에서 버둥거린다.

"뭐 저런 녀석이 있어……! 1학년이……!"

"마력도 안 쓰고, 윌리엄을……."

정적이 찾아오고, 작게 중얼거리는 소리가 퍼진다.

한 방 제대로 먹였다. 힘은 조절했지만, 약자나 괴롭힐 줄 아는 도련님이 다시 일어설 피해는 아니겠지.

"빌어먹을……! 1학년 주제에……!"

구토하면서도 원한에 찬 눈으로 나를 노려보는 윌리엄.

완전히 미운털이 박혔는데── 그 태도가 조금 이상했다.

보아하니 이 녀석은 약자를 괴롭히는 게 취미인 쓰레기다.

그런데도 이상하게 맷집이 좋다── 이딴 놈팡이는 한 방 제대로 맞으면 입을 다물 줄 알았는데.

배를 움켜쥔 채 어떻게든 몸을 일으키려 하는 윌리엄의 눈빛에는 도가 넘는 살의가 섞여 있었다. 아무리 체면을 구겼다고는 해도, 귀족 도련님이 다른 나라의 귀족을 진심으로 죽이려 드는 건 부자연스럽다.

나는 저런 눈빛을 본 적이 있다. 저건 이르타니아의 말기에 만연한 미치광이들과 똑같다.

그런 의미에서 본다면 『밀레느』를 향한 눈빛으로도 이상하지 않지만──.

개운하지 못한 심정으로 상황을 지켜보고 있을 때, 윌리엄은 짜증으로 후들거리는 손으로 자신의 품속을 뒤졌다.

그리고 뭔가 작은 종이 포장지를 꺼내더니──.

"하, 하하!"

그 내용물을 입에 털어 넣었다.

저건…… 가루약인가? 멀어서 잘 안 보이지만, 적어도 뭔가를 입에 넣은 건 분명하다.

"휴우…… 고통이, 가셨어……. 감히 나를 가지고 놀아? 네놈이 싹싹 빌더라도, 절대 용서 못 해……."

뭔가를 삼킨 윌리엄은 딱 봐도 핏발이 선 눈으로 나를 노려본다.

무슨 약이든, 멀쩡한 건 아니겠는걸. 사람들이 보는 앞에서 수상한 약을 먹다니 앞뒤 생각이 없는 녀석이다.

그만큼 진심으로 나를 죽이고 싶은 것이리라.

약을 먹은 뒤로 윌리엄의 마력이 커지는 것을 느꼈다.

꼬맹이의 마력이 아니다. 엘리트가 연마한 끝에 얻는 힘——폴을 능가하는 수준의 마력이다.

마력을 회복하는 '영약'은 있지만, 증폭하는 약이 있다는 말은 들은 적이 없다.

"죽인다…… 죽여 주겠어……. 감히 나를 무시해……!"

딱 봐도 정신이 나갔다.

마술에는 감정이 고조되면서 위력이 상승하는 성질도 있지만, 이건 도가 지나치다.

윌리엄의 손에, 번개 마력이 모인다.

마력이 구체를 형성하고 주위에 번개를 튀긴다. 틀림없다. 완전히 나를 죽일 작정이다.

"어, 어이…… 저건 좀 위험한 거 아니야……?"

"누가 말려……! 살인은 안 된다고……!"

다른 나라의 귀족 자녀를 죽이면 큰 문제가 된다.

그 심각함을 파악한 관객들이 소란을 피우기 시작한다.

빌어먹을. 귀찮은 일은 싫은 말이야.

"'선더 볼'이다! 죽어라!! 밀레느 페투레에에엣!!"

윌리엄이 손에 만든 번개 구체를 내지르듯 휘둘러 해방했다.

날아오는 번개 구체의 크기는 마차 바퀴만 할까. 거기에 담긴 힘이 터지면 순식간에 번개의 마력이 온몸에 퍼져 **뼛속까지** 바싹 구워질 것이다.

다가오는 결말을 상상한 관객들이 비명을 지른다. 나를 걱정하는 녀석은 별로 없겠지만, 이르타니아 유력 귀족의 딸을 죽이면 세계정세가 단숨에 나**빠**질 것이다. 그랬다간 전쟁이 터질 수도 있다——.

뭐, 어디까지나 이게 명중한다면 말이지만.

나는 날아오는 번개 구체 앞에서 손에 마력을 모았다.

그리고 그것을 공을 던지는 동작으로 날린다.

'에너지 스피어'로 불리는 마법 기술이라고 하는데, 이름은 아무래도 상관없다.

내가 날린 빛의 구슬은 손을 떠나자 급격히 팽창하고 성인 남자를 집어삼킬 정도로 커졌다.

마차 바퀴만 한 번개 구체를 삼킨 에너지 스피어는 그 크기를 유지한 채 윌리엄에게 날아가더니——.

그리고 훌쩍 위로 궤도를 틀었다.

빛의 구슬이 어느 정도 높은 상공으로 날아간 것을 보고 손을 쥔다. 그것을 신호로 에너지 스피어는 하늘이 깨지는 듯한 소리를 내며 폭발했다.

"으아아아앗?!"

"저 자식, 진짜 터무니없잖아!"

그 거대한 폭음이 관객들을 혼란에 빠뜨린다.

넋을 놓고서 폭발을 쳐다보는 자세로 경직하는 윌리엄.

나는 걸음을 옮겨 그 멱살을 잡았다.

"뭐, 뭐 하는 짓이냐?! 그 더러운 손 치워!"

눈에 핏발이 세우고 발버둥치는 윌리엄.

틀렸네. 완전히 맛이 갔어.

하지만 딱 봐도 약자를 괴롭히는 거나 좋아하는 소인배 같은 녀석이 진심으로 살의를 품었다는 건 이해가 되지 않았다.

"아무렴 어때. 잠이나 자."

속삭이듯 중얼거리고, 주먹을 번쩍 쳐든다.

"이 자식! 내가 누구인 줄 알고크업?!"

불끈 쥔 주먹으로 얼굴을 한 대 갈기자 윌리엄은 더 움직이지 않았다.

난데없는 사태를 머리가 따라잡지 못한 걸까? 관객들이 입을 다물어 정적이 깔렸다.

천천히 주위를 둘러보니, 절반쯤 되는 학생들이 시선을 피한다. 이들은 아마도 내 패배를 바라고 야유를 보내던 놈들일 것이다.

그중에는 이 녀석의 '친구'도 있을 테지만, 윌리엄의 원수를 갚으려고 할 만큼 강단이 있는 녀석은 없는 듯하다. 매정한 것 같지만, 전쟁의 불씨를 당길 뻔한 녀석을 편들 기특한 녀석은 거의 없으리라. 나는 어이없다는 듯이 콧방귀를 뀌고 알베르와 콜레트가 있는 곳으로 간다.

"수고하셨어요. 정말 멋져요, 밀레느 님!"

"역시 대단한걸. 저자가 갑자기 너를 죽이려 했을 때는 어찌 되려나 싶었건만—— 아무 문제도 없나."

두 사람이 칭찬으로 나를 맞이한다.

"후후, 이 정도는 식후 운동에 지나지 않는답니다."

사람들이 보는 앞에서 대외적인 미소를 짓고 말하자 알베르가 박수를 보낸다.

뜻밖의 상황으로 번졌지만, 식후 운동으로는 그럭저럭 좋았다. 내 눈에 드문드문 자리를 떠나는 구경꾼들이 들어온다.

예상하지 못한 일이 생겼지만, 덕분에 내 학원 생활도 조금은 조용해질 것 같다. 마음에 안 든다며 시비가 걸리는 일은 전생의 일로 익숙하다. 조금만 힘을 보여주면 그런 놈팡이가 대부분 알아서 내뺀다는 것도 안다.

이것으로 다시 성실하게 공부할 수 있다. 우등생을 목표로 삼는 것도 괜찮겠지—— 같은 생각이 들었다.

"밀레느 학생! 또 당신입니까!"

그런 생각을 하고 있을 때, 한 남자의 목소리가 들려왔다.

"으엑…… 페르만! ……선생님."

소리가 난 곳을 보자 인파를 헤치며 이쪽으로 오는 백발이 성성한 중년이 보인다.

저 사람의 이름은 페르만. 우리 학급의 담임이다.

안경 속 눈동자에는 항상 온화한 빛이 감돌며, 학원에서도 상냥하기로 유명한 교사──하지만 내게 다가오는 얼굴에는 그 평판이 전부 헛소문처럼 보일 만큼 분노가 드러나 있었다.

페르만을 말할 때 '상냥하다'는 표현은 적절하지 않다. 정확하게는 '상냥하지만 엄격하다'가 맞다. 이 학원에 입학한 뒤로 내 주위에서는 항상 무언가 말썽이 터졌다.

그리고 그 소동을 최종적으로 수습하는 자가 바로 이 페르만이라는 남자다.

나도 학생 신분인 이상 이 녀석 앞에서 기를 못 편다. 무심코 본성을 드러낼 뻔할 정도로.

"페……페르만, 선생님, 안녕하세요…….."

"안녕은 무슨! 당신은 또 상급생을 괴롭힌 겁니까……!"

처음에는 숙녀 말투로 정중하고 공손하게 대응하면 어떻게든 되었지만, 이렇게 빈번히 말썽에 휘말린다면 나한테도 문제가 있다고 판단한 듯하다.

"밀레느 양! 제가 그렇게 싸움은 옳지 않다고 말했을 텐데요!"

"그, 그래요……. 네…… 기억하고 있답니다…….."

지금은 내숭을 떨어도 통하지 않는다. 화산 폭발처럼 몰아붙이는 페르만의 기세에 한 번 밀리기 시작하면 도저히 물리칠 수가 없다.

"방과 후에 학생 지도실로 오세요! 오늘은 기필코 따끔하게 말하겠습니다!"

"기다려 보세요. 밀레느는 자기한테 튄 불똥을 털어냈을 뿐입니다."

"맞아요! 밀레느 님이 시작한 게 아니에요! 전부 저 상급생에게 문제가 있는 거잖아요!"

하지만 이 싸움은 내가 시작하지 않았다.

그걸 아는 콜레트와 알베르가 나를 감쌌다. 하지만——.

"그건 알고말고요. 하지만 교사인 저로서는 다툼 자체를 회피해 달라는 관점에서 이야기할 수밖에 없습니다. 이 세상에서 다툼을 없애는 데 일조하고자, 이 학원에서는 각국의 귀족 자녀를 맡고 있으니까요."

페르만도 그 사실은 안다. 다 알면서도 툭하면 말썽의 중심에 있는 내게 신신당부하려고 온 것이다.

"뭐, 이것으로 앞으로는 조금 조용해지겠죠. 저라고 매일 날뛰는 게 아니랍니다."

그래서 나도 강하게 나가지 못하는 것이다.

지금으로선 나도 이 교사가 싫지 않다.

그 이유 중 하나는, 아마도 이 남자가 상당한 '강자'일 것이기 때문이다.

겉으로는 언제나 온화한 표정을 짓지만, 페르만에게서 느껴지는 차분한 마력은 마력 운용에 익숙하고 수라장도 여러 번 헤쳐 나온 자만이 가질 수 있는 것이다.

역시 귀족 학원의 교사답다고나 할까. 경력은 베일에 싸여 있지만, 그런 남자가 학생에게 '상냥한 선생'으로 신뢰받는 점이 흥미로웠다.

유능한 자는 자신의 능력을 감춘다는 자세가 꽤 내 취향에 맞았다. 진심으로 그를 싫어한다면 벌이고 뭐고 내 알 바 아니라고 여겼으리라.

"그래도 납득이 안 된다만……."

"저도 그렇지만, 밀레느 님이 그렇게 말씀하신다면야……."

하지만 아무 잘못도 없는데 잔소리를 듣는 건 좀 그렇다. 이럴 때는 이 녀석들의 존재가 고맙게 느껴졌다. 누군가에게 인정받고 싶거나 오해를 받기 싫은 건 아니지만, 이해해 주는 사람이 곁에 있다는 사실은 반가운 법이다.

"후…… 좋은 친구를 뒀군요. 잠시 기다려 보세요."

페르만은 손짓으로 나를 제지하고 윌리엄에게 다가갔다.

상태를 확인하는 것 같다. 목과 코에 손을 대고 조금 차분한 표정을 짓는다.

"흠, 기절했을 뿐이군요. 얼굴이 붓기는 했지만, 이 정도면 문제가 안 되겠죠. 일단 얼음으로 식혀 볼까요……."

한차례 상태를 확인한 페르만은 얼음 마술을 써서 만든 얼음을 손수건으로 감싸서 얼음이 뺨에 닿도록 윌리엄의 얼굴에 감싼다.

나는 "호오." 하고 작게 탄성을 터뜨렸다.

얼음 마술은 물 마술을 발전시킨 것이라고 들었다. 발전형 마술은 출력이 강해지기 일쑤라고 들었는데, 이렇게 섬세하게 다룬다는 것은 어지간히 숙달했다는 증거일 것이다.

역시 마법학원의 교사로 일할 정도는 된다는 것이다.

"뭐, 저도 밀레느 양이 좋아서 날뛰는 게 아니라고 압니다. 이래 보여도 힘을 조절한 것 같으니 말이죠. 직책상 잔소리할 수밖에 없지만, 당신에게 나쁘게는 안 하겠어요."

페르만이 온화한 미소를 지으며 그렇게 말하자, 알베르와 콜레트의 표정이 확 밝아진다.

그 후, 윌리엄에게 눈길을 돌린 페르만은 아까 그가 꺼낸 포장지를 집어서 가슴 호주머니에 넣고 일어섰다.

뭐, 딱 봐도 수상한 약이니 말이야. 학원 측에서도 조사할 수밖에 없겠지.

어느새 교정에 있던 그 많은 사람이 대부분 사라졌다.

아무래도 윌리엄은 3학년 중에서도 꽤 강한 편…… 아니, 설치는 편이라고 할까. 아무튼 위세를 떨치던 녀석 같다.

머리는 못 미쳐도 그럭저럭 이름이 알려진 녀석이 이 지경이 되면 다른 녀석들도 조금은 조용해지겠지.

──이러니저러니 해도 내 주위가 소란스럽다는 사실에는 변함이 없다.

"이제 교실로 이동하세요. 곧 점심시간이 끝날 겁니다."

"그거 큰일이구나! 서두르자, 밀레느. 알베르 왕자."

"당신이 지시를 내리지 말라고요. 가요, 밀레느 님!"

하지만 이상하게도 불쾌하지는 않았다.

어쩌면—— 이건 소란스러운 것이 아니라, 활기찬 것일지도 모른다.

글쎄, 그건 좀 아닌가.

무심코 코웃음을 친 것을 깨달은 나는 입가에 미소를 지었다.

제7화 불온(不穩)

학원 생활이 시작되고 한 달이 지났다.

요새는 새로운 생활양식에도 퍽 익숙해졌다. 페르만에게 혼나는 일이 몇 번 있기는 했지만, 요즘 들어선 내게 괜히 시비를 거는 녀석도 자취를 감췄다.

"앗…… 아, 안녕하세요! 밀레느 양!"

"헤헤, 오, 오늘도 아름답네요……!"

"후후, 감사해요."

뭐, 2학년은 대부분 이런 식이다. 알랑거리면 기분이 썩 좋지 않지만, 용병 시절에는 자주 봐서 익숙한 태도다. 어찌 보면 옛날 생각이 난다나 할까, 어색하지 않다고 할까.

말투와 태도는 숙녀답게 하지만, 적당히 대꾸하는 데도 익숙해졌다.

"후후, 2학년에도 완전히 밀레느 님의 위광이 전파되었네요!"

"그래. 왠지 사람들을 다스리는 천성적인 무언가가 느껴지는구나."

"너무 치켜세우지 좀 마세요."

하지만 대놓고 치켜세우면 조금 창피하다.

애들은 대체 나를 어떻게 하고 싶은 걸까. 콜레트는 훗날 부하로 삼으려는 자가 높이 평가받아서 기쁜 걸까? 알베르는…… 모르겠다. 나를 신으로 모시려는 것 같아서, 어찌 보면 이 녀석이 가장 무섭다.

알베르는 문제지만, 콜레트와의 거리감은 나쁘지 않다.

뭐, 친구와의 교류는 조금 어색한 느낌이 들지만, 시끄럽게 재잘거리는 상급생들이 사라져서 요즘은 비교적 편하게 지내고 있다.

──한 가지 우려를 제외하고.

종소리가 나서 문득 고개를 든다.

"수업 시간이군요."

"벌써 시간이 이렇게 되었나."

곧이어 오후 수업이 시작됨을 알리는 종소리다.

아슬아슬할 때까지 버티다가 식당을 나서고 서둘러 교실로 돌아간다.

자리에 앉자 5교시 담당 교사가 교실에 들어왔다.

"자, 그러면 오후 수업을 시작하겠습니다. 오늘 결석은── 여섯 명인가요. 다른 학생은 모두 자리에 있는 것 같군요."

──결석 6명.

명백하게 많은 숫자다.

한 가지 우려가 이거다.

도시에서 질병이 유행하는 것도 아닌데, 여섯 명이나 결석했다. 이건 조금 비정상적인 사태라 할 수 있었다.

애초에 이 학원은 기숙사제다. 그럭저럭 전통이 있는 학원이기도 하기에 무단결석에 엄격하다는 점까지 고려한다면, 이 여섯 명은 '모종의 이유'로 휴학한 것이다.

딱 지난주부터 드문드문 모습을 보이지 않는 학생들이 늘어나기 시작했다.

휴학한 학생들은 일주일이 지난 지금까지 한 명도 돌아오지 않았다.

대체로 한 학년에 스무 명 정도. 그러나 그들 모두가 귀족 자녀라면, 얼마나 비정상적인 일인지 짐작할 수 있을 것이다.

내일은 자신이 그렇게 될지도 모른다. 막연하게 느껴지는 위기가 학원 전체에 만연해 사라진 인원 이상으로 학원에서 활기가 사라졌다.

소문에 따르면 사라진 녀석들은 기이한 병에 걸렸다, 인신매매 조직에 납치당했다 같은 이야기가 있다.

"오늘은 헬로이즈인가……."

"그 아이는 『마약(魔藥)』에 손을 댈 녀석이 아니라고 생각했는데……."

──하지만 사람 입에 자물쇠를 채울 수는 없다.

진실이라는 것이, 반드시 모습을 드러내기 마련이다.

듣기로 결석한 학생 대부분은 이제껏 있던 방에서 모습을 감췄다고 한다. 모습을 감춘 학생들은 기숙사의 빈방에 모여 있으며, 면회도 금지된 채 격리 중이라는 것이다.

마치 유행병을 의심하게 하는 조치가 취해진 이유는── 바로 약 때문이다.

당연히 병을 치료하는 평범한 약이 아니다. 일시적인 쾌락을 대가로 몸과 마음을 좀먹는 약.

마약이다.

학원 측에선 당연히 이 사실을 숨기고 싶겠지만, 감수성이 풍부한 애들의 입을 막을 수는 없다. 약과 그것을 취급하는 자들이 해를 가리듯 이 학원에 어두운 그림자를 드리웠다. 그것이 이 학원의 현재 상황이다.

하지만 나와는 상관없다. 오히려 조용해져서 잘됐다고 여길 정도다.

어차피 약해빠진 놈들이나 약에 손댄다. 적어도 그것으로 신세를 망친 녀석을 보면 손대려고 하지 않겠지.

이르타니아 말기에 지겹게 봤는데, 그건 정말 비참하다.

귀족 도련님이 약에 빠져 신세를 망치더라도, 나와는 상관없다. 나한테 방해되지 않는 곳에서 약을 한다면 알아서 해라 싶었다.

뭐, 유복한 환경에 있는 꼬맹이들이 그런 것에 손대는 건 조금 의외지만.

시시한 생각을 하면서 예습을 마친 지루한 수업을 대충 흘려듣다 보니 순식간에 수업이 끝났다.

그러자 알베르와 콜레트가 당연한 듯이 내 자리로 왔다.

화제는 현재 학원에서 가장 유명한 그 소문이다.

"그건 그렇고 사람이 많이 줄었네요. 벌써 여섯 명이나. 그 소문은 사실일까요."

"글쎄요. 우리와는 관계가 없는 일이니까요."

"하하, 밀레느는 엄격한걸."

그렇다. 우리와는 관계가 없는 일이다.

하지만 이렇게 뒤숭숭한 이야기만 하면 조금 울적해진다. 그게 지금의 내게 가장 성가신 일이다.

같은 학원에서 무슨 일이 벌어지고 있는 만큼, 완전히 무관하다고는 할 수 없다.

질색하는 기색을 숨기지 않자 콜레트가 진지한 표정을 짓는다.

"그건 그렇고, 한탄스럽구나. 풍족하게 사는 귀족 자녀가 마약에 빠지다니……."

"저도 처음에는 그렇게 생각했지만, 풍족하니까 자극을 바라는 거겠죠. 저는 이해가 안 되는 심정이지만 말이에요."

미래의 위정자로서 나름대로 생각하는 바가 있는 걸까. 목소리에 노기를 드러내는 콜레트에게 나도 어이없다는 투로 대꾸했다.

돈으로 뭐든 할 수 있다면 술을 마시는 게 훨씬 건전하다. 그것도 무조건 안전하지 않지만, 세상에 반항하고 싶은 거라면 그 정도로 충분하겠지.

그런데도 어째서인지 돈이 생기면 그보다 더한 것을 바라니까 참 신기한 노릇이다.

가장 나쁜 건 약을 퍼뜨리는 놈들이지만, 나로서는 약에 손대는 심약함도 문제 같은데.

뭐, 콜레트와 알베르에게 그 마수가 미치면 가만히 있지 않을 거지만. 간단히 말하자면 그런 셈이다. 나로서는 내 주위에서 알짱거리지만 않으면 아무래도 상관없다.

"코, 콜레트 님……!"

그리고 그건 나만 그런 게 아니다. 누구나 그런 면이 있다.

숨을 헐떡이며 찾아온 사람은 내가 잘 모르는 여학생이었다. 하지만 얼굴은 기억이 난다. 나와 함께하지 않을 때 콜레트가 종종 함께 다니던 아이다.

"도리스. 뭐가 그리 다급한 것이냐."

이름을 듣고 떠올린다. 그러고 보니 콜레트가 그렇게 부르는 것을 들은 기억이 있다.

대륙 각지에서 귀족이 모이는 이 학원에서 같은 나라 출신끼리 뭉치는 것은 이상하지 않다. 알베르는 그런 이유로 나를 쫓아다니는데, 콜레트도 예외는 아니라서 다른 커뮤니티에도 발을 걸치고 있다.

하지만 콜레트는 황족이다. 아무나 함부로 인사할 수 있는 신분이 아닌 만큼, 그 커뮤니티도 매우 규모가 작다.

콜레트와 도리스, 그리고 다른 한 명——.

"하, 한나가 오지 않았어요……! 사감에게 물어보니, 오늘은 만날 수 없대요……!"

콜레트는 눈을 확 뜨고 몸을 굳힌다.

씁쓸한 느낌에 혀를 찬다. 약에 빠지는 건 약한 녀석이다. 하지만 그런 약한 녀석은 어느 시대건 비슷하게 있다.

콜레트에게 말을 걸 수 있는 유력 귀족의 딸이라도 예외는 아니다.

"급한 볼일이 생겼다. 나는 학원을 조퇴하마. 밀레느, 선생님에게 연락을 부탁해도 되겠나?"

내 눈에는 콜레트의 등만 보인다. 하지만 도리스란 여자애의 표정을 보면 콜레트가 어떤 표정일지도 예상할 수 있다.

그 등에서 격렬한 분노를 느낀다. 아마도 한나란 여자애의 약함에 분노한 거겠지. 그리고 그것을 아득히 능가하는 분노가 약을 판 자를 향하고 있었다.

"도울까요?"

"말은 고맙지만, 이건 나와 코르온의 문제다. 언젠가 나라를 다스릴 자로서 이 정도는 내 손으로 직접 해결해야만 해."

팔짱을 끼고 넌지시 물어보지만, 제안은 거절당했다.

"그리고 네 옆에 당당히 있고 싶거든. 그러니 이 일은 내가 해결하겠다."

콜레트답다. 그렇게 느낀 나는 더 말하지 않았다.

그 대신 가볍게 손을 흔들었다.

콜레트는 미소를 짓고 떠났다.

정말이지 열정이 넘친다. 만약 내가 나라를 다스리게 되더라도 저러지는 못할 것이다.

콜레트가 떠난 자리에 침묵이 깔린다.

약속을 지키려면 이대로 수업에 나가 페르만에게 콜레트의 결석을 전해야 하는데——.

"칫."

내가 혀를 차자 도리스가 어깨를 떨었다.

"저기, 도리스…… 양이라고 했나요?"

"아…… 네! 무슨 일인가요, 밀레느 님!"

지나칠 정도로 겁먹었는데, 마음대로 하라지.

"페르만 선생님께 말씀을 전해 주시겠어요? 콜레트 님과 밀레느가 결석한다고요."

"아……! 밀레느 님……!"

그것보다 지금은 성가신 파리를 손보는 게 우선이다.

나와 상관없는 동안에는 뭘 하든 상관없지만, 내 근처로 날아오면 가차 없이 짓밟을 뿐이다.

콜레트는 아직 어린 구석이 있지만, 언젠가 그 무용으로『흑사자』의 이름을 널리 떨치고 강대국 코르온을 이끄는 최강의 여제로 군림할 만큼의 재능이 있다.

시시한 마약 장사꾼 따위는 그 녀석 혼자로도 충분하고 남겠지만——.

어째서일까. 이상한 불안이 나를 충동질했다.

마치 뭔가가 내게 말을 거는 듯한 감각. 그것을 머리를 흔들어 부정한다.

세상 물정 모르는 꼬맹이들이 먹잇감이 되면 찜찜하다. 아마도 그게 다일 것이다.

자, 결심했으면 시내로 나갈 준비를 할까. 폭력 사태가 벌어질지도 모르니 기숙사에 가서 무기를 챙기자. 아버지가 준, 예쁘기만 한 레이피어라도 없는 것보다는 낫다──고 생각했을 때.

"자, 잠깐만요! 저도 가겠어요!"

알베르가 나를 불러 세웠다.

진짜 성가신 기색으로, 귀에 들리게 혀를 찬다.

이 녀석이 혼자 따라와도 문제는 없을 테지만, 명색이 한 나라의 왕자를 범죄 조직과의 사태에 끌어들이는 것은 조금 망설여진다.

하지만 지금 말씨름하는 것도 귀찮다. 얼굴을 확 들이대자 알베르가 얼굴을 새빨갛게 물들인다.

"이러쿵저러쿵 떠들 시간 없어. 따라오고 싶으면 알아서 해."

그보다 빨리 행동을 시작하고 싶다.

작은 목소리로 그렇게 말한 후에 떨어지자, 표정이 환해진 알베르가 연거푸 고개를 끄덕인다.

"도리스 양. 죄송하지만 알베르 님의 이름도 추가해 주세요. 알베르 님은 본인이 쓸 무기를 준비해 주셨으면 해요."

"네! 감사해요, 밀레느 님!"

툭하면 성가신 일에 휘말리는 인생이다. 나는 또다시 한숨을 쉬었다.

◆

"참 번화한 곳이네요. 봐서는 미심쩍은 데가 없는데요……."

시내로 나온 알베르가 작게 숨을 내쉬며 중얼거렸다.

그 말대로 시내는 오가는 사람들이 많아서 어두운 면은 언뜻 봐서 찾을 수 없다.

　싱싱한 과일을 파는 가게와 오래가는 과자를 파는 노점 등 다양한 가게가 늘어섰는데, 대부분 장사가 잘되고 있었다.

　전 세계의 귀족 자녀가 모이는 학원이 있는 도시다. 이곳은 전 세계의 돈이 몰리는 곳이라고도 할 수 있다. 호황에 따른 활기는 끝을 모른다. 알베르가 말한 것처럼 미심쩍은 구석은 보이지 않는다.

　"대놓고 팔 리가 없잖아. 그딴 건 몰래몰래 거래된다고."

　하지만 그런 부분은 보통 숨겨져 있기 마련이다. 귀족 자녀가 모이는 곳이라 치안 유지에 힘을 쏟고 있지만, 아무래도 눈길이 닿지 않는 부분이 생기기 마련이다.

　예를 들면 이 큰길에서는 보이지 않는 뒷골목이나 허름한 술집 같은 곳. 이르타니아 말기에는 조금 더 대놓고 활개를 쳤지만, 그래도 마약 팝니다~ 하고 대대적으로 선전하는 멍청이는 없다.

　주위에 학원 관계자가 없어서 나는 원래 말투로 알베르의 말을 지적했다.

　"그, 그렇군요. 실례했어요."

　"아니야. 보통은 접할 기회가 없는 어두운 부분이잖아. 네가 모르는 것도 당연하지."

　원래라면 왕족인 알베르가 그런 장소에 눈길을 줄 기회는 없겠지.

그런 것은 치안 유지를 맡은 기관에서 할 일이다. 나도 그런 업무 자체는 해박하지 않다. 지금 와서 생각해 보면 그런 곳의 신세를 지지 않았던 것이 의외지만.

"자, 뒤가 구린 정보를 모으려면 술집이 정석이지만——."

하지만 그런 쪽 이야기를 듣는 법이라면 잘 알고 있다.

세련된 고급 술집이라면 또 모를까, 허름한 술집에는 대체로 떳떳하지 못한 놈들이 모이기 마련이다.

"술집인가요? 저희가 들어가면 문제가 되지 않을까요?"

"알아. 그러니 이번에는 안 돼."

하지만 그 방법을 쓸 수는 없다. 알베르가 말했다시피, 학생 신분으로 학원을 결석하고 술집에 가는 것은 위험하다. 학원에 알려지면 알베르라도 처벌을 면할 수 없으리라.

그렇다면 어떻게 할까——.

"어이, 알베르. 돈은 있냐?"

"네? 네. 많지는 않지만…… 아하, 정보를 돈으로 사려는 건가요?"

"그것도 괜찮지만, 귀족 아가씨와 도련님이라고 바가지를 씌울걸? 아무튼 따라오라고."

나는 알베르를 데리고 어느 가게로 향했다.

그곳은 옷가게다. 이번에 이용할 것은 술집도, 정보도 아니다. 두 다리다.

알베르를 데리고 간 가게에서 옷가지를 몇 개 고르고 입힌다.

탈의실에서 나온 건——.

"제, 제가 왜 여자 옷을 입어야 하죠?!"

어딜 봐도 귀여운 여자애가 된 알베르였다.

"네가 조금만 더 남자다웠으면 남자 옷을 입혔을 거야. 원망하려면 네 외모를 원망해."

알베르에게 입힌 옷은 시녀들이 주로 입는, 치마가 긴 작업복──요즘 들어 메이드복으로 불리는 옷이다.

"하, 하지만 이건 너무…… 그런데 왜 변장해야 하는 건가요?"

참고로 나는 금발 가발을 썼다.

하지만 멋을 부리거나 호기심 삼아 이런 옷을 입힌 것도, 입은 것도 아니다.

멀쩡한 이유가 있다.

"너는 일단 왕자잖아. 얼굴이 아는 녀석이 있을지도 모른다고. 나도 머리가 이러니까, 이대로 가면 신분을 눈치채는 자가 있을지도 모르잖아?"

우선, 우리는 매우 눈에 띈다. 한 나라의 왕자와 그 나라에서 소중히 여기는 『스루베리아의 머리칼』이다. 뒤가 구린 짓을 하는 놈들을 찾아다니기에는 신분적으로 문제가 많다.

"그건 그러네요……. 그렇다면 이렇게 변장하고 어쩔 건가요?"

어쩔 거냐고? 그건 간단하다.

"걸어 다닐 거야. 놈들은 우리 학원 학생한테도 약을 팔잖아. 그렇다면 시내를 대충 돌아다니기만 해도 알아서 말을 걸려고 할걸?"

그냥 돌아다닌다. 그게 전부다.

"아, 아하……! 그래서 저희의 정체를 숨길 필요가 있군요!"

알베르도 그제야 감이 잡힌 것 같다.

애초에 우리 학원 학생이 이만큼 피해를 봤다. 일반인에게 이 약이 얼마나 침투했는지는 모르지만, 어쩌면 우리 학원을 표적으로 삼은 걸지도 모른다는 생각이 들었다.

그렇다면 이런 시간에 학원을 빼먹은 불량 여학생 같은 먹잇감을 내버려 둘 리가 없다.

대충 돌아다니다 보면, 상대가 먼저 말을 걸 것이다.

"알았으면 따라와. 오늘만 너는── 내 시종인 '루루' 야."

"네! 영광이에요……!"

위장이지만 시종으로 인정받아 기쁜 내색을 보이는 알베르.

이 나라의 장래가 걱정되지만, 여장이 묘하게 잘 어울리는 것도 왠지 불안하다.

옷가게를 나서서 시내를 돌아다닌다. 가발을 썼으니까 한눈에 내가 『스루베리아의 머리칼』임을 눈치채지는 못하겠지만, 이상하게 주위 시선이 쏠리는 느낌이 드는 건 기분 탓이 아니리라.

내키지 않지만, 지금의 나는 그럭저럭 예쁘다. 길거리에서 보면 예전의 나라도 돌아볼 정도로.

게다가 지금은 알베르도 있다. 이것도 솔직히 예상을 넘어설 만큼 메이드 차림이 잘 어울렸다. 메이드 차림과 타고난 기품이 적당히 동떨어진 맛을 낸다고 할까…….

"으으…… 시선이 몰리네요……. 정말로 괜찮은 걸까요?"

"오히려 잘됐어. 시선을 끌려고 이러는 거니까."

하지만 이것은 환영할 만한 오산이다. 시선을 끌수록 내가 찾는 녀석들의 눈에 띌 가능성이 크며——얼굴이 반반한 여자란 존재는 나쁜 놈들에게는 더할 나위 없는 손님이다.

"되도록 자연스럽게 시내를 걷자. 평범한 계집애들처럼 적당히 과자라도 사 먹고 재잘대다 보면, 찾을 수 있겠지."

"알았어요! 불초 루루가 모시겠어요!"

알베르도 아주 신났다. 이 녀석은 바보지만 머리가 좋다. 티나게 실수하지 않겠지.

그 이전에, 알베르는 이 상황을 진심으로 즐기는 것 같았다. 연기가 아니라 본심으로 즐기고 있는 걸 보면 좀 그렇지만, 어색한 구석이 없으니까 잘됐다.

이제는 내가 하기 나름이다.

"루루, 이것도 먹어 봐. 차가운 과자래. 맛이 참 신기하구나."

"네……네에에~."

내가 생각해도 소름이 돋지만, 평소 쓰는 '대외용' 말투보다 약간 스스럼없는 말투로 과자를 권했다.

우유를 식히고 반죽해서 만든 신기한 과자——아이스크림이라는 것 같다——를 스푼으로 떠서 입에 넣어 주자, 알베르는 그야말로 흐물흐물 녹아내릴 듯한 반응을 보였다.

진짜로 이르타니아는 괜찮은 걸까. 한숨이 나려는 것을 겨우 참는다.

하지만 남들에게는 사이좋은 주인과 시종이 몰래 놀러 나온 것처럼 보이는 건지 여기저기서 한숨 소리가 들려왔다.

나나 이 녀석이나 외모는 반반하니까 이해할 수 있지만——거참, 나도 연기가 능숙해진 것 같다. 나는 참 의외로 재주가 많다고 생각하는 것도 자만이 아닐지도 모른다.

그런 식으로 시내를 싸돌아다닌다. 알베르는 만족한 눈치지만, 놀러 온 게 아닌 나로서는 짜증만 쌓인다.

하지만 그렇게 한동안 돌아다니다 보니——.

"귀족 아가씨, 잠시 시간 좀 내주시겠어요?"

생김새가 그럴싸한 남자가 말을 걸었다.

"미안해요. 모르는 분과 이야기하지 말라고 배웠거든요. 가요, 루루."

"네?! 아…… 네!"

하지만 이 자리에서 바로 미끼를 물지는 않는다. 어디까지나 우리는 귀족 학원에 다니는 상류층 아가씨와 그 시종이다. 본격적인 이야기가 나오지도 않은 상태에서 관심을 보이면 수상하다.

"에이, 조금만 기다려 보세요. 공부하느라 피곤하지 않나요? 공부와 연애에 애쓰는 학생인 아가씨께 꼭 소개하고 싶은 좋은 물건이 있다고요."

"네? 하지만 그건 요즘 화제인 위험한 약 아닌가요?"

딱 걸렸다고 생각한 약팔이의 표정이 바뀌지만, 이 녀석만 그런 생각을 한 게 아니다. 나 또한 늘어뜨린 낚싯줄이 끌려가는 것을 느꼈다.

"뭘요! 전혀 위험하지 않습니다! 제가 소개하려는 건 약이 맞지만, 법률적으로 아무런 문제도 없는 민간요법 같은 거죠. 그야 피로를 해소해 주는 약이란 대부분 위험한 거지만, 이 약은 달라요. 마음이 편해지고, 피로가 사라지죠. 게다가 몸에는 전혀 해롭지 않습니다! 그게 다가 아닙니다! 놀랍게도 이 약을, 먹기만 해도 마력이 상승한다니까요! 그러면 성적도 좋아지고, 피로도 사라지죠! 기분까지 좋아져서 남는 시간을 행복한 여가를 즐길 수 있다 이겁니다!"

아니나 다를까, 약팔이는 기회라는 듯이 단숨에 떠든다.

더러운 물건을 파는 놈이 이것저것 떠벌여서 조금 불쾌하지만 —— 제법 좋은 정보도 끌어냈다.

마력이 상승한다. 그 말에 짚이는 구석이 있었다.

윌리엄을 때려눕혔을 때, 그 녀석은 이상한 약을 먹고 나서 흥분하더니 마력도 상승했다. 그게 지금 만연한 약이라면——.

딱 걸렸다. 하지만 정보가 좀 더 필요하다.

낚시로 비유하자면, 저 남자는 지금 뜰채를 준비한 상태다. 나는 일부러 그곳에 뛰어든다.

"흐음. 그 말이 사실이라면 참 멋지겠지만요. 그렇게 좋은 약이 진짜로 있을까요?"

"자자, 그러면 이러는 게 어떻습니까? 우선 제가 맛보기로 공짜 약을 드리죠. 그걸 어쩔지는 아가씨의 자유입니다. 수상하다고 버려도 되고, 직접 써봐도 되고, 아니면 다른 사람을 통해 시험해 보는 것도 좋겠죠. 어떻습니까, 친해진 김에 한 봉 받으시죠!"

그나저나 이 녀석들은 자기들을 객관적으로 살피지 못하는 걸까. 아무리 생각해도 수상한데.

"그렇게까지 말씀하신다면야…… 한 봉만 주세요."

"네, 감사합니다! 혹시 약이 더 필요하면 이 근처로 와 주세요. 이것도 다 인연이니까 싼값에 제공하겠습니다!"

그 남자는 떠넘기듯 종이봉투를 건네주고 사라졌다.

"작전 성공이군요."

"그래. 다시는 만날 일이 없겠지만 말이지."

적어도 금발 귀족 여자와 시종과는 말이다.

약이 봉투를 가방에 숨기고 걸음을 옮긴다.

"빨리 가자."

"학원으로 돌아갈 건가요?"

"멍청하긴, 옷 갈아입으러 갈 거야. 넌 그 꼴로 학원으로 돌아갈 거냐?"

"앗……! 그, 그러네요."

평소 입을 일이 없는 여자 옷을 입고도 이상하지 않냐.

머리가 지끈거린 나는 한 손으로 얼굴을 가리듯 감쌌다.

◆

알베르의 옷을 갈아입히고, 우리는 허름한 찻집으로 향했다.

손님 출입이 적고, 외부 시선도 차단되는 장소다. 마스터도 장사에 열정적이지 않은지, 우리와 얽히려는 기색이 없다.

　남들이 들으면 안 되는 이야기를 할 때는 이런 장소가 딱 좋다.

　농담으로도 맛있다고 말하기 어려운 홍차를 홀짝이며 가방에서 꺼낸 것은 아까 남자가 억지로 권한 약이다.

　"이게 소문의 그 약일까요."

　"십중팔구 그거겠지. 달리 수상한 것을 못 찾았으니까."

　알베르와 조용히 대화하면서 종이봉투의 내용물을 꺼낸다.

　안에서 나온 것은 풀칠로 봉한 약봉지였다.

　흔들어 보니 건조된 가루와 종이가 스치는 소리가 난다. 보아하니 가루약 같다.

　별생각 없이 약봉지를 뒤집어보니, 이 약의 이름으로 보이는 단어가 적혀 있다.

　"루두스……."

　알베르가 먼저 그 이름을 입에 담았다.

　나는 뭔가 이상한 느낌이 들어서 차마 말하지 못했다.

　루두스라고? 왠지 귀에 익은 말이다.

　봉지를 뜯어 펼쳐둔 종이봉투에 가루약을 조금 떨어뜨린다.

　안에서 사락사락 떨어지는 것은 새빨간 가루였다. ──그 순간, 나는 이상한 느낌의 정체를 떠올린다.

　"말도 안 돼, 이게 왜 여기 있어……?"

　씁쓸한 감정을 토해내듯, 나는 얼빠진 듯이 중얼거렸다.

　그런데도 불쾌함을 감추지 못해서, 혀에서 초조함이 퍼진다.

"밀레느 님? 왜 그러세요?"

알베르가 걱정스러운 눈치로 내 안색을 살핀다.

"아무것도 아니야. 좀 놀랐을 뿐이야."

퉁명스럽게 대꾸하자 조금은 차분해졌다.

루두스. 의미는 '쾌락'이었던가. 빨간 꽃을 말려서 가루로 만든 것이라고 들은 적이 있다.

이 약은 이르타니아 말기에 유행한 것이다.

직업상 용병은 사회 이면의 정보가 빨리 돈다. 애초에——이르타니아 말기에는 특히——멀쩡한 직업을 못 구해서 용병이된 자도 많아 이렇게 뒤가 구린 것에 손대는 녀석들도 많았다. 윤리관이 모자라서 그런지 용병이란 것들은 마치 술이나 담배 이야기를 하듯 약 이야기를 했다.

그래서 나는 이 약이 퍼지기 시작한 시기를 정확하게 파악하고 있다.

이게 돌아다니기 시작하는 건 빨라야 지금으로부터 10년 후다. '빨간 가루'라는 드문 형태인 만큼, 다른 약과 헷갈릴 리가 없다.

——아무래도 일이 수상해지기 시작했다.

"돌아갈 예정이었지만, 좀 더 알아보자."

"네, 함께하겠어요."

이 『루두스』는 성질이 특수한 마약이다.

이르타니아 말기에는 이것이 감기약보다 더 나돌았다. 그래서 중독자를 볼 기회도 얼마든지 있었지만—— 확실히, 몸이 나빠졌다고 말하는 복용자는 없었던 것으로 기억한다.

쾌락을 주는 마약은 대체로 몸에 해롭고, 쓰다 보면 순식간에 엉망이 된다. 그런데 이 약을 복용한 녀석은 몸이나 피부에 이상이 발생하지 않고 묘하게 생기가 넘치는 점이 인상적이었다.

당연하지만 그렇다고 해서 이 약이 무해한 것도 아니다.

『루두스』가 좀먹는 것은, 인간의 '마음'이다. 자세한 원리는 모르지만, 이 약은 사람의 마음을 몹시 폭력적으로 만든다고 한다. 실제로 이르타니아 말기에는 이것과 얽힌 싸움이나 살인이 매일같이 벌어졌다. 과도하게 폭력적인 발언을 하는 녀석이 늘어난 것도 이것의 영향이다.

겉보기에는 몸에 해롭지 않다는 점도 유행하는 데 일조했으리라. 값싸고, 건강을 해치지 않지만, 의존성이 엄청나다. 그런 『루두스』가 폭발적으로 유행한 것도, 나라를 썩게 한 요인 중 하나이리라.

미래에 퍼지는 악마의 약이, 치안이 좋기로 유명한 이 제르포아에서 유행하고 있다. 거기에는 어떤 의도가 있는 것처럼 느껴졌다.

이건 느긋하게 떠들 일이 아니다. 이용할 수 있는 건 전부 이용해서, 이 사태가 어떤 상황인지 확인할 필요가 있다.

"그렇다면 다시 옷가게에 가서 탈의실을 빌리자고."

"어…… 또 옷을 갈아입는 건가요? 에헤헤, 그래요. 변장해야 하겠죠."

알베르가 왠지 기뻐하는 눈치인 건 기분 탓일까?

아무래도 좋다. 지금은 신경 쓸 겨를이 없다. 가루를 포장한 종이를 구기고 자리에서 일어난다.

콜레트 녀석이 무사하면 좋겠지만——.

초조함을 느끼면서 대충 돈을 내놓고, 우리는 찻집을 나섰다.

◆

"뭔가…… 생각했던 것과 다르네요."

시내에서 다시 조사하기 시작하고 얼마 후, 모이기 시작한 정보를 접한 알베르는 그런 감상을 입에 담았다.

변장도 했으니 지금은 수단과 방법을 때가 아니라며 술집을 돌아다녀 정보를 모았는데—— 나도 이르타니아의 미래를 모른다면 똑같이 느꼈을 것이다.

도시 사람들은 『루두스』를 호의적으로 받아들이는 것 같았다.

학원에서는 이미 마약이라는 소문이 돌지만, 길거리 사람들에게 들은 이야기를 종합해 봤을 때는 자양강장이나 기분 개선처럼 멀쩡한 효과가 있는 '약'으로 여기는 판국이다.

부작용이 나타나기 전이라 그렇겠지만, 이 상황은 이르타니아에서 유행하기 시작했을 때와 완전히 똑같았다.

결국에는 정신이 망가지고 윤리관을 모조리 상실한 미치광이가 탄생하는 셈이다.

"그래. 하지만 뭔가 이상해."

"뭐가 말인가요?"

알베르가 되물었다.

"장사하는 수법에서 의도를 모르겠어. 마약이란 결국 떼돈을 벌려고 파는 거잖아? 처음에는 싸게 팔다가, 없으면 곤란해지는 지경에 처한 녀석에게 비싼 값에 판다는 이야기는 익히 들었어. 하지만 이 약은 달라. 가격이 올랐다는 이야기는 들은 적 없고, 원래부터 그렇게 비싸지 않아. 시험 삼아 먹어보라며 공짜로 주기까지 한다고."

위험한 약이란 대체로 처음에는 공짜나 다름없는 가격에 판다. 그 점은 같지만, 그다음부터가 다르다. 놈들은 고객이 완전히 약에 의존하게 된 후에도, 일반적인 자양강장제나 회복약과 별반 다르지 않은 가격에 파는 것 같다.

환자들은 약 탓임을 눈치채지 못하지만, 특유의 폭력성이 드러난 녀석도 드문드문 보였다. 그런 녀석들은 이미 약에 의존하고 있을 것이다.

"마치 마약을 유행시키는 게 목적처럼 보인다……는 건가요?"

"그래."

그 이면에 숨겨진 목적은―― 역시 알베르가 방금 말한 대로일 것이다.

마음만 먹으면 얼마든지 돈을 벌 수 있을 텐데 그러지 않는다. 그렇다고 좋은 마음으로 '자양강장제'를 퍼뜨리는 것은 아니리라.

그렇다면―― 그 목적은 대체 무엇일까.

예전 역사에서 약이 나타난 것은―― 전쟁 직전.

전쟁이 터지고 약이 유행했다. 만약, 나는 몰랐을 뿐이지 그 순서가 반대라면?

"전쟁이라도 일으키려는 건가……?"

"저, 전쟁이라고요?!"

"아니야, 이건 비약이 너무 심해. 그냥 잊어."

"네에……."

나는 그 생각을 부정하면서도, 그것에 중점을 두고 유추했다.

짚이는 구석이 너무 없어서 행하는 사고실험 같은 것이다.

공짜나 다름없는 가격으로 약을 뿌리는 건 왜일까? 약을 뿌리는 것 자체가 목적이라서? 그렇다면 이 장소, 제르포아에 무엇이 있는지를 생각해 봤을 때 가장 먼저 떠오르는 것이 바로 '귀족 학원'이다.

전쟁은 비약이 심하더라도, 귀족 자녀를 약에 빠뜨려 외교적 혼란을 일으키려는 걸까.

"칫, 아무리 생각해도 모르겠어……. 어?"

짜증이 나서 혀를 찼을 때, 지나치려던 골목 쪽에서 목소리가 들려왔다.

이것은 고함 소리다. 어쩌면 약과 관계가 있을지도 모른다.

"루루."

"네……? 아, 네!"

알베르를 가명으로 부르면서 턱으로 골목을 가리켰다. 따라오라는 신호다.

먼저 걸음을 옮기자 뒤에서 종종걸음 소리가 들려온다.

큰길의 시끌벅적함과 단절된 어둑어둑하고 좁은 길은 마치 다른 세계 같다.

악취로 가득 찬 그 길을 나아가자──.

"귀족 자녀가 이런 데 다 오다니 신기한 일도 다 있군. 약을 찾나?"

그곳에는 로브의 후드를 뒤집어쓴 수상한 남자가 서 있고, 근처 바닥에는 다른 남자가 쓰러져 있었다.

"저분은⋯⋯."

"아, 약을 팔지 말라고 따지던데. 폭력을 쓰려고 해서 입을 다물게 해줬지."

약을 팔지 말라고 했다? 나는 남자의 말을 속으로 곱씹는다.

그렇다면 저기 쓰러진 남자는 약이 어떤 건지 눈치챈 것일까.

"그래서 어쩔 거지? 원한다면 싸게 주지."

"아뇨, 사양하겠어요. 아까 공짜로 받았으니까요."

"그래? 그렇다면 또 인연이 있기를 빌지."

두세 마디를 주고받고, 후드를 쓴 남자는 우리 옆을 지나치듯 큰길로 향했다.

그때 가슴에 있는 펜던트가 왠지 신경 쓰였다.

어둑어둑해서 잘 보이지 않았지만── 뿔 달린 뱀? 그 눈에는 붉은 보석이 박혔다.

이것도 어디선 본 듯한 느낌이 들었다.

하지만 확인할 수단도 없이, 남자는 햇빛이 드는 쪽으로 걸어갔다.

그것보다 지금은 정보를 모으는 게 우선이다.

"거기 당신, 괜찮나요?"

쓰러진 남자에게 말을 걸었다.

약이 어떤 건지 눈치챘다면, 뭔가 정보를 가지고 있을지도 모른다.

하지만 남자는 대답이 없었다. 이상하게 여기고 다가간다.

"……."

그리고 눈치채고 말았다.

"죽었어."

"네……?!"

이 남자, 이미 숨을 거두었다.

약을 파는 자들에게 어지간히 불리한 무언가를 알아낸 걸까?

꿈쩍도 하지 않는 남자를 뒤집어보니, 앞쪽이 불타서 구멍이 난 옷과 화상 자국이 보였다. 아무래도 번개 마술에 당한 것 같다.

입막음을 당한 것이리라. 그걸 위해서라면 눈 하나 까딱하지 않고 사람을 죽이는 건가. 약을 뿌리는 것들이 심상찮은 조직인 것 같군.

"미, 밀레느 님, 어쩌죠……?!"

"위병에게 연락만 하고 튀자. 발이 묶이는 건 좋지 않아."

이쯤 되면 혼자서 정보를 모으고 있을 콜레트가 걱정된다.

그 녀석이 너무 우수하지 않기를 빌 뿐이다.

남자의 몸을 도로 뒤집어놓고, 우리는 뒷골목을 빠져나갔다.

위병에게는 뒷골목에 쓰러진 남자를 봤다고만 말했다. 이제 소동이 커지기 전에 다시 변장을 풀면 '알베르 왕자'를 의심하는 자가 있을 리 없다.

시내를 빠져나온 우리는 학원으로 돌아갔다.

알베르의 표정은 시종일관 어두운데, 시체에 익숙하지 않은 것이리라.

그 미래를 직접 본 나로선 멀쩡하게 시체가 남았으니 다행인 셈인데. 뭐, 그걸 이 녀석에게 말하는 것도 잔인하겠지.

"아무튼 오늘은 이만 해산하자. 본 건 아무한테도 말하지 마."

"마, 말씀대로 할게요……."

진짜로 괴로워 보인다. 내가 처음으로 시체를 봤을 때는 어땠더라.

이 세상에서는 일어나지도 않은 일을 떠올려도 소용없다. 그것보다 정보 정리와 콜레트의 안부 확인이 중요하다.

다행히 수업 시간은 끝났다. 기숙사에는 별문제 없이 들어갈 수 있으리라.

여자 기숙사에 가 보니 이미 학원에서 돌아온 학생들로 북적댔다.

하지만 내가 찾는 인물은 보이지 않았다. 콜레트가 아직 돌아오지 않았을 가능성은 크지만――.

결국 이날, 콜레트는 돌아오지 않았다.

제8화 사교(邪敎)

결국 하룻밤이 지나도 콜레트는 돌아오지 않았다.

학생 한 명이 기숙사에 돌아오지 않는 건 흔한 일이지만, 이 시기에 왕족인 콜레트가 돌아오지 않자 학원은 아침부터 소란스러웠다.

"밀레느 님!"

어쩌면 학원에 나올지도 모른다── 그런 생각으로 기다리는 내 이름을 부른 건 알베르였다.

"알베르…… 님. 혹시나 해서 묻겠는데요, 콜레트 님을 보지 못했나요?"

"네……."

그 대답을 듣고 혀를 찼다. 알베르도 이제 나를 잘 이해하는지 일일이 흠칫거리지는 않았다.

하지만 하룻밤이 지났는데도 돌아오지 않는다면, 이건 매우 심각할 가능성이 크다.

서슴없이 사람을 죽이는 녀석들이다. 아무리 왕족인 콜레트라도 목숨을 보장할 수 없으며── 만약 그 목적이 내가 어제 문득 생각한 대로라면, 대국 코르온의 황녀인 콜레트는 더없이 좋은 '제물' 일 것이다.

본격적으로 내 주위에도 손길이 미친 셈이다. 정말이지——
속이 끓는다.

속이 부글부글 끓어서 집중할 수 없다. 이런 상황에서 수업을
들어도 보탬이 안 되겠지.

이틀 연속으로 수업을 빼먹으면 페르만 그 녀석이 또 잔소리
하겠지만——

"칫……."

혀를 찼다. 하지만 그런 걸 신경 쓸 여유도 없다.

"알베르 님, 페르만 선생님께 전언을 부탁해도 될까요? 저는
콜레트 님을 찾으러 가겠어요."

아무래도 여유롭게 있을 상황이 아닌 듯하다.

나는 일부러 알베르에게 전언을 부탁했다.

"자, 잠깐만 기다려 주세요. 저도——!"

뭔가 말하려고 하는 알베르를 제지하듯, 나는 얼굴을 바싹 들
이댔다.

"너라면 내 말귀를 못 알아먹지 않을 텐데? 따라오지 말라고
한 말이라고."

그것은 '여기 남아라.' 라는 의미가 담긴 전언이다.

다른 사람이 아니라 알베르에게 명령한 것에는 두 가지 의미
가 있다.

"그, 그럴 수는 없어요. 저는 밀레느 님의 충실한 종이에요.
하지만 그 말에는 절대로 따를 수 없어요……!"

그런데도 알베르는 물러나지 않았다.

그 기개는 바람직하다. 맹신하는 내 말에도 따르지 않으며, 자기 의지를 똑똑히 말한다. 평소 같으면 칭찬해 줬겠지.

"이유를 말해야 알아먹겠어? 걸리적거린다는 소리라고."

하지만 상황은 그것을 허락하지 않았다. 살인을 밥 먹듯 하는 녀석들이, 어쩌면 당치도 않은 생각으로 움직이는 걸지도 모른다.

나 혼자라면 가뿐하다. 뭐든 할 수 있는 건 아니지만, 물러설 때도 안다.

하지만 알베르가 있으면 확실성이 떨어지고 만다. 인질로 잡히기라도 하면 최악이다.

"하, 하지만……! 저도 밀레느 님께 검술을 배우는, 어엿한 검사예요……! 절대로 폐를 끼치지 않겠어요! 그러니 제발……!"

"지금 벌써 폐를 끼치고 있는데, 그건 괜찮은 거야? 됐으니까 포기해. 너한테는 그럴 힘이 없어."

계속해서 매달리는 알베르에게 짜증을 섞어서 대꾸했다.

겁대가리 없는 녀석은 싫지 않지만, 자기 힘과 주제를 모르는 꼬맹이는 질색이다.

"포……포기 못 해요……! 제가 무력함은 잘 알아요! 하지만 콜레트 황녀는 제 친구이기도 해요! 그런데 아무리 밀레느 님이라도 여자에게 친구를 맡기는 건…… 나라를 짊어질 남자와는 동떨어진 모습이 아닐까요……!"

그런데도.

알베르는 물러서지 않았다.

자기 주제를 모르는 꼬맹이는 이래서 골칫거리다.

하지만 이것만큼은 타고난 성격 탓인지, 이런 유치한 면을 싫어할 수 없었다.

"멍청하긴. 나라를 짊어져야 하는 남자는 아랫것들에게 명령이나 내리며 거들먹거리는 법이야. 닥치는 대로 해결하려고 들지 말라고."

"읔."

본인도 알기는 하는지, 알베르가 숨을 삼켰다.

알면서도, 내게 거역하면서 따라오려는 것이다.

왕의 행동으로서는 어리석기 그지없지만, 남자로서는 나쁘지 않은걸.

얼굴을 떼고 땅이 꺼지게 한숨을 쉰다. 주위를 둘러보자 의아한 눈으로 이쪽을 보는 옆자리 남학생이 눈에 들어왔다.

"저기…… 클라이브 씨, 였던가요?"

"어, 넷?!"

나는 옆자리 남학생에게 말을 걸었다.

그 소년은 눈에 띄게 허둥대더니, 경례라도 하듯 몸을 꼿꼿하게 펴고 일어섰다.

"페르만 선생님께 전언을 부탁드려요. 알베르 님과 밀레느는 결석한다고."

"아, 알겠습니다!"

일단 이 녀석은 평범한 학우인데. 나는 아무런 인연도 없는 나라의 귀족이 나한테 존댓말을 쓰는 것을 이상하게 여기며 자리에서 일어났다.

"안 가세요? 저는 이만 갈 건데요."

얼이 나간 알베르에게 말을 걸었다.

한참을 그러던 알베르가 환한 미소를 지었다.

"……! 고맙습니다!"

그리하여 우리는 학원을 나와 기숙사로 돌아갔다.

이번에야말로 이 엉터리 레이피어를 쓸 일이 생길 것 같다고 생각하면서.

◆

시내에 가 보니, 그곳은 여전히 활기가 넘쳤다.

무시무시한 사건이 은밀히 벌어지고 있다는 게 믿기지 않을 정도로 밝은 분위기다.

사실 도시 사람들에게는 아무런 변화도 없는 일상에 지나지 않을지도 모른다.

약과 관련해서도, 고작해야 좋은 약이 새롭게 나왔다 정도로 생각하겠지.

그 이면에서 큰 전쟁으로 이어질 위험이 있는 사태가 발생했음은 꿈에도 모를 것이다.

"밀레느 님, 오늘은 어쩔까요? 또 변장할 거예요?"

"오늘은 조사하러 온 게 아니니까 모습을 감출 필요 없어. 약팔이를 찾아내서 전부 실토하게 만들면 되거든."

그것을 방지하려면 최대한 서둘러야 한다.

어쩌면 이미 전부 끝장났을 가능성도 있지만—— 친구의 목숨이 걸린 일이다. 포기할 수는 없다.

알베르를 데리고 시내를 돌아다닌다. 역시 큰길에서 대놓고 약을 파는 녀석은 없다.

그렇다면—— 어제 '공짜'를 준 녀석을 찾아볼까.

딱 봐도 말단이지만, 지금은 단서를 찾는 상태다. 조무래기라도 알아낼 정보가 있고, 조무래기일수록 입이 가벼운 것은 상식이다.

그곳을 찾아서 걸어가 보니, 길을 오가는 사람이 조금 줄어들었다.

역시 어느 정도는 남들의 시선을 신경 쓰는 걸까.

목적지에 도착해 보니, 그곳에는 약팔이가 없었다. 하지만 근처에서 좁은 골목을 발견했다.

어제 본 후드남도 그렇고, 역시 나쁜 벌레들은 음침한 곳을 좋아하나 보다.

서슴없이 그 안으로 들어갔다. 그러자——.

"어라, 귀족 자녀 여러분이 무슨 일로 이런 데 오신 거죠?"

골목 안쪽에서 어제 우리에게 공짜 약을 준 약팔이를 발견했다. 우리가 어제 그 귀족 여학생과 시녀일 줄은 모르겠지. 환한 목소리로 우리에게 말을 건넨다.

시건방지긴. 일단 주도권을 쥐도록 할까.

나는 듣기 좋게 딱딱 구둣발 소리를 내며 다가간 후——.

"혹시 『루두스』를 찾는 겁니까? 그렇다면—— 커억?!"

그의 뺨에 주먹을 꽂아줬다.

남자의 몸이 힘차게 빈 나무통에 처박혀 경쾌한 소리를 냈다.

나는 다짜고짜 고통에 허덕이는 남자의 멱살을 잡고 일으켜 세웠다.

"이……이 자식! 무슨끄윽?!"

그리고 상대가 정신을 차리기 전에 반대편 뺨에 한 대 더 먹인다. 남자의 입가에서 피가 흐른다.

그와 동시에 눈물이 어린 남자가 이빨을 뱉었다.

"히, 히익…… 뭐야……."

반응을 보니 역시 말단이다. 하지만 이런 녀석한테서도 정보를 얻어낼 수 있으리라.

"약에 관해 물어보고 싶은 게 있다."

"무, 무슨 목적으로…… 우윽?!"

이번에는 코에 한 대 날렸다. 코에서 피가 흘러내린다.

"부러져써…… 부러져따고……."

남자는 불쌍하게도 손바닥을 얼굴을 감쌌다.

하지만 이러면 고생도 덜할 것 같다.

"괜한 소리를 할 때마다 때릴 거다. 거부권은 없어. 알았지?"

"아, 아라써……."

세 대로 고분고분해졌다. 두 대를 때렸을 때 마음을 꺾었을 테니까, 내 실력도 아직 죽지 않았다.

"너희는 무슨 목적으로 약을 뿌리는 거지? 돈이 목적은 아니 잖아?"

"모, 몰라…… 히익?! 하, 하지 마! 진짜로 모른다고……! 윗 사람들은 하나같이 제정신이 나간 놈들이라서, 말단인 나는 아무것도 몰라……!"

보란 듯이 손을 치켜들자 남자가 필사적으로 고개를 저었다.

아무래도 진짜로 모르는 것 같다. 이 조무래기가 자기 안위만 생각하는 건 한눈에 알 수 있다.

"나, 나는 말단이고, 위에서 돈을 주니까 약을 뿌릴 뿐이 야……! 돈 벌려고 이 일을 하는 판매원이라고……."

이것도 거짓말처럼 들리지는 않았다.

아무래도 진짜 말단 같다. 얻어낼 수 있는 정보에는 한계가 있을 것 같군.

"너는 이게 어떤 약인지 알지? 거짓말하진 말라고."

"잘 몰라……. 정신이 나가니까 안 하는 편이 좋다는 말은 들은 기억이 있는데……."

"그것도 '위'에서 들은 말이냐?"

"그, 그래……. 잔말 말고 약만 뿌리기만 하면 돈을 준다, 약팔이를 보충하는 건 귀찮으니 입을 함부로 놀리지는 말라고……."

이 남자의 말을 믿자면, 예상대로 약을 뿌리는 것 자체가 목적으로 보인다.

원가가 얼마인지는 모르겠지만, 박리다매에도 정도가 있다. 판매원에게 주는 돈까지 생각하면 오히려 적자가 아닐까.

"그렇다면 다음 질문이다. 약은 어디서 들여오지?"

"시내 곳곳에 있다는 그 녀석들의 거점이야. 거기서 똑같은 차림을 한 녀석들이 어딘가에서 가져오는 걸 본 적 있어."

그리고 그 녀석들이 약을 만들었을 가능성이 있다.

빌어먹을, 생각보다 일이 커지는 것 같은데.

"마지막 질문이야. 이 약을 뿌리려는 녀석들이 있지? 그것들이 있는 곳으로 안내해."

"아……알았어……. 기왕이면 가기 전에 놔줘……!"

"안 돼. 네가 뻥을 치고 튀면 골치 아프거든."

"제발! 나를 죽일 거라고!"

남자의 필사적인 모습을 보니 꽤 위험한 놈들이라는 사실은 아는 듯하다.

하지만 문제없다. 나쁜 짓임을 알면서도 돈을 위해 약을 뿌린 녀석을 동정할 생각은 없으니까——.

"그렇다면 문제없어. 오늘 박살을 낼 생각이거든."

조직인지 뭔지는 모르겠지만, 그 녀석들은 오늘 박살을 낼 작정이다.

완전하게 처리할 수는 없어도, 이 도시에서 활동하지 못하게 할 수는 있겠지.

그런데도 남자는 징징댔지만——.

"이제 그만 때려……."

다시 코를 한 대 쳐 주자 흔쾌히 협력해 주게 되었다.

◆

"여, 여기야……. 다른 거점은 몰라……."

그로부터 얼마 후. 선두에 선 남자의 안내를 받아 도착한 곳은 약을 받는다는 장소였다.

언뜻 보기엔 지극히 평범한 민가 같다── 하지만, 창문에 온통 커튼을 쳐서 밖에서는 안을 살필 수 없다는 점에서 참 수상하다.

"우리는 여기서 약을 받아……. 하지만 똑같은 로브를 걸친 녀석들이 약을 들이는 걸 본 적 있어."

후드가 달린 로브를 걸친 남자…… 어제 그 남자를 죽인 녀석을 말하는 걸까.

똑같은 로브를 걸친 녀석들이라면 적어도 똑같은 옷을 입은 녀석이 두 사람은 있다는 뜻일까. 조직적으로 움직인다고 생각해도 문제가 없겠군.

그렇다면 할 일은 하나다.

여기를 습격한다. 콜레트가 있으면 좋고, 없어도 다른 목적지를 캐낼 수는 있겠지. 이렇게 되면 이 잣듯 뒤질 수밖에 없다.

"좋아, 잘했어. 여기를 정리하고 나면 네놈을 풀어주지."

"저, 정말이야?!"

여기까지 안내한 남자를 툭 치자 환한 미소를 지었다.

만약 콜레트가 돌이킬 수 없는 지경에 이르렀고, 그것을 내가 알게 된다면 목적은 보복으로 바뀐다. 말단이라도 살려두지 않겠지만, 지금은 꼭 그렇지 않다. 이용만 당한 건달 한 명에게 집착할 필요는 아직 없다.

그래도 조금은 더 이용할 작정이지만.

"내부 구조는 알지?"

"1층은 얼추⋯⋯."

남자에게 집 안의 구조를 물어봤다.

얼추 파악했다. 그렇다면 다소 날뛰어도 되겠는걸.

"이, 이제 됐지?"

"그래, 충분해."

남자는 내 대답을 듣고 안도의 한숨을 쉬었다.

내부 구조는 이 정도면 충분하다.

"어이, 알베르. 정면 돌파로 가자. 준비는 됐지?"

"정면 돌파요? 네, 알겠어요. 뭔가 생각이 있으신 거죠?"

알베르에게 준비가 되었는지 묻자 고개를 끄덕였다.

작전은 다 정했다.

"어이, 양아치. 너는 이제 쓸모없어. 약속대로, 이 일이 끝나면 어디든 가라고. ──하지만 마지막으로 시킬 일이 있지."

"어? 어어?!"

당황하는 남자를 무시하고 들쳐 멘다.

팔다리를 흔들어 발버둥치는데, 이렇게 들린 상태에서 저항하기 어렵다.

"간다, 알베르!"

오래간만에 날뛸 수 있어서 흥이 난 걸지도 모른다.

남자의 우스꽝스러운 반응에 슬쩍 웃고, 사기를 올리려고 외치면서── 나는 남자를 창문으로 내던졌다.

"아아아아아앗?!"

혼란에 빠진 남자가 비명을 지르고, 그대로 창문을 깨부순다.

유리가 와장창 깨지는 소리가 나고 남자가 거점 안으로 날아갔다.

그와 동시에 나는 나무문을 걷어차 부쉈다.

"어이! 한판 뜨러 왔다!"

"아니?!"

"귀족 꼬맹이?! 아, 아니, 저 머리칼은──!"

안에 들어가자마자 후드를 눌러쓴 로브 차림의 남자 셋이 눈에 들어온다.

남자가 말한 것처럼 마약을 뿌리는 윗선의 녀석들은 똑같은 복장을 하는 것 같았다.

하지만 지금 중요한 것은 그게 아니다.

혼란이 지배하는 이곳은 유일하게 상황을 파악하는 내가 장악했다.

방에 들어서자마자, 나는 왼쪽으로 보이는 남자에게 달려들었다.

남자가 다급히 무기를 들려고 한다── 하지만 혼란스러운 상황에서 침착하게 움직일 수 있는 사람은 적다.

나는 마력을 모아 남자의 턱에 주먹을 날렸다. 뼈가 부서지는 소리가 울리고, 그 입에서 피와 치아가 튀어나온다.

"이, 이 자식!"

두 번째 남자—— 입구에서 볼 때 정면에 있는 남자가 검을 치켜든다.

하지만 그것을 내리칠 수는 없었다.

"처, 천장에⋯⋯!"

이렇게 비좁은 장소에서 긴 무기를 쓰려면 숙달된 실력이 필요하다.

이것도 내 노림수 중 하나다. 나름대로 수련한 녀석이라면 긴급 상황일수록 몸에 밴 행동을 취하려 한다.

하지만 평소에 좁은 민가에서 무기를 쓰는 경우를 고려해 검을 휘두르는 녀석은 없다.

그래서 나는 굳이 엉터리 레이피어를 쓰지 않고 주먹을 무기로 삼았다.

"느려 터졌어, 멍청한 자식."

당황한 틈을 타서 접근해 배에 주먹을 날린다. 웅크리듯 몸이 꺾이면서 얼굴이 내려올 때 반달을 그리듯 걷어차면 의식이 멀리 날아간다.

자, 마지막 한 명. 시선을 돌리자 알베르와 남자가 대치 중이었다.

하지만 요란하게 칼부림을 벌이진 않는다. 레이피어를 겨눈 알베르가 남자를 견제하는 상황이다.

하지만 실내 전투에서는 레이피어도 제법 성가신 무기다. 나는 주먹이 더 편해서 그걸 썼지만, 레이피어의 주 용도인 찌르기는 지형의 영향을 거의 받지 않는다. 게다가 알베르는 명색이 영재 교육을 받은 왕자다. 내가 근성을 뜯어고쳐 주기도 해서, 지금은 실력이 꽤 괜찮은 편이다.

내버려 둬도 이 남자가 아까 두 사람과 실력이 비슷하다면 지형적으로 유리한 것도 포함해서 알베르가 이기겠지만——.

굳이 일대일로 싸우게 할 필요도 없다.

나는 남자의 등 뒤로 조용히 다가가 팔을 비틀어 바닥에 쓰러뜨렸다.

"크억?!"

가슴에 충격을 받고 억눌린 신음을 흘리는 남자의 몸 위에 올라탄다.

"잘했어, 알베르. 일이 편해졌는걸."

"영광이에요, 밀레느 님."

알베르가 없더라도 상황은 딱히 달라지지 않았을 것이다.

하지만 이러면 힘을 조절할 수 있다. 남자가 의식을 잃지 않았으니 수고를 덜어서 좋다.

"으그윽…… 그 머리카락…… 너, 너는, 밀레느 페투레냐?!"

"정답이야. 다른 나라의 꼬맹이를 잘도 아는걸?"

"큭……! 말투가 참 더럽잖아……! 역시 너는 더러운 이르타니아의 사도가 맞나 보군!"

내가 가학적인 미소를 짓자 남자가 숨을 삼켰다.

『스루베리아의 머리칼』은 이르타니아에서 신의 사도로 숭배되지만, 다른 나라에서는 '재능의 소유자' 이상의 의미를 두는 경우가 거의 없다.

하지만 이 남자는 머리색만 보고 내 이름을 바로 알아맞혔다.

내 주위에 파리가 날아다니는 줄 알았는데, 어쩌면 나한테 꼬인 걸지도 모르겠는걸.

"뭐, 그건 됐어. 그것보다 너한테 물어볼 게 몇 개 있거든."

"흥. 누가 말할까 보냐?"

하지만 양아치와는 각오가 다른지. 나를 쳐다보는 얼굴에는 의지가 있어 보인다.

이건 무슨 일이 있어도 말하지 않겠다는 표정이다. 귀찮아 죽겠네.

"아, 그러셔?"

그러나 문제는 없다. 무덤덤하게 말을 내뱉고 나는 비튼 남자의 손에서 손톱을 하나 뽑았다.

"끄으으으윽?!"

"잘 참는걸. 꽤 아플 텐데."

내던진 손톱이 나무 바닥에서 작게 소리를 낸다.

말하지 않는다면 어쩔 수 없다.

"마음이 아프지만, 네 몸에 물어보마. 정말 유감인걸."

"젠장! '신의 개' 따위가! 내 신앙심을 얕보지 마라……!"

자기 자신을 북돋으려는 것일까. 남자가 악을 썼다.

하지만 벌써 몇 가지 정보를 얻어냈다. 신앙심과 '신의 개'라.

이 녀석이 소속된 조직―― 아니, 종교일까. 그것들은 『스루베리아의 머리칼』을 사악한 것으로 여기는 듯하다.

그렇다면 학원에 약을 푼 것도 나를 노리고 한 짓일까? 뭐, 그것은 나중에 물어보면 된다.

"일단은 말이지. 내 얼굴을 아는 것 같으니 단도직입적으로 묻겠는데, 콜레트는 어딨지?"

"……."

입을 다무는 건가. 손톱이 뽑히고도 이렇게 의연하다니, 대단한 '신앙심'인걸.

어쩔 수 없지. 취미는 아니지만 고문을 계속하자.

정말이지 토가 쏠릴 만큼 빌어먹을 경험이지만, 용병 시절에 고문 방법을 본 적이 몇 번 있다.

도적단 토벌이 목적인 집단에 참가했을 때였던가. 나는 병사로 참가했는데―― 이야, 국가 공인 고문관이란 녀석들은 정말 잔혹한 짓을 하던걸.

도무지 본받고 싶지는 않지만, 다급한 상황이다. 흉내 정도는 내봐야겠다.

"하나 더, 간다."

"큭…… 아아……!"

선언과 함께 두 번째 손톱을 뽑는다.

이번에는 비명을 참지 못한 것 같다. 자, 언제쯤 실토하려나.

"콜레트는, 어디 있지?"

"마……말할까 보냐…… 크억!"

이제는 일일이 물어보지 않는다. 담담하게 계속한다.

하지만 손톱 다섯 개를 다 뽑히고도 실토하지 않았다.

"너도 참 고집이 세네. 뽑을 손톱이 없잖아."

가벼운 말투로 그렇게 말하자, 남자는 노려보면서도 희미하게 안도한 표정을 지었다.

꾸물꾸물할 시간은 없는데 말이지. 아무래도 장기전이 될지도 모른다.

내가 보란 듯이 한숨을 쉬자 남자는 입꼬리를 올린다. 슬쩍 지은 웃음에서 승리감이 엿보인다.

"어쩔 수 없지. 그렇다면 다음 단계를 시작할까."

"뭐……? ……?! 크, 크어어어억?!"

딱히 이걸로 끝인 것도 아닌데 말이지.

다음 단계를 칭하고 내가 한 짓은 손가락뼈를 부러뜨리는 것이다. 구부리고, 비틀고, 소리를 내면서 변형시킨다.

고문에서 중요한 것은 '끝나지 않는다'고 여기게 만드는 것이라고 한다.

절대로 죽지 않도록, 지옥처럼 기나긴 차례를 끝내고 곧바로 다음 '차례'로 넘어간다.

"커……억……!"

이제 이 남자는 신음할 수밖에 없는 듯하다. 그럴 수밖에. 나라도 이만큼 당하면 소리를 낼 것이다.

문제는 정보를 토하게 만드는 것이니까, 진행이 끊기는 건 어쩔 수 없지만.

"좀 늦었지만 가르쳐 주지. 이건 고문이야. 말하지 않으면 왼손도 똑같이 만들 거고, 그게 끝나면 다음은 팔도 건드릴 거다. 다음은 밑에서 시작하지. 발끝부터, 마지막에는 눈과 귀까지. 무사한 부분은 하나도 안 남을 거야. 너만으로 부족하다면, 저기 굴러다니는 두 녀석도 똑같이 해 주겠어."

나는 속삭이듯, 타이르듯, 계속 말했다. 작은 승리는 이미 남자의 얼굴에서 사라졌다.

오로지 공포만이 있다.

"아까 당신은 신앙심이라는 말을 입에 담았죠? 몸을 바쳐 지키고 싶은 것이 마음에 있다니, 참 훌륭해요."

한차례 한숨을 쉰 다음, 상냥한 어조로 말을 건다.

"저는 상냥하니까, 시작하기 전에 하나만 조언하겠어요. 당신이 끝까지 버텨도, 다른 두 사람이 순교할 거라는 보장이 있을까요? 그렇다면 치료하면 끝날 선에서 말하는 편이 서로에게 이득이 되지 않을까요?"

그 공포를 부추기듯 몰아세운다. 은연중에 다음부터는 치료해서 끝날 수준이 아님을 알려주자 남자의 얼굴이 창백해졌다.

올바르게 전해진 것 같아 다행이다. 하지만 남자의 얼굴을 질리게 한 것은 내가 제시한 변명거리 덕분일지도 모른다.

채찍질을 한 후에 당근을 내민다. 이 녀석이 말한 '신의 개'가 어떤 존재인지는 모르지만, 지금의 나는 악마처럼 보일 것이다.

"자, 그러면 대답해 주실까요. 콜레트 황녀는 어디 계시죠?"

이미 남자의 얼굴에서는 승리의 미소가 없다. '순교하면 승리' 라는 조건이 흔들렸기 때문이리라.

——자기가 비밀을 지키더라도 다른 두 사람이 똑같이 그럴지는 모른다. 그런 변명에 저항하는 것은 실로 어렵다.

남자가 뭔가 말하려다 입을 다문다. 그것을 두 번 정도 되풀이했을 때, 나는 남자의 가운뎃손가락을 잡았다.

"아, 알았어! 말할게. 말한다고……."

그제야 남자는 꺾인 것 같다. 손가락이 아니라, 마음이.

"어……어제, 코르온의 황녀를 사로잡았다고 들었어. 여기가 아니라, 우리 '창고' 로 바로 향한 것 같아. 지금도 거기에 잡혀 있을 거야."

창고란 더 들을 것도 없이 약을 관리하는 장소이리라.

콜레트가 더 핵심에 가까운 자와 접촉한 것 같다. 하지만 거기서 실패한 것이다.

젠장, 귀찮은걸. 나는 마음속으로 혀를 쳤다.

"지금 상황은? 그 녀석은 무사한 거지?"

이쯤 되면 괜히 떠볼 필요도 없다. 평소 말투로 돌리고 짤막하게 물어봤다.

"다치기는 했겠지만 무사할 거야. 신분 때문에 다루기 껄끄러운 눈치였어. 앞으로 어떻게 될지는 나도 몰라."

가장 중요한 콜레트의 안부 자체는 아직 괜찮은 것 같다. 하지만 이 남자의 말로는 안심할 수 없나 보다.

최종적으로는 코르온과도 적대할 심산인가? 그렇다면 예상

보다 성가신 적일지도 모른다.

"칫…… 아무튼 됐어. 마지막 질문이야. 그 창고가 어디 있는지 털어놔."

물어보고 싶은 것이 많지만, 보아하니 느긋하게 개물을 상황도 아닌 듯하다.

후다닥 콜레트가 어디 있는지 알아내고 이곳을 떠야겠다.

이 녀석들의 목적은 나중에 알아내도 된다.

"마을 서쪽에 있는 돌로 지은 창고야. 뿔 달린 뱀 신의 표식이 있어……."

장소를 묻자 저항할 마음이 사라진 남자는 순순히 정보를 털어놨다.

그것만 들으면 이제 충분하다.

하지만 마지막에 들은 표식이 신경 쓰인 나는 그의 몸을 뒤집었다.

뿔 달린 뱀이라면, 어제 만났던 후드 쓴 남자가 지니고 있던 펜던트에 새겨진 문장이 아닐까.

"뭐, 뭐 하는 거야?"

확인차 남자의 몸을 뒤집어보니, 아니나 다를까 목에 펜던트가 있다.

새겨진 것은 뿔 달린 뱀——남자의 말에 따르면, 뱀 신인가.

신앙심 같은 소리도 한 것을 보면, 이게 이 남자가 믿는 신일 것이다.

"디아 밀스……."

"뭐⋯⋯?! 네가 어떻게 우리 신의 이름을⋯⋯?!"

무심코 중얼거린 말에 남자는 격한 반응을 보였다.

그 반응을 본 나는 대놓고 인상을 찌푸렸다.

칫, 예상했던 것보다 이야기가 심상치 않은걸.

"너한테는 이제 볼일 없어. 잠이나 자라고."

"기, 기다려! 어째서 네가⋯⋯?!"

나는 턱이 돌아가도록 주먹을 날려서 남자를 기절시켰다.

"밀레느 님⋯⋯?"

끈을 끊고 메달처럼 생긴 펜던트를 쥐어서 천천히 일어서자 알베르는 당혹스러운 기색으로 내 이름을 불렀다.

그러고 보니 이 녀석도 있었지.

"질겁했냐?"

"아뇨, 취조하는 솜씨가 정말 대단했어요. 역시 밀레느 님이에요. 그것보다 제가 궁금한 것은 이 남자의 종교에 대한 밀레느 님의 반응이에요."

알베르에게는 너무 자극적인 광경이었나 싶어서 물어보니, 태연한 투로 대답한 후에 거꾸로 내게 물어봤다.

그 질문에 어떻게 대답할지 망설인다.

대답하는 건 간단하다. 나는 그 종교를 안다.

대답하지 이유는, 그 종교가 이 시대에 아직 모습을 드러내지 않았기 때문이다.

하지만 이 녀석들이 예전 역사 때처럼 마수를 뻗는다면, 언젠가는 마주칠 일이다. 알베르도 무관하다고 할 수는 없다.

"『달의 신들』이라는 명칭을 들어본 적 있어?"

"달의 신들…… 부끄럽지만, 들어본 적 없어요……."

"나도 최근에 잠깐 들은 거니까, 모르는 게 당연해. 애초에 이녀석들이 그게 맞는지도 확실치 않거든."

출처를 넌지시 밝히면서 언급한 것은 예전 역사에서 이르타니아 말기에 만연했던 명칭이다.

그것이 모습을 드러내는 건 더 훗날이다. 벌써 그 명칭을 쓰는지도, 완전히 똑같은지도 알지 못한다.

"내가 아는 건 『디아 밀스』라는 뱀 신을 숭배한다는 것 정도지만── 이야기를 듣자니, 녀석들은 기존의 종교, 특히 이르타니아교를 사교(邪敎)로 여기며 증오하는 것 같아."

수상한 것은 이르타니아 신앙을 유독 적대시한다는 점이다.

스루베리아의 머리칼인 나를 '신의 개'라며 멸시하는 점을 볼 때, 녀석들이 『달의 신들』일 가능성은 크다.

"이른바 사교 집단이라는 거야. 아직 대대적으로 활동하고 있지는 않은 것 같지만, 이런 약을 뿌리는 걸 보면 제대로 된 녀석들이 아닌 건 틀림없어."

그렇다. 그 본질은 사교 집단이다.

이르타니아 신앙을 적대시하는 건 그편이 여러모로 득이 되기 때문일까, 녀석들의 교리에 그런 요소가 존재하기 때문일까.

나는 그 사교 집단과 엮이지 않아서 자세히는 모르지만, 아무튼 입에 발린 소리를 속삭이며 종말론에 사로잡힌 민중들에게 순식간에 침투한 것은 틀림없다.

이르타니아 말기에 밀레느에 관해 엽기적인 소리를 한 자들 중에는 이 녀석들의 동지가 많다.

"이르타니아 신앙을 유독 적대시하는 건가요……. 그렇다면, 약을 학생에게 판 것도 저희를 노리려고 그런 걸까요?"

"그건 몰라. 애초에 이 녀석들이 그게 맞는지도 확실치 않거든. 젠장, 그건 물어볼 걸 그랬나."

이럴 줄 알았으면 몇 가지를 더 물어볼 걸 그랬다── 하지만 원래 목적은 콜레트다.

이런 데서 노닥거릴 때가 아니다.

"가자. 이 녀석들이 어떤 존재인지는 콜레트가 무사한지 확인한 다음에 알아도 돼."

"네. 알겠어요."

하지만 예전 역사에서는 미래에 모습을 보인 약과 종교가 이미 이 시대에 움직이고 있다는 건 불길했다.

뭐, 아무래도 상관없다. 그런 장애물을 거침없이 싹 쓸어버리면서 나아가는 것이 이번 인생의 목표이기도 하다.

어차피 원만한 결말은 무리다. 그렇다면 이번 일로 내가 지니게 된 힘을 시험해 보자.

조용히, 세게. 나는 뿔 달린 뱀을 표현한 메달을 쥔다.

금속으로 된 메달에 가녀린 손가락이 파고들었다. 신마저도 막을 수 없는 힘. 그것이 이번 인생의 내 목표다.

손가락을 뗀 후, 메달을 집어 던졌다.

그리고 콜레트가 무사했으면 좋겠다. 무력함을 직감하는 일이 없으면 좋겠는걸.

　신에게 기도할 마음은 없다. 그래도 친구가 무사하기를 빌며,
나는 남자들의 거점을 뒤로했다.

제9화 냉혹(冷酷)

"으······."

어둑어둑한 공간에서 낮게 신음을 흘린 콜레트는 최악의 기분으로 정신을 차렸다.

잠이 깊게 들지는 않았다. 피해에 따른 피로가 남았다. 정신이 멍한 가운데, 자기가 처한 상황을 떠올린다.

친구가 도시에 만연한 나쁜 약의 먹잇감이 된 것 같다는 이야기를 듣고 학원에서 뛰쳐나갔다. 그리고 후드를 쓴 로브 차림의 남자를 잡아서 약을 파는 조직의 거점인 창고를 알아내고——.

그곳에서 패배하고, 사로잡혔다. 역량을 잘못 가늠한 사실, 패배한 사실, 무엇보다 친구의 도움을 거절하고 이런 상황에 처한 사실. 모자란 자신에게 화가 난 콜레트는 혀를 찼다.

"정신이 들었나 보군. 푹 잤나?"

"흥, 이렇게 조잡한 잠자리에서 푹 자는 건 무리야."

정면에 놓인 의자에 앉은 남자가 혀를 차는 소리를 듣고 조금도 감정이 느껴지지 않는 목소리로 말했다.

콜레트는 그 말에 야유로 답했다. 남자는 아랑곳하는 기색 없이 말을 이었다.

"콜레트. 코르온 황녀, 콜레트. 설마 네가 이토록 어리석을 줄은 몰랐다. 덕분에 계획이 차질을 빚고 말았어."

무감정하던 목소리에 미세하게나마 명백한 분노가 어렸다.

남자의 비정한 목소리를 듣고, 콜레트는 입술을 꾹 깨물었다.

자기를 묶은 쇠사슬이 이어진 의자에 앉아 짜증을 드러내면서 중얼거리는 불길한 남자.

어둠이 후드 속을 더욱 어둡게 해서 얼굴이 드러나게 하지 않는다. 하지만 콜레트는 그 어둠에 숨겨진 눈을 응시하듯 노려본다.

"대사님. 『루두스』 재고 확인이 끝났습니다."

"수고했다. 일이 끝났으면 밖에 나가 순찰이라도 하도록."

한동안 그러고 있을 때 다른 남자가 나타나서 대수롭지 않게 말하는 남자를 '대사님'으로 높여 부르고 작업 상황을 보고했다.

보아하니 같은 후드 일당 사이에도 계급이 있는 듯하다.

콜레트는 정면에 있는 남자한테서 눈을 떼고 그 대화를 지켜본다.

그 시선을 눈치챘는지 안으로 들어온 남자들 중 한 명이 음흉한 미소를 짓는다.

"그나저나…… 이게 코르온의 황녀입니까. 아직 어리지만, 진짜 괜찮은 여자군요. 역시 고귀한 혈통은 얼굴이 반반한 것끼리 교잡해서 이런 걸까요?"

콜레트는 그 남자의 말을 듣고 인상을 찌그렸다.

참으로 저열한 발언이다. 설령 자기를 향한 말이 아니더라도 발끈할 남자의 말에 화가 치민 것은 비단 콜레트만이 아니었다.

하지만 계급이 낮아 보이는 남자는 그것을 모르는지 말을 계속 늘어놓는다.

"만약 죽일 거라면, 저희가 받아 가도 될까요? 그냥 죽이기엔 아까울 것 같은데요."

"그럼요 특히 저 가슴은 어린애 같지 않다니까요……."

전투의 여파로 찢어진 의복을, 드러난 맨살을, 징그럽게 바라보는 남자들.

콜레트의 표정에 짜증이 섞였다. 남자들을 죽일 듯이 노려보지만, 그들의 천박한 욕망은 끊임없이 흘러나온다.

"시끄럽다, 이 자식들아."

딱 한마디. 대사로 불린 남자가 입을 열었다.

그것만으로 남자들의 얼굴이 순식간에 새파랗게 질렸다.

구둣발 소리를 딱딱 내며 불길한 느낌의 남자가 조직원들 앞에 섰다.

"죄……죄송합니다……!"

"입만 열면 천박한 욕망이 들려서 귀에 거슬린다. 그 입을 닫아라."

"요, 용서해 주십——?!"

대사로 불린 남자는 짜증 섞인 숨결을 토하며 한 조직원의 입을 막듯 손을 내민다.

그리고——.

"우, 으으읍──?!"

남자의 절규가 울려 퍼진다. 심상치 않은 반응에 눈을 치켜뜬 콜레트가 본 것은── 입과 뺨에 서리가 퍼지며 얼어붙은 남자의 얼굴이었다.

대사로 불린 남자가 손을 떼자 얼어붙어서 입을 벌릴 수 없는 남자가 극심한 고통 탓에 버둥거린다.

재수 없게 본보기가 된 남자를 본 다른 남자들 사이에서 무시무시한 긴장감이 흘렀다. 대사로 불린 남자는 그 모습을 보고 귀찮게 하지 말라는 것처럼 무거운 한숨을 토했다.

사람 목숨을 아무렇지 않게 여기는 듯한── 아니, 틀림없이 길가의 돌처럼 여기는 남자의 행동을 본 콜레트는 말문이 막혔다.

(사람을 사람으로 여기지 않는 소행……!)

후드가 가린 남자의 얼굴은── 그 눈은 얼음보다 차갑지만, 콜레트가 보기에는 이런 짓을 저지를 인간처럼 보이지 않았기 때문이다.

차갑게 얼어붙은 숨결이 폐를 찌른다.

콜레트는 난생처음으로 특정한 '적'에게 공포를 느꼈다.

──아니, 어쩌면 이것은 어릴 적에 느낀 감정의 연장선일지도 모른다.

정체를 알 수 없는 절대적인 존재── '죽음'을 생각했을 때와 똑같은 감정──.

얼어붙은 입이 찢어지는 게 두려워 벌리지 못하는 남자를 잠시 무덤덤하게 본 다음, 대사로 불린 남자가 콜레트를 노려본다.

희미한 빛에 비친 그 입가에 드러난 주름이 짜증을 내듯 일그러졌다.

"정말이지—— 계획이 자꾸 차질을 빚는군. 정말 성질이 나. 왕의 장기짝이 제 발로 찾아올 만큼 어리석을 줄 누가 알았겠어?"

올려다보고 있는 콜레트의 눈을, 어둠 속 눈이 주시한다. 그 눈동자는 차갑기 그지없었다.

감정이 없고 냉철한 눈동자를 가만히 바라보는 콜레트에게 대사가 혀를 찼다.

"어떻게 할까. 여기서 너를 죽일 수는 없지만, 그냥 풀어줄 수도 없지. 정말이지—— 성질이 나는군."

남자의 몸에 마력이 충만해진다. 연기처럼 일렁이는 것은 한눈에 봐도 사악하다고 알 수 있는 검붉은 혈액 같은 마력이다.

그 불길함에, 강대함에, 콜레트는 숨을 삼켰다.

절대적인 강자가 드러내는 조바심. 이러한 감정이 느껴지는 마력이 커지면—— 당당한 콜레트도 공포를 느낀다.

하지만 무엇보다 콜레트가 공포를 느낀 건, 대사로 불린 남자의 눈이 자신을 향하면서도 전혀 다른 데를 보는 것 같기 때문이다.

완전히 정신이 이상해진 인간을, 콜레트는 이제껏 본 적이 없었다. 그런 존재는 콜레트에게 있어 다른 세계의 개념이었다.

남자가 한 말을 믿자면, 자신을 죽일 수 없다고 한다.

하지만 애초에 발언을 신용할 수 없는 자들이다. 그중에서도 정신이 이상한 인간이 하는 말이라면, 자신의 목숨은 전혀 보장할 수 없다.

이 남자의 변덕을 부리면 얼마든지 그럴 수 있음을, 콜레트는 잘 알았다.

이 남자의 엄청난 힘을, 콜레트는 직접 체험했다. 그것이 지금 이 자리에 사슬에 묶인 현실로 나타난 셈이니까.

대사로 불린 남자의 눈은 너무나도 냉혹한 빛을 낸다.

콜레트의 등골을 따라 오한이 퍼진다. 이제 끝장일지도 모른다며 눈을 꼭 감는다.

바로 그때였다.

창고 입구의 문이 벌컥 열린다. 그 커다란 소리에, 창고에 있는 모든 사람의 시선이 일제히 그쪽으로 쏠렸다.

그곳에는 붉은색이 섞인 은발 소녀가 있었다.

빛을 등지고 선 그 모습에서, 콜레트는 신성함마저 느꼈다.

그 소녀가 당당히 말한다.

"여어―― 우리 황녀님을, 돌려받으러 왔다――!"

그와 동시에 손에 든 빛의 구슬을 지면에 내팽개친다.

그 순간, 섬광과 폭음이 공간을 지배했다――.

제10화 돌입(突入)

"잘 들어, 알베르. 이제부터 적 본거지에 쳐들어간다는 건 알겠지?"

목적지인 창고를 시야에 두고 눈에 띄지 않는 곳에 숨은 우리는 마지막 준비를 마쳤다.

미리 어느 절도 작전을 세워서 서로의 행동을 파악해야 작전이 잘 풀리는 것은 기본 중의 기본이다.

이것은 그 마지막 조율이다. 내 말을 듣고 고개를 끄덕이는 알베르를 보고 마저 말한다.

"솔직히 말해서 너는 세세한 작전 행동을 파악할 수 없을 거야. 이건 네가 미숙한 탓이기도 하지만, 사로잡힌 특정 인물을 구출하는 건 원래 너와 인연이 없는 일이거든. 그렇게 따지자면 네가 여기 있다는 것 자체가 큰 실수지만, 그건 일단 넘어가자."

아무리 생각해봐도 왕자가 황녀를 왕족이 왕족을 구출하러 나서는 건 영문을 모를 상황이지만, 이 녀석은 이상할 때만 쓸데없이 고집이 세고, 그 주제에 내 종을 자처하는 요상한 녀석이다.

괜히 복잡하게 생각해도 손해만 본다는 것은 잘 안다. 그래서 앞으로의 일을 생각했다.

"그러니 너한테 요구하는 건 딱 두 가지야. 첫 번째, 무리하지 말 것. 아무리 상대가 왕자라도 적 또한 목숨이 걸린 만큼 자기 목숨을 우선할 거야. 상대를 몰아붙일수록 네 목숨은 보장되지 않는 거지. 네 목숨이 가볍지 않다는 것쯤은 슬슬 이해하라고."

"네. 그것 때문에 전쟁으로 발전하면 더 많은 생명이 사라지 겠죠."

"그래. 알면 됐어. 아무튼, 이건 확인차 하는 이야기거든? 중 요한 건 두 번째야."

전제조건을 확인한 후, 나는 손가락 두 개를 세웠다.

알베르의 얼굴에 긴장이 드러난다. 한마디도 놓치지 않으려 는 알베르에게 한 말은──.

"돌입한 후로 딱 5초 동안, 눈과 귀를 막고 있어."

눈과 귀를 막아라. 그게 전부였다.

"네! ……네?"

알베르가 놀란 것은 내 지시가 단순해서일까, 아니면 의도를 몰라서일까. 아마 둘 다겠지. 그렇게 무게를 잡고 내린 지시가 너무 단순하기도 할 테고, 적진에서 눈과 귀를 막는 것이 얼마 나 부적절하고 위험한 행위인지는 더 생각할 필요도 없다.

"그 이유를 차근차근 친절하게 설명할 필요와 시간은 없어. 돌입하면서 내가 마술을 쓸 건데, 그 마술은 아군한테도 영향을 주거든. 그 마술을 방어하는 방법이 눈과 귀를 막는 거지."

"그렇군요? 잘 모르겠지만, 지시는 이해했어요. 말씀대로 하겠어요!"

그래도 이럴 때는 나를 신뢰한다는 이 녀석의 고분고분한 태도가 매우 달갑다.

그것만 알면 충분하다. 나는 창고 입구를 살핀다.

슬쩍 알아본 바로는 입구가 하나밖에 없다. 일부러 그렇게 한 건지, 창문도 하나 없다.

그렇다면 돌입할 곳은 한 곳으로 한정되므로 좋든 싫든 그곳을 이용할 필요가 있고, 정면에서 강행 돌파를 가능하게 할 작전을 생각할 필요도 있다.

이럴 때야말로 예전부터 고안한 마술이 나설 차례다.

알베르에게 신호를 보내면서 목표를 향해 접근한다. 단숨에 뛰어들 수 있는 거리까지 접근한 상태에서 마력을 모은다.

손바닥에 조그마한 빛 구슬이 생기는 것을 알베르가 흥미진진한 눈치로 구경한다.

"빛 마술이군요!"

"아무래도 내 전문 속성이 이건가 보더라고."

마법사에게는 각각 전문 속성이 존재한다. 그 전문 속성을 쓸 때는 비교적 마력을 적게 소비해서 마법을 쓸 수 있는 것 같았다.

내 전문 속성은 '빛'이라고 한다. 허상을 만들거나 열기에 가까운 에너지로 피해를 주는 등, 좀처럼 실태를 알 수 없는——하지만 여러모로 응용할 수 있는 힘이다.

"역시 밀레느 님이세요! 신께서 선택하실 분은 당신밖에 없어요……!"

빛이 전문 속성이라는 말에, 알베르가 눈을 초롱초롱 빛낸다. 『이르타니아』가 다스린다고 하는 힘이 빛으로 알려진 까닭이리라.

하지만 길게 이야기할 시간이 없다는 사실은 알베르도 알 것이다. 대화는 더 이어지지 않았다.

"초읽기를 하겠어. 3, 2, 1, 0에 돌입한다. 문이 열리면 눈과 귀를 막고 5초 동안 대기해."

짤막하게 최종 확인을 마치자 알베르가 고개를 끄덕인다.

의도는 잘 모르는 눈치지만, 머리는 나쁘지 않은 녀석이다. 그게 필요한 행동임은 잘 이해할 것이다.

"가자. 3, 2, 1, 0!"

신호와 동시에 몸을 날린 나는 철문을 당겨서 열었다.

창고 안의 상황을 슬쩍 훑어보며 확인한다. 탁 트인 장소다. 후드를 걸친 '조직원'이 네 사람, 콜레트는—— 묶여 있지만, 살아있다!

그렇다면 할 일은 간단하고, 생각할 것도 확 줄어든다. 이것들을 전부 때려눕히고 콜레트를 구출한다. 그게 전부다.

"여어—— 우리 황녀님을, 돌려받으러 왔다——!"

이것이 나만의, 싸움의 시작을 알리는 봉화다——!

웃음을 띠고, 손바닥에 떠 있던 마술을 지면에 내팽개친다.

그와 동시에 나는 눈을 감고 귀에 마력으로 만든 방패를——

아니, 귀마개라고 해야 할까. 아무튼 마력으로 귀를 보호했다.

힘차게 내던진 마술은 지면에 닿고—— 강렬한 빛과 엄청난 파열음을 자아냈다.

터진 것을 확인하고 한 박자 늦게, 나는 귀의 보호를 풀면서 눈을 떴다.

"아니…… 뭐가…… 소리가 안 들리잖아?!"

"아, 앞이 안 보여!"

눈을 뜨자 시각과 청각에 문제를 호소하는 자가 두 명. 넋이 나간 자가 한 명. 조용히 상황을 확인하는 듯한 녀석이 한 명 있다.

저 녀석은 제법인데. 이 와중에도 몸 밖으로 마력을 펼쳐서 습격에 대비하고 있다.

그렇다면 할 일은 정해졌다. 우선 졸개부터 해치우자.

아무렇게나 검을 휘두르는 두 사람에게 다가가 복사뼈 언저리의 힘줄을 깊숙이 벴다.

"아……아악!"

"뭐야, 무슨 일이 일어난 거냐고!"

강렬한 고통과 함께 운동에 필요한 근육이 끊어져 쓰러지는 두 남자.

"큭!"

"커억!"

쓰러진 남자들의 턱을 짓밟듯이 걷어차서 발성 기능과 의식을 빼앗았다.

아직 죽이지는 않는다.

다른 한 명의 졸개에게 다가가 레이피어의 자루로 명치를 찌른다.

"크헉……?!"

격렬하게 기침하여 몸을 숙인 그자의 턱에 주먹을 한 대 날려서 의식을 앗아간다.

이것으로 졸개 셋의 전투 능력을 빼앗았다. 전투에서 적을 줄이는 건 정석이다. 이제 한 명 남았다.

시각과 청각을 상실하고도 냉철함을 유지하는 건 대단하다.

다시 보니 상당한 실력자임을 알 수 있다. 눈과 귀가 제 기능을 못하는데도, 잽싸게 펼친 마력이 평온하고 흔들림이 없다. '필요해서 이러는 건데, 무슨 문제라도?' 같은 여유가 느껴지는 잔잔한 마력이다.

이걸로 끝낼 수 있을 것 같지는 않지만── 돌을 던지듯 팔을 높이 쳐들고 손에 마력을 집중한다. 내가 모은 것은 가장 잘 쓰는 빛의 힘이다. 그것을 가장 단순한 마력 형태인 구슬 형태로 던진다!

이름조차 없는 '빛의 마력 덩어리' 가 쏜살같이 남자에게 쇄도한다. 위력은 대단하지 않지만, 그래도 겉보기와 마찬가지로 ── 주먹 세 개 크기의 돌을 같은 속도로 던진 수준의 위력은 있을 것이다.

마력의 방어력을 생각해도 머리에 맞으면 혼절을 피할 수 없으며, 마력 감지에 익숙하지 않아선 피할 수 없는 속도다.

하지만 마력탄은 남자의 머리에 명중하지 않았다.

그 대신 갑자기 치솟은 얼음벽이 마력탄을 막았다.

유리판을 떨어뜨린 듯한 소리가 울려 퍼진다. 두꺼운 얼음 방패가 산산조각 났지만, 마력 구슬은 한차례 접촉하면 터져서 그 위력을 발휘하게 되어 있다. 창문 한 장으로도 제 역할을 다했다고 할 수 있겠지.

"칫……."

나는 짜증을 드러내며 혀를 찼다.

공격을 시각이 아니라 감각으로 이해하고, 꼭 필요한 수준의 방어를 반사적으로, 최소한으로 실행하는 전투 감각. 실력자라고는 생각했지만, 상상을 넘어서는 듯하다.

"알베르, 콜레트를 부탁해."

"네, 넵!"

보아하니 알베르는 시킨 대로 한 것 같다.

내 지시를 듣고 재빠르게 행동을 개시한다.

나는 얼음벽을 생성한 후드 마술사를 계속 노려봤다.

살기를 숨기지 않고 뿜어서 알베르를 방해하지 못하도록 견제하기 위함이다.

"이얍!"

검을 휘둘러 콜레트를 묶은 사슬을 끊는 알베르.

비틀거리는 콜레트를 부축하고 손을 잡는다.

"콜레트 황녀, 손을 잡으세요."

"으, 음. 너는, 알베르인가? 대체 무슨 일이 일어난 거지……. 갑자기 섬광이 터지더니, 그리고……?"

보아하니 아직 귀가 다 회복되지 않은 것 같지만, 눈은 조금 익숙해진 것이리라. 의문을 드러내면서도 알베르에게 부축을 받는다.

　"설명할 시간이 없어요. 일단 이쪽으로 오세요."

　알베르는 콜레트의 손을 잡아끌면서 다급히 내 쪽으로 왔다. 이것으로 인질을 이용당하는 최악의 사태는 면할 수 있겠는걸.

　콜레트의 가세를 바라긴 어렵겠지. 하지만 그것도 예상한 바다.

　"네 녀석, 그 머리는 『스루베리아의 머리칼』…… 밀레트 페투레냐……!"

　바로 그때, 실력자로 보이는 남자가 손으로 얼굴을 붙잡고 고통스럽게 중얼거린다.

　눈이 정상으로 돌아왔나. 그렇다면 귀도 곧 회복될 것이다.

　그나저나 귀라. 후드 안에서 들려오는 목소리에서 뭔가 이상한 느낌이 든 나는 인상을 쓰고 대꾸한다.

　"그렇다면 어쩔 건데?"

　"흥……. '신의 개'가 이 자리에 나타날 줄이야. 정말이지, 성질이 나게 하는군……."

　그리고 대화도 이미 문제없는 것 같다.

　생각보다 효과 시간이 짧은걸. 소리와 빛을 기본적인 마력으로 방어한 것일까? 혹은 회복 능력에 차이가 있는 걸까.

　돌입하면서 내가 사용한 마술은 『대즐 소닉』이라고 한다. 폭음과 섬광으로 눈과 귀를 마비시켜 행동 불능 상태로 만드는 창작 마술이다. 이것은 귓가에서 커다란 마술이 터졌을 때 고통은 없지만 잠시 움직이지 못하게 되는 감각을 재현하려고 고안한 마술인데, 아직 개량의 여지가 있는 거겠지.

가능하면 효과 시간이 좀 더 길었으면 좋겠고, 소리의 위력을 키우는 것이 번거로워서 발동하는 데 시간이 걸리는 게 중요한 과제다.

즉, 같은 방법을 또 쓸 수는 없는 것이다.

뭐, 어차피 저렇게 마력 감지가 뛰어난 상대에게는 추가 효과 가 미미할 것 같지만.

"일개 약팔이가 아닌가 본데. 너는 정체가 뭐지?"

레이피어를 흔들며 물었다.

멀쩡한 대답은 기대하지 않지만――.

"정체가 뭐냐고? 뭐라고 답해 줄까."

보아하니 이 자식은 답해 주려는 것 같았다.

종교가란 묻지도 않은 것을 주절주절 늘어놓기 마련이다. 사 교 집단의 녀석이라면 더더욱 그렇겠지.

『달의 신들』 녀석들은 특히나 심했다. 물어보지도 않았는데 이르타니아가 어쩌고, 스루베리아의 머리칼은 죽어야 마땅하 니 어쩌고――.

갑자기 기억이 되살아났다. 흘러넘치는 생각에 먹힐 것 같지 만, 여기는 전장이다. 정신이 흐트러져선 안 된다.

"미, 밀레느! 그 남자와 싸워선 안 된다……!"

하지만 콜레트가 뜻밖에 소리치는 바람에 아주 약간이나마 집중이 흐트러졌다.

진심으로 내 안위를 걱정하는, 비통한 목소리다. 내 힘은, 나 자신을 빼면 콜레트가 가장 잘 안다. 적어도 자기 나라의 대장군과 비슷한 수준으로 평가하는 상대에게 이 자리에서 도망치라고 한 뜻밖의 선택에, 잠시 허를 찔리고 말았다.

하지만 불행 중 다행일까. 그 빈틈에 굳이 공격하지 않은 남자가 유쾌하게 목청을 떤다.

"우리는 『달의 신들』의 신봉자. 고드름의 뱀 신 『디아 밀스』를 섬기는 신도이자, 위대한 목적에 뜻을 바치고자 모인 자들."

고양해서 들뜬 목소리로 읊조린 남자가 그 얼굴을 감추는 후드를 치운다.

그 얼굴을 보고 나는 무심코 경악했다. 그리고 동시에 목소리에서 느낀 이상함의 정체도 깨닫는다.

"왠지 모르게 귀에 익은 목소리다 했는데—— 너무 딴판이었거든. 설마 당신의 얼굴이 튀어나올 줄은 몰랐다고."

하지만 그것도 아주 잠깐이었다. 온화한 웃음을 띤 장년 남자를 노려보고 말을 잇는다.

"남한테 그렇게 잔소리한 주제에, 수업은 어쨌어? 아앙? 페르만 선생."

후드를 벗으면서 드러난 온화한 얼굴은—— 제르포아 마법학원에서 1학년을 가르치는, 상냥하지만 엄격하다는 평판인 교사였다.

확실히 이 녀석의 경력이 알려지지 않았다는 소문이 있지만

── 설마 사교 집단의 높으신 양반이 귀족 자녀들이 다니는 학원에서 교사로 일할 줄은 꿈에도 몰랐다고.

그리고 그 입에 담은 『달의 신들』. 녀석들은 대체 이 시대에 어디까지 손을 뻗친 거지? 차가운 땀방울이 맺히는 것을 느끼면서도, 나는 조소를 지었다.

제11화 빙귀(氷鬼)

"그럴 수가. 페르만 선생님이 왜……."

후드 아래에서 드러난 얼굴을 본 알베르가 놀라서 목청을 떤다.

그 목소리를 들은 페르만이 만족스럽게, 그러면서도 비정한 미소를 지었다.

솔직히 말하자면, 나도 알베르처럼 어이가 없었다. 하지만 페르만의 정체보다도 귀족 자녀를 가르치는 학원에 『달의 신들』의 일원이 잠입했다는 사실이 더 놀라웠다.

각국 귀족이 아들딸을 보내는 학원이다. 말썽의 불씨를 떠맡는 이상, 그 안전에 심혈을 기울인다.

그런 곳에 이 남자가 있다. 교사는 학생을 직접 지도하는 신분이다. 학생들은 경력을 모를 수 있지만, 학원 측에서는 고용하면서 그런 부분을 샅샅이 파악했을 것이다.

그런데도 『달의 신들』의 신도가 귀족 학원의 교사로 일한다면 이상하기 그지없다.

사실 고용되기 전부터 『달의 신들』의 일원이었는지, 고용된 후에 일원이 된 것인지가 중요하다. 어쩌면── 진짜 페르만과

'바꿔치기' 한 것일지도 모르지만, 그것까지 생각하면 끝이 없으니 이쯤에서 멈추자.

아무튼 내가 미래에서 신흥종교로 여겼던 단체의 역사가 예상외로 오래되었고, 강대했다. 이것은 무시할 수 없는 사실이다.

혀를 차고 페르만을 노려본다. 반대로 녀석은 얼굴을 슬쩍 어루만져 온화한 교사의 얼굴을 유지했다.

"흥…… 재주도 좋아요. 언제부터 이런 한가한 짓거리를 한 거야?"

"한가하진 않습니다. 오래전부터 한 일이죠."

은근슬쩍 캐물어 보자, 페르만은 내 의도를 아는지 모르는지 시원시원하게 설명했다.

"참으로 끔찍하지만, 당신이란 존재는 우리에게 중요하니까요. 이번 일에 제가 나선 것도, 당신을 감시하려면 교사 자리에 있는 제가 가장 편하기 때문입니다. 결국 예상을 벗어난 일만 생겨서 몹시 짜증이 나지만 말이죠."

흔쾌하게 상관없는 이야기까지 떠벌린다……. 아니, 그 이전에 마치 어린애를 타이르는 듯한 말투다.

"흐음? 내가 있어서 네가 나설 차례가 되었다는 거야?"

"그렇습니다. 『스루베리아의 머리칼』을 지닌 ── 이르타니아에게 사랑받는 당신은, 우리에게 중요한 인물이니까요."

하지만 이르타니아가 화제로 나오자 약간의 분노가 섞인다.

알기는 하지만, 『달의 신들』에게 『이르타니아』는 내가 생각하는 것보다 훨씬 증오스러운 존재인 것 같았다.

"약을 뿌린 것도 그래서냐?"

"아뇨, 그것 우리 활동의 일부입니다. 사람이 사람답게 사는, 더 나은 세상을 창조하기 위한 것이죠."

핵심을 언급하지는 않았지만, 약은 나와 상관없는 걸까……? 꽤 폭넓게 활동하는 것 같다.

결국 미래의 그 형태가 이 녀석들의 목표이리라.

약이 범람하면서 폭력적인 인간이 늘어나고, 그것들이 입을 모아 스루베리아의 머리칼을 저주하는, 그 미래가 말이다.

타인의 평가를 신경 쓸 만큼 마음이 섬세하지는 않지만, 그런 세상에서 이런 머리를 드러내고 다니며 살기는 힘들 것 같다.

"그렇습니다. 우리 『달의 신들』은 좋은 세상을 만들고자 활동하고 있습니다. 그래서 밀레느 양과 상의하고 싶은데, 우리에게 협력할 마음이 없습니까?"

내가 가소롭다는 듯이 코웃음을 치자 다시 목소리를 차분하게 가라앉힌 페르만이 댄스 신청을 하듯 손을 내민다.

그 말에 알베르가 반응했다.

"……! 무슨 소리죠?! 밀레느 님이 당신들의 활동에 협력할 리가 없어요!"

얼굴을 붉히며 격앙한다.

멋대로 대변하지 말라는 생각이 들지만── 그 말 자체는 틀리지 않았다.

물론 이 녀석들이 말하는 협력이 멀쩡한 것일 리도 없겠지만.

"당신은 『이르타니아』의 선택을 받은 구원할 길 없는 인간입니다. 하지만 이르타니아가 정성 들여 만든, 막대한 마력이 깃든 그 몸은 우리 주신을 맞이할 '그릇'으로서 이용 가치가 크죠. 어떻습니까? 우리의 신을 맞이할 그릇이 되어, 마음껏 이 세상을 창조하지 않겠습니까?"

페르만의 열띤 목소리에는 아까의 광기가 섞이기 시작했다.

사교의 신을 신앙하는 자들에게 공통되는, 이것과는 말이 안 통하겠구나 실감하는 감각.

나는 어깨를 으쓱했다.

"흥미 없어. 너희가 말하는 신은 변변찮을 것 같거든."

"불경하군요. 더러운 그 몸을, 영혼을 구원해 주겠다고 하거늘."

이제 이 자리에 학원 교사인 페르만은 없다.

있는 것은 흔해 빠진 광신도의 일원이다.

"그 영혼을 구원할 길 없어라. 예정을 대폭 앞당기고 말지만, 당신의 유해라면 우리 신의 공물로 삼기에 충분하죠. 그 목을 치고 위대한 주신께 바쳐 혼돈한 세상의 불씨로 삼겠습니다."

쉽게 발끈하는 것도 그럴싸하다.

임전 태세에 들어간 페르만이 마력을 방출한다. 그 순간, 기온이 급격히 떨어졌다.

엄청난 마력이다. 일개 교사도, 약팔이도 아니다.

온화한 표정이 싹 사라지고 드러난 것은 무표정. 자신을 버린 '신의 개'이리라.

"밀레느……!"

강렬한 마력에 압도당하면서도, 콜레트는 힘겹게 내 이름을 불렀다.

　도망치라는 말을 하고 싶은 것이리라. 확실히 이 남자의 마력은 엄청나다. 싸움에 찌들어 산 '용병 엔빌'의 인생에서도 본 적이 없는, 이질적이고 흉악한 마력이다.

　하지만 이래 보여도, 나는 나대로 이것저것 했다.

　"좋아. 한번 가져가 보라고. 대단한 목은 아니지만, 이름도 모르는 신에게 주기는 조금 아깝거든. 대가를 비싸게 치러야 할 걸?"

　'밀레느의 목'은 이미 팔렸다. 거저 받은 거나 다름없지만, 여제가 선물로 줬다. 그러니 함부로 남에게 넘길 수는 없다.

　뭐, 이딴 걸 먹으면 배탈이 나겠지만.

　가볍게 검을 휘둘러 몸의 감각을 확인하고 마력을 방출한다.

　강렬한 빛이 넘쳐흐르면서 내 몸을 감쌌다.

　"……! 밀레느에게, 저만한 힘이……!"

　"평소에는 기술만으로 어떻게든 된다고 말씀하시니까요. 진짜 실력은 아무도 본 적이 없어요."

　이유도 없이 으스대는 알베르를 보니 긴장이 풀린다. 너무 풀려도 문제지만, 이런 것도 마음이 편해져서 좋다.

　"간다."

　가볍게 선언하고, 중심을 낮춰 돌진한다.

　쑤욱 미끄러지는 듯한 움직임을 본 페르만이 눈을 크게 뜬다.

　'짐승'의 체술. 하지만 이건 탐색전이다.

페르만은 마력을 뿜으며 팔을 크게 휘두른다.

다음 순간, 내 눈앞에서 마력이 솟구치는 것이 느껴졌다. 거의 동시에 고드름이 치솟는다.

하지만 이미 예상했던 바다. 나는 곧장 땅을 박차서 각도를 확 틀었다.

"칫."

가볍게 혀를 찼다. 아까 페르만은 내 마술을 막으려고 아래에서 솟구치는 얼음벽을 만들었다. 반사적으로 쓸 만큼 그 마법의 사용에 익숙한 것이다. 바닥에서 치솟으면 자세를 낮추는 짐승의 체술도 효과가 적다.

내 움직임을 예측하며 노리는 기술도 그렇고, 그걸 가능하게 하는 마술의 속도도 그렇고, 역시 일류다.

"이걸로 끝이 아니다!"

내지른 팔을, 이번에는 아래에서 올리듯 휘두르는 페르만.

그러자 세 발의 얼음 화살이 세로로 일렬로 날아왔다. 마법과 마법 사이에 틈이 없다. 위력도 그럭저럭 강해서 직진할 수도 없다. 그리고 세 번째 공격. 높이 쳐든 팔을 내리자 내 머리 위에 얼음덩어리가 생겨서 힘차게 낙하한다. 나는 뒤로 몸을 날려서 그것을 피했다.

방금 있던 곳에 떨어진 얼음덩어리는 크기가 덩치 좋은 성인만 하다. 그게 산산조각 나는 것을 보면, 사람 한 명 정도는 간단히 으깬 석류처럼 만들 것 같다.

확실히 성가신 상대다. 마지막 일격은 아무런 준비 없이 3연속 공격의 마지막에 쓸 수 있는 게 아니었다. 마력도 부자연스러울 정도로 많고, 인간과 싸우는 기술도 뛰어나다.

이 정도면 콜레트가 당할 만도 했다. 죽이지 않고 사로잡을 만큼 차이가 난 것이 행운이었을지도 모른다.

"대단한 힘인걸."

"이것도 신앙의 은총이다. 우리의 신 디아 밀스 님께서 내리신 힘이지."

붉게 빛나는 눈을 웃음으로 일그러뜨리며 페르만이 대답했다.

"아하, 힘을 하사해 주는 거냐."

슬쩍 말하자 담담하면서도 흥분한 기색이 느껴지는 말이 돌아왔다.

신이 내린 힘이라. 광신도의 말을 어디까지 믿어도 될지 모르겠지만, 이만한 힘을 어떤 방법으로 얻을 수 있다면 정말 위험하다.

"이걸로 끝은 아니지? 신의 가호를 보여달라고. 어설픈 전도보다 조금은 내 흥미를 끌 수 있을지도 몰라."

"입만 살았군. 그 입을 영원히 닫아 주마."

화를 부추기는 것은 별로 효과가 없어 보인다. 쉽게 발끈하는 것 같지만, 분노에 이성을 잃지 않고 조용히 화내는 유형 같다.

자, 이걸 어쩐다. 전생에서 연마한 기술이 효과가 없어서 조금 성가시다.

그렇다면 이번 인생에서 익힌 힘으로 어떻게든 해 볼 수밖에 없다.

즉, 마력이다. 정면에서 맞붙으려고 갈고닦은 힘이다.

"……! 그 나이에, 그 마력. 역시 이르타니아의 가호를 받은 건가……."

"뭐, 재능을 타고난 건 부정하지 않겠어."

마력을 해방하자 페르만의 얼굴에 분노가 드러난다. 이것도 녀석이 보기에는 '이르타니아의 가호' 일 것이다.

머리색 하나로 노력이 부정당하니 슬프네. 뭐, 마음에도 없는 소리지만.

재능이 있어서 노력한 것은 사실이다.

예전 인생처럼 없으면 없는 대로 다른 길을 찾았겠지만.

이용할 수 있는 건 뭐든 이용한다. 하지만, 이용할 수 없는 건 빨리 포기하는 것 또한 내 방식이다.

손에 마력을 두르며 자세를 낮춘다.

그리고 바닥을 박찼다. 돌로 된 바닥에 금이 가고 희미하게 땅이 파인다.

그만한 힘을 전부 추진력으로 바꿔 '적' 에게 돌진했다.

솔직히 말해서, 신이니 뭐니 같은 건 거추장스럽기 그지없다. 페르만이 그딴 것 때문에 내 주위를 얼쩡대며 성가시게 군다면 때려눕힐 뿐이다.

싸움은 싫지 않지만, 지금은 그럭저럭 평온을 즐기고 있다. 그걸 방해하게 둘 수야 없지.

"큭……!"

파고드는 속도가 예상을 벗어난 걸까? 페르만이 힘겹게 신음을 흘렸다.

다급하게 내민 손은 정면에서 나를 포착하고 있다. 눈은 좋지만, 아까처럼 내 움직임을 예측해서 조준을 미세하게 조절할 여유는 없는 것 같다.

날아드는 얼음 화살을 머리를 슬쩍 움직여 피한다.

조준이 정확하다는 것은 궤도에서 조금만 벗어나도 피할 수 있음을 의미한다.

"자, 돌려주마!"

질주하면서 그대로 손에 모은 마력을 발사한다. 아까 얼음벽에 막힌 것과 같은 마법이다. 당연히 명중하면 멀쩡하지 못하겠지만——.

"그렇게는 안 돼."

처음과 마찬가지로 간단히 막을 수 있다. 하지만 그러면 된다. 처음부터 그게 내 목적이다.

얼음벽의 오른쪽으로 마력 구슬을 하나 더 날린다. 하지만 이것은 그냥 날린 것이다. 나는 아직 직선으로 날아가는 마법을 휘게 할 수 없다.

"거기냐……?!"

하지만 이것도 그것만으로 충분하다.

'벽 너머에서 튀어나오는 무언가' 이기만 하면 된다. 인간만이 아니라, 생물은 움직이는 물체를 눈으로 좇는 본능이 있다. 더군다나 일거수일투족을 놓치지 않으려고 집중하는 전투 상황에서, 갑자기 튀어나온 것이 뭔지 바로 파악하기는 어렵다.

그렇기에 마법은 양동에 지나지 않는다. 나는 공중으로 몸을 날리듯이 얼음벽을 뛰어넘었다.

"헉……?!"

냉철한 페르만의 표정에 경악이 드러난다. 반응 속도는 뛰어나지만, 대처할 시간은 이미 지났다.

"큭!"

페르만의 오른쪽 어깨에 낙하 속도를 실어서 발꿈치를 내려찍는다. 뼈를 부순다.

상대가 움츠러든 사이에 착지하고, 곧바로 왼팔을 움켜잡는다.

"으랏차!"

그리고 그대로 밧줄을 당기듯 휘둘러 바닥에 내팽개쳤다!

어깨 관절이 빠지고, 바닥에 부딪히는 힘에 근육이 파열한다.

팔의 기능을 완전히 파괴했다. 고통도 상당할 것이다.

뒤로 몸을 날려 거리를 벌리면서도, 이대로 끝나면 좋겠다고 생각한 것은── 그렇게 되지 않을 예감이 들어서 그럴까.

"'신의 개' 따위가…….."

페르만이 팔을 축 늘어뜨리고 일어선다. 유령처럼 흐느적거리면서도 분노한 표정을 드러내고, 눈에는 빨간 핏발을 세우고서.

한눈에 봐도 이상함을 알 수 있다. 진짜 정상이 아니다.

등부터 지면에 떨어지면 숨을 쉴 수 없다. 게다가 팔 하나는 부러졌고, 다른 팔도 탈구에 근육 파열 상태라면 아픔으로 말도

하지 못할 것이다.

하지만 바로 몸을 일으키고 저주까지 퍼붓는다면——.

"고통을 못 느끼는 거냐. 편리하겠네."

느낄 고통이 없다. 이것 말고는 생각할 수 없다.

고통이 없으면 죽을 때까지 싸울 수 있는 셈이다. 이것도 신의 힘이라면 사람을 참 마구 부려먹는걸.

아무래도 이대로 끝날 분위기가 아니다.

페르만은 움직일 리가 없는 두 팔을 하늘로 치켜들더니——.

"위대한 신 디아 밀스여! 이 눈을 공물로 바칩니다! 이 왜소한 인간에게, 질서의 개를 죽일 힘을 내려주소서!!"

페르만은 두 엄지로 자신의 눈을 푹 찔렀다.

그 외침에 호응하는 것처럼 펜던트에 새겨진 뱀 신의 눈이 붉게 빛난다.

"앗……!"

알베르와 콜레트가 놀라서 소리를 지른다. 나도 그 영문 모를 행동에 섬뜩한 무언가를 느꼈다.

하지만 그 순간—— 페르만의 몸에서 피보라 같은 붉은 마력이 치솟는다.

구경할 이유가 없으므로, 시험 삼아 마력탄을 날린다—— 하지만 페르만을 감싸듯 거대한, 탁한 피를 연상케 하는 얼음이 치솟아 그 몸을 지킨다.

이번 얼음은 부서지지 않았다. 명백하게 마력의 양이 늘어났다는 증거다.

"저, 저 힘은 뭐지……."

"흉흉하기 그지없는 마력이에요……."

그 힘을 본 알베르와 콜레트가 전율한다.

당연하다. 나도 이만한 힘을 지닌 녀석을 상대한 적이 없다.

애초에 상대를 이길 수 없다고 여기면 즉시 도망쳤다. 그것이 현명하게 살아남는 법이다.

하지만 친구를, 게다가 왕자와 황녀를 두고 도망치는 것도 좀 그렇잖아?

그러니 싸운다. 즉, 그런 것이다.

코웃음을 치자 붉은 얼음이 깨져 사라진다.

그 너머에서 모습을 드러낸 페르만의 눈은 시뻘겋게 물들었고, 뱀의 눈처럼 가늘고 긴 동공은 살의로 번들거리고 있었다.

"죽여주마, '신의 개'……! 네 머리를 사람들 앞에 내걸어 혼돈의 불씨로 삼아 주마……!"

페르만은 이제 폭력성을 감추지 않고 울부짖었다.

그 어마어마한 마력의 양은, 내가 봐온 자들 중에서── 그런 잣대는 의미가 없다. 이건 인간의 마력이 아니었다.

그렇다면 진짜로 '신이 내렸다'고 해야 할까. 그런 존재가 진짜로 있다면── 이르타니아도 실존하는 걸까?

"그렇다면, 확 따귀를 때려주고 싶은걸."

실존하는 편이, 낭만이 있어서 좋다. 만약 실존한다면, 밀레느 같은 쓰레기를 선택해 제멋대로 굴게 한 그 무능함을 따지고 싶고, 나를 그딴 녀석의 몸에 집어넣은 분노를 퍼붓고 싶다.

하지만 그것은 나중으로 미루자. 우선 지금은 이 남자부터 해치워야 한다.

내가 노려보자, 페르만은 이빨 사이로 짜낸 듯한 쉭 소리를 내더니── 그와 동시에, 엄청난 기세로 덤벼들었다.

그 모습은 움직임을 모방하는 나보다 훨씬 '짐승' 같다. 울부짖는 듯한 괴성을 지르며── 이성을 잃고, 우직하게 힘으로 밀어붙이려 한다.

이런 자야말로, 내가 가장 싸우기 편한 상대인데…….

"칫……."

페르만이 내던지듯 팔을 훌쩍 휘두르자 그 손톱에 서린 붉은 얼음 마력이 칼날처럼 쏟아져 나온다──!

잽싸게 몸을 틀자 마력 칼날이 눈앞을 지나간다. 머리끝을 조금 절단한 칼날은 그대로 돌로 된 벽에 명중하더니──.

그대로 통과했다.

석벽에 새겨진 자국에서 바깥의 빛이 들어온다. 두꺼운 석벽도 치즈처럼 가르는 위력……!

"인상을 찡그렸군── 보이지 않아도 안다."

힘으로 밀어붙이는 녀석은 상대하기 편하다. 그래야 할 텐데…….

그 '힘'의 질량이 차원이 다르다. 우직한 공격은 피하기 쉽지만, 이래서야 드래곤을 상대하는 것이나 다름없다.

두꺼운 바위를 꿰뚫을 정도의 위력이다. 엉터리 레이피어로는 맞설 수도 없다.

"뭐 하는 게냐, '신의 개'! 발악해 봐라!"

기분이 좋은지 흥분해서 상기된 목소리로 외치며 팔을 휘두르는 페르만.

붉은 고드름이 나타나 잠시 허공에 머문 다음 엄청난 속도로 날아온다.

몸을 날리듯 그 궤도에서 벗어나 바닥을 구르는 힘을 이용해 곧장 몸을 일으켰다. 등 뒤에서 돌이 부서지는 소리가 들려오는 것은 그 모양과 달리 아까 참격보다는 돌파력이 약한 증거다.

"돌이, 부서졌어⋯⋯! 밀레느 님!"

하지만 그것이 좋은 정보가 아님을 금방 알았다. 요컨대 포탄 같은 위력이라는 뜻이다. 어차피 받아내지 못한다.

게다가──.

"어이어이, 너무 막 나가는 거 아니야⋯⋯!"

페르만의 근처에 떠 있는 수십 개의 고드름. 위력은 참격보다 떨어지는 대신, 물량과 속도에서 크게 앞서는 것 같다.

정말이지 일이 성가셔졌다.

"죽어랏!!"

페르만이 지휘봉을 휘두르듯 펼친 손을 내리친다.

그러자 군대를 연상케 하는 얼음 가시가 쏟아지듯 날아왔다.

"빌어먹을!"

그 순간 나는 쏜살같이 뛰었다.

다음 순간, 방금 있던 장소에 고드름이 꽂히면서 돌 조각이 날린다.

하지만 여전히 녀석의 주위에서 대기하는 고드름이 있다. 내 그림자를 쫓듯 고드름이 차례차례 발사된다. 마치 포탄의 비 같다. 부러진 얼음과 바위 조각이 달리는 내 뺨과 허벅지에 상처를 낸다──!

별로 아프진 않지만, 이대로 가다간 당하고 만다.

하지만 페르만의 마력은 바닥날 기색이 없다. 나도 한동안은 더 움직일 수 있지만, 머지않아 부서진 바닥에 걸릴 것이다. 이 술래잡기가 길어질수록 승부는 불리해진다.

그렇게 되기 전에 반격에 나서고 싶지만── 페르만에게 접근하거나 엄폐물 뒤에 숨으려면 한순간 속도를 떨어뜨려야 한다. 인간의 신체 구조상 속도를 떨어뜨리지 않고 급격하게 방향을 틀 수 없기 때문이다.

조급한 마음에 그랬다간 순식간에 고드름에 꿰이고 말 것이다. 그 결과는 벌집 혹은 잘 다진 고기다.

그렇다고 어영부영할 여유도 없다.

"우쭐대지 말라고!"

손바닥에 마력을 모아 빛의 구슬을 만들어 날린다.

참 단순한 마술이지만, 잘 맞으면 상대를 기절시킬 정도의 위력이 있다. 하지만──.

"소용없다!"

페르만의 옆에 있는 고드름 중 하나가 검으로 변해서 빛의 마탄을 쳐낸다.

그야 그렇게 되겠지. 이것 하나로 끝장을 볼 생각은 없다. 그동안에도 고드름이 쉴 새 없이 나를 공격하고 있다.

하지만 한순간이라도 의식을 다른 곳으로 돌릴 수 있으면 충분하다! 나는 자세를 약간 낮추고 힘차게 뛰어올랐다.

"끈질기군!"

그리고 창고 선반을 지탱하는 쇠기둥을 잡고, 갈고리를 건 것처럼 몸을 크게 회전시켰다.

멈추면 고드름에 꿰뚫린다. 그러니 계속 뛸 수밖에 없다── 그렇다면 멈추지 않고 방향을 전환할 수밖에 없다.

"뭣이……!"

예상을 벗어난 움직임에, 고드름은 내가 달려가던 방향으로 날아갔다.

다음 탄은 조준을 수정했다. 하지만…….

아직 늦지 않았어!

기둥에서 손을 떼자마자 몸을 비틀면 날아가는 궤도에 나선형 회전이 추가된다.

"……?! 조준할…… 수 없어……!"

복잡한 궤도로 날아서 페르만이 조준하지 못하게끔 한다.

내 시야도 복잡해지지만── 나는 목숨을 노리는 마술 폭풍을 헤치며 단신으로 헤치며 살았다고, 안력에는 자신이 있어!

"작작 좀──."

나를 향해 손을 펼치는 페르만이 보인다. 그 손은 나한테서 조준이 미세하게 어긋났다.

회전력을 유지하면서 마력을 두른 레이피어를 겨누고──.

"하라고!"

이어서 실컷 당했던 것에 보답하는 마음을 담아, 있는 힘껏 내질렀다!

"크……오오오?!"

마력을 두른 몸을 세게 때리자 페르만이 튕겨 날아간다. 절단하지 못한 것은 페르만이 두른 마력이 내 검이 두른 마력을 크게 웃돈다는 증거다.

방어력도 대단하다. 하지만 힘이 실린 공격에는 무사하지 못할 것이다.

"커헉!"

석벽에 등이 내동댕이쳐진 페르만이 크게 숨을 토했다.

낙법도 못 잡고 등부터 돌바닥에 떨어진 것과 같다. 평범한 인간이라면 이것만으로 죽겠지만…….

"이 자식……! 역시 그 힘은, 살려둘 수 없다……!"

아주 말짱하지는 않은 것 같지만, 그래도 페르만은 문제없다는 듯이 몸을 일으켰다. 무사해도 등을 부딪치면 숨도 못 쉴 정도로 타격을 입을 텐데.

이토록 성가실 줄은 몰랐는걸. 그 힘은 내가 따지고 싶다. 이런 녀석이 열 명쯤 있으면 작은 나라 정도는 간단히 무너뜨릴 수 있겠지.

"더 할 거냐……. 이제 그만 끝내자고."

"'신의 개' 따위가! 끝내주고말고! 네 머리를 우리 신께 바쳐서 말이다……!"

뺨에 난 상처를 닦고 한숨을 쉬자 페르만은 가느다란——뱀처럼—— 송곳니를 드러내며 흉흉하게 웃는다.

완전히 이성을 잃은 것 같다.

그나저나 신의 개라. 저들은 나를 이르타니아의 꼭두각시로 여기는 걸까. 나는 그딴 걸 숭배하지 않는다. 신이 있다면 물어뜯어 주려고 하는 들개에 불과한데.

그래도 들개는 나름대로 지혜가 있는 법이거든? 살아남는 데 필요한 것이라든가 말이야.

페르만은 양손에 얼음 칼날을 만들고 팔을 번쩍 쳐들어 휘두른다.

나는 검과 검 사이를 누비듯 파고들면서, 지나치는 순간에 배에 주먹을 꽂았다.

"커어헉……!"

하지만 페르만은 움직임을 멈추지 않고 웃음을 띠고서 검을 휘두른다.

이걸로 허를 찌를 수 있을 거라고 생각한 걸까? 그렇다면 큰 착각이다. 고통에 의미가 없다는 사실은 기운차게 팔을 휘둘러 대는 시점에서 이미 눈치챘다.

벽에 부딪히고도 탈 없이 움직이니까 타격이 몸의 움직임을 저해하지 못한다는 것을 실감했다.

더욱 파고들듯 지나치면서 등을 슬쩍 밀치듯 걷어차고 이탈한다.

고통은 못 느껴도 불안정한 곳을 건드리면 자세가 흐트러지는 듯하다. 하긴, 그렇겠지. 신의 힘이 깃들든 말든, 인간의 몸을 지탱하는 건 두 다리밖에 없으니까.

"이노옴!!"

조롱당했다고 여긴 것이리라. 페르만은 핏대를 세우고 돌진한다.

그때 나는 레이피어를 겨눴다. 하지만 지금 와서 이렇게 변변찮은 무기로 어떻게 할 수 있다고 여기진 않는다.

용병 시절부터, 마음에 들었던 검 활용법이 하나 있다.

그것은 바로—— 투척이다.

철로 된 칼날이 빠르게 회전하면서 날아가면 막기 어렵다.

"큭……! 이 녀석, 검을 내팽개쳐……?!"

이번에 내가 노린 곳은 머리다. 망가진 팔도 휘두르는 괴물이라도 머리가 부서지면 움직이지 못할까. 움직임을 멈추며, 큰 움직임으로 회피했다.

그렇다. 검을 던지면 피할 수밖에 없다. 그리고 그것의 갑작스럽게 발생한 예상 밖의 일이라면—— 빈틈이 생긴다. 마법을 중시하는 주제에 전쟁에 임하는 인간은 무기에 긍지를 느낀다. 그것은 굳이 말하자면 가문의 문장을 넣은 장식품 같은 거지만, 마법이 없던 시절부터 전장에서 '목숨을 맡기는 물건' 이라는 인식이 남아서 생긴 감각이다. 그러므로 싸우는 인간은 무기를 경시하면서도 검만큼은 긍지로 여기곤 한다.

——정말이지 한심하기 그지없다.

긍지 따위와 목숨을 저울질하는 것 자체가 잘못된 생각이다.

가장 우선해야 하는 것은 언제 어느 때나 변함없다. 바로 자기 '목숨'이지.

목적을 위해 이용할 수 있는 건 뭐든 이용한다. 무거운 짐짝이라면, 제아무리 비싼 물건일지라도 내팽개치고 나아간다.

──그것이, 용병 엔빌^{새비지 팽}의 방식이다!

그래도 이번 생에서는 함부로 버릴 수 없는 것이 두 개 정도 생겼지만── 그건 그거다. 욕심이 많은 건『밀레느』의 천성일지도 모르겠는걸.

아무튼 검을 내던진다고 하는 예상 밖의 일격은 페르만을 경악하게 만들기에 충분했다.

하지만 이 녀석이 진짜로 놀라는 건 지금부터다. 그때 내가 이미 바짝 다가갔으니까.

"크헉……!"

이번에는 죽일 작정으로 상대의 배에 주먹을 꽂았다.

고통은 느끼지 못하겠지만, 폐 안의 공기를 토하고 말 정도로 숨이 막힐 것이다. 그리고 복부를 기점으로 가해진 힘이 작용해 페르만의 몸이 꺾인다.

그렇게 내려온 콧대에── 나는 무릎을 날렸다.

코가 뭉개지는 감촉을 느끼며, 페르만의 어깨를 지지대 삼아 양손으로 허공에 몸을 날렸다.

무릎에 얻어맞은 기세로 몸이 젖혀진 페르만의 눈은 공중으로 몸을 날린 나를 향하고 있었다. 하지만 중력에 붙잡히기 시작한 그 몸은 이제 아무것도 할 수 없다.

"이거나 맞고 자라고!"

그런 페르만의 얼굴을, 나는 모든 체중과 힘을 실어서 두 발로 짓밟았다!

페르만의 뒤통수가 돌로 된 바닥을 부수며 파묻힌다.

침묵한 페르만의 몸 위에서 균형을 유지하며 천천히 발을 치운다.

파고든 신발에 빨간 실이 생기면서 질척한 소리를 낸다. 코는 뭉개지고, 머리도 깨져서 대량의 출혈이 보인다―― 하지만 의식을 잃은 것은 타격보다 뇌가 흔들린 충격 때문이리라.

하지만 의식을 잃은 탓인지 몸을 감싼 붉은 마력이 사라졌으며, 강대한 마력을 지닌 자 특유의 위압감도 사그라졌다.

"죽은 건가요……?"

알베르가 조심조심 페르만을 살핀다.

"아니, 숨은 붙었어. 솔직히 죽여도 괜찮다는 심정으로 공격하긴 했지만 말이야."

위독한 상태이기는 하지만―― 그래도 페르만은 살아있다.

죽일 생각은 없었다지만, 사실 힘을 조절할 여유는 없었다.

학생 신분으로 살인은 이르다고 생각해서 그런 거지만, 생각해 보니 이 녀석들은 황녀를 감금하고 그 생명마저 앗아가려고 한 위험인물이다. 죽여도 죄가 되지는 않을 것 같기도 하다.

"자, 이걸 어쩐다……."

전투가 끝나고 흥분이 가라앉자 참으로 성가신 상황이라며 탄식했다.

의복 이곳저곳이 찢어진 코르온의 황녀와 이를 감금한 종교 단체. 어찌 된 이유인지 이 자리에 있는 이르타니아의 왕자와 그 약혼녀── 게다가 주범은 귀족 학원의 담임교사이며, 그자를 때려눕힌 것은 왕자의 약혼녀.

반죽음으로 끝낸 이상 보고하지 않을 수 없다. 지금부터 설명해야 할 것이 너무 많아서 머리가 지끈거린다. 알베르에게 전부 떠넘기고 싶지만, 그랬다간 무슨 소리를 할지 모른다.

"으윽……."

그런 생각을 할 때, 두통의 원흉이 신음을 흘렸다.

선생님을 나중에 재워야 하는 일이 늘었지만, 깨어났으면 물어보고 싶은 것이 있다.

"여어, 정신이 들었어?"

"너……."

목소리에 반응한 페르만이 고개를 든다. 하지만 그게 끝이다.

다시 고개가 내려가고 피 웅덩이에서 철퍽 소리가 난다.

역시 아까 깃들었던 힘은 사라진 듯하다. 일시적으로 강해진 것을 보면 신이 내렸다는 것도 허풍이 아닐지도 모른다.

아니, 그게 아니면 아까 그 힘은 설명이 안 되지만. 실내전이 아니었으면 더 성가셨겠지.

성큼성큼 걸어가 페르만의 상반신에 걸터앉고 멱살을 잡아 일으킨다.

"네놈들은 무슨 목적으로 움직인 거지? 콜레트를 납치한 건 우연이겠지만── 약을 뿌려서 무슨 득이 있는데?"

위압을 섞어서 심문한다── 그러나 페르만은 차가운 태도로 자조하듯 코웃음만 쳤다.

말단과는 다르다. 이 녀석은 입을 열지 않겠지.

애초에 다 죽어가는 중년에게 뭔가 더 했다간 죽을 것이다 죽이면 고문의 의미가 없다.

"이르타니아의 가호가 이 정도일 줄이야⋯⋯. 썩어도 주신이라 이건가⋯⋯."

하지만 페르만은 갑자기 차가운 표정을 짓더니── 헛소리를 떠들듯 말하기 시작했다.

쓸쓸하게 중얼거린 말은 무표정한 남자가 하는데도 증오가 어린 느낌이 든다.

당연하지만 지금 말하는 주신이란 이 녀석들이 숭배하는 신이 아니라 이르타니아를 가리킬 것이다.

"이르타니아의 뭐가 그렇게 마음에 안 드는데?"

"너한테 할 이야기는 없다."

하지만 그 이유는 말하지 않는다.

"우리의 신 디아 밀스, 『주신』 레제베르크, 그리고 찾아올 달의 신들의 세계⋯⋯ 혼돈의 세상에 영광 있으라⋯⋯!"

그 말은 말 그대로 '헛소리' 일 것이다.

마지막 순간에 자기 죽음을 깨달은 녀석이 신을 찬양하는 건 드문 일이 아니다.

나를 조롱하듯 혀를 내미는 페르만. 그 위에는 창백한 얼음 마력탄이 있었다.

페르만은 혀를 쏙 집어넣고 그 마력 구슬을 깨물었다.

그 순간, 페르만의 얼굴 곳곳에서 서리 같은 얼음 가시가 피부를 찢으며 튀어나왔다.

"앗?!"

놀라서 외친 사람은 알베르다.

바로 이 순간, 자신들의 담임이었던 남자가 자해했다. 놀라는 게 당연하다.

이렇게 될 것을 예상했던 나는 놀라지 않았지만. 젊은 감성이란 것을 소중히 여기고 싶은걸.

"거참, 사람을 더 귀찮게 만드네……."

페르만의 얼굴을 내려놓고 몸을 일으킨다.

정보가 누출되지 않게 자해하면 완벽하다. 『달의 신들』이란 것들은 내 생각 이상으로 어엿한 '종교' 같다.

순교자라고 하면 듣기엔 좋지만, 실은 별것 아니다. 자기가 가장 소중히 여겨야 할 것을 내던질 수 있는 광신도일 뿐이다.

이 시대에 그런 녀석들이 우글거린다면, 미래의 내가 신흥종교로 여긴 건 실수였을지도 모른다.

"일이 성가시게 되었는걸."

복잡한 생각은 거북한데. 가벼운 마음으로 해결하려고 나선 일이 눈덩이가 불어나듯 커졌다.

한숨을 푹 쉬고, 나는 머리를 꾹 눌렀다.

"일단── 우선 위병부터 부르자."

문제는 산더미처럼 많다. 치울 수 있는 것부터 치울 수밖에 없겠지. 그러니 우선 이 사건을 위병에게 알리는 것부터 하자.

하지만 모두가 이 자리를 비웠다간 녀석들이 현장을 훼손할 가능성이 있고, 그렇다고 해서 누군가를 남겨 전력을 분산하고 싶지도 않다. 황녀를 죽이는 것도 '계획'에 포함할지 고려하던 녀석들이다. 지금은 알베르와 콜레트의 곁에서 감시하고 싶다.

"아무나 근처에 있는 사람을 부를까⋯⋯."

노골적으로 한숨을 쉬고 어깨를 축 늘어뜨린다.

하지만 먼저 콜레트가 얼마나 다쳤는지 확인할 필요가 있으려나.

움직이고 말할 수는 있는 것 같지만, 인내심이 강하면 위독한 상태에서 움직이는 자도 있다.

"다친 데는, 없어?"

"어, 아⋯⋯ 그래. 괜찮다."

약간 얼이 나간 것 같지만, 보아하니 다친 데는 없는 것 같다.

"그래⋯⋯. 네가 무사해서, 다행이야."

"뭐, 뭐어?! 그, 그래⋯⋯?"

안도하며 작게 한숨을 쉬자 어찌 된 건지 콜레트는 호들갑스럽게 어깨를 떤다.

그 반응을 보고 괴이쩍은 표정을 지었다. 일단은 멀쩡해 보이긴 한데.

"어이, 진짜로 괜찮은 거지?"

평소의 콜레트답지 않게 움츠러든 태도가 마음에 걸려서 물어본다.

하룻밤 잡혀 있었으니 무슨 일이 있었어도 이상할 게 없다. 그렇다면 사태는 국가 간의 문제로 커진다.

잡힌 시점에서 이미 늦은 걸지도 모르지만, 진짜로 그렇다면 돌이킬 수 없는 상황이다.

"아…… 아니, 좀 놀랐을, 뿐이다. 응……."

그렇게 말하는 콜레트는 얼굴은 붉다. 역시 평소 모습에서는 상상할 수 없는 분위기에 고개를 갸웃한다.

"정말 괜찮다. 녀석들도 나를 어찌해야 할지 판단을 내리지 못했지. 특히 페르만은 생각이 정리될 때까지 나를 건드리지 말라며 부하를 따끔하게 혼냈다."

하지만 본인의 말에 따르면 별다른 문제가 없다고 한다.

다친 곳이 없나 싶어 몸 곳곳을 살펴보자 콜레트가 몸을 웅크린다.

정말이지 콜레트답지 않은 반응이지만—— 이상한 짓을 당하지 않았다면 문제가 없다.

드디어 어깨의 짐을 하나 내렸다.

얼굴이 얼음 가시로 뒤덮인 페르만을 힐끔 본다.

처절한 자살을 선택한 광신도. 그렇게 된 것은 목에 건 신—— 뿔 달린 뱀신『디아 밀스』때문일까.

게다가『주신』이라는 존재도 신경이 쓰인다. 레제베르크라고 했던가. 설마『달의 신들』은 다신교인 걸까.

이딴 것이 더 있다고는 생각하기도 싫은데.

페르만의 시체에 앉아서 문장 펜던트를 챙긴다.

페르만의 마력이 늘어났을 때 이 펜던트가 빛났다. 지금 들어봐서는 특별한 힘이 느껴지지 않지만, 나중에 이것도 조사해 볼 필요가 있으리라.

"좋아. 사람을 찾자. 위병을 불러야지."

"네."

알베르와 조금 얼이 나간 듯한 콜레트를 데리고 일시적으로 창고를 벗어난다.

마지막으로 페르만에게 눈길을 주고――마음속으로 작별을 고했다.

설령 그것이 거짓 얼굴이라도 좋은 교사였는데, 참 아쉽다.

자기 손으로 선택한 결과에 동정할 마음은 없지만――선택에 따라서는 다른 삶도 있지 않았을까. 나답지 않은 생각이지만, 어떻게 사느냐에 따라 적이었던 인간과 속을 터놓고 이야기할 사이가 될 수도 있다. 나와 콜레트처럼 말이다.

결국, 인간은 어떻게 사느냐에 달린 건가. 좋은 반면교사가 될 것 같다.

시선을 뗀 나는 창고 밖으로 향한다.

어중간하게 열린 문 사이로 들어오는 빛이 괜스레 눈부시다고 느끼며, 나는 묵직한 철문을 열었다.

에필로그 두 번째 인생, 두 번째 역사

'콜레트 황녀 유괴 소동'으로부터 사흘이 지났다.

하지만 그런 소문이 퍼진 것은 다음 날 점심때까지다. 밤에 아무렇지도 않게 돌아오면서 지금은 행선지도 밝히지 않고 기숙사를 비운 콜레트 황녀는 참 못된 분……이라는 농담 섞인 평판이 우스갯소리처럼 퍼지고 있다.

실제로는 유괴가 아니어도 콜레트가 붙잡혔으며, 자칫 잘못하면 국가 문제 혹은 전쟁이 벌어질 수도 있었다는 사실을 아는 학생은 적다.

"아…… 그런 관계로 정식으로 퇴임한 페르만 선생님을 대신해서 오늘부터는 저, 이브라임이 여러분을 맡게 되었습니다."

교실에 온 새 담임교사의 인사를 듣고 교실에서 페르만의 퇴임을 아쉬워하는 목소리가 퍼진다.

모르는 게 행운이다. 아니, 자기도 모르는 사이에 큰일에 휘말렸다면 불운일 수밖에 없나. 나는 그것을 다름 아닌 콜레트가 이끄는 코르온 군의 이르타니아 침공이라는 형태로 알지만.

아무튼 사태의 공표를 콜레트 본인이 바라지 않았기도 해서, 이번 사건은 해결된 것으로 처리되었다.

학원을 소란스럽게 한 어두운 소문은 제르포아의 병사와 높으신 사람, 그리고 학원 교사에게만 진상이 알려진 채 막이 내렸다. 그럴싸하게 퍼졌던 마약 이야기도 지금은 흔한 소문에 지나지 않았다. 요새는 조금 고약한 감기가 유행했다는 것이 가장 유력한 소문이다.

"그렇다면 오늘 수업을 시작할까요. 결석한 학생은—— 세 명이군요."

그래도 사건이 해결되고 겨우 사흘 만에, 학원은 조금씩 달라졌다.

큰 변화는 두 가지다. 그중 하나는 학원을 쉬던 학생 중 일부가 복학한 것이다.

마약 『루두스』가 어떤 것인지 밝혀지고 그 뒤에서 종교 단체가 연루되었다는 사실이 알려지자 비교적 증상이 가벼운 학생부터 정학이 풀리게 되었다.

약에 손댔지만, 효과가 떨어지고 무서워져서 그 후로 손대지 않았던 이들이 여기에 해당한다.

그리고 학생들이 이상하게 느끼지 않게 약을 침투시키려고 한 까닭이리라. 루두스의 효과가 내가 아는 것에 비해 약하다는 것도 유혹에서 벗어나는 데 도움이 되었다.

지금은 학원을 쉬던 학생들도 약을 끊기 위한 치료를 받고 있다고 한다. 무사히 몸에서 약 기운을 몰아낸 자부터 복학하리라는 것은 나와 알베르, 콜레트, 그리고 이미 문제없다고 판단되어 복학한 학생만이 아는 사실이다.

의외인 것은 약의 복용이 크게 문제시되지 않았다는 점이다. 국가에서 『루두스』를 어떻게 다루면 좋을지 판단하지 못하고 있었다. 게다가 마약을 복용했다는 것을 부모에게 말할 수 있는 아이는 적었고, 부모 중에도 자식이 마약에 손댔다는 이야기를 할 수 있는 자가 없어서다.

　가장 큰 이유는 제르포아 마법학원의 은폐 체질일 것이다. 세계 평화를 주장하는 주제에 참 잘하는 짓이다 싶지만, 애초에 각국의 귀족 자제를 맡아 문제가 발생하기 쉬운 체제로 만들어진 까닭이리라. 귀족 사회라는 것도 옛날에 생각했던 것만큼 편한 곳은 아닐지도 모른다.

　다 끝나고 보니 달라진 것도 거의 없이, 학원에는 일상이 돌아왔다.

　페르만을 대신한 새 교사는 전임자만큼 엄격하지 않은 듯, 느슨한 분위기 속에서 앞자리 학생들이 수군거리기 시작한다.

　"저기, 왜 페르만 선생님이 학원을 떠난 걸까?"

　"글쎄……. 나는 고향에 있는 부모님을 모시기 위해서라고 들었는데……."

　한 사람, 신뢰할 만한 교사가 모습을 감췄지만.

　페르만은 학생들에게 신뢰받았지만, 우리에게는 한 달도 안 되게 짧은 관계다. 그러니 금방 잊힐 것이다.

　아무튼 그리하여 이러니저러니 해도 평화로운 학원 생활이라는 것이 돌아왔다.

　1학년 초인지라 이미 배운 내용을 다시 배우는 나날은 지루했지만, 생각해 보면 전생에서는 하루도 쉬지 않고 일했고 『밀레느』가 된 뒤로는 매일같이 단련하거나 도움이 될 만한 책을 읽었다. 이렇게 느긋하게 시간을 보내는 건 처음이라, 나쁘지 않다는 생각이 들었다.

요점을 복습하며 느긋하게 늘어져 있다 보니, 새로운 담임이 나가고 다음 수업 교사가 찾아왔다.

"여러분 안녕하세요. 오늘의 대륙사 수업을 시작하죠."

그런 교대를 세 번 정도 거치고, 어느새 4교시가 되었다.

'역사' 수업 시간이다. 나는 이걸 별로 좋아하지 않았다.

이번 역사와 예전 역사는 전혀 달라지리라.

이번 역사에서는 10년 뒤에나 나타날 마약이 벌써 나돌기 시작했고, 『밀레느』를 발단으로 한 이르타니아 멸망도 일어나지 않는다──고 생각한다. 적어도 나는 어느 정도는 그렇게 하려고 의식하고 행동한다.

그렇게 불확실한 것을 성실하게 배우는 것이 왠지 한심하게 느껴진다.

필연적으로 수업 내용은 한쪽 귀로 들어와서 다른 쪽 귀로 빠져나가는 상태로── 나는 다른 생각에 빠져 있었다.

떠오르는 것은 역시 『달의 신들』이다.

애초에 페르만이 소속되어 있던 『달의 신들』은 예전 역사에서 지금으로부터 약 10년 뒤에 모습을 드러내는 종말 사상의 광신도들……이라고, 나는 생각했다.

그들이 외치는 것은 이르타니아를 향한 모독. 그리고 이르타니아를 숭배하는 나라가 얼마나 악랄한 존재인지. 그리고 이르타니아의 총애를 받고 태어난 『스루베리아의 머리칼』——— 밀레느를 절대로 용서해선 안 된다고 하는, 민중의 분노를 부추기는 말들이었다.

갑자기 바람에 휘날린 『스루베리아의 머리칼』을 우아하게 쓸어넘기면서, 나는 과거——— 아니, 미래를 떠올렸다.

당시의 나는 그들이 하는 말을, 밀레느의 악행에 분노를 느낀 이르타니아 국민을 포섭하려는 사교 집단의 전도 활동으로 여겼다. 하지만 이 시대에서는 『달의 신들』에게 이미 강대한 힘이 있고, 밀레느와 이르타니아를 타도할 존재로 생각하는 듯하다.

녀석들의 목적에 관해서는 『밀레느』를 『주신』의 그릇으로 삼는다는 둥, 머리를 공물로 바치겠다는 둥…… 어디까지가 진심이고 어디까지가 사실인지 전혀 모르겠다.

하지만 만약 그 말이 전부 사실이며, 이르타니아나 녀석들이 신앙하는 신이 실존한다고 가정하면 어떨까.

"아…… 그리하여 당시의 제르포아 왕, 로렌초 제르포아에 의해 이 학원이 세워진 겁니다."

교사의 수업을 건성으로 들으며, 나는 필기하는 시늉을 하면서 『달의 신들』에 관해 아는 것을 도식으로 정리했다.

페르만은 그들이 믿는 신들의 세계를 만들겠다고 했으며, 아마도 신의 부활을 위해 밀레느의 몸이 필요한 것이리라.

그리고 몇 번이나 입에 담았던 혼돈이란 단어. 귀족 자녀가 모인 학원에 약을 뿌리는 것과 콜레트를 중요한 장기짝으로 생각해 입막음 삼아 죽이는 것을 망설인 것을 같이 생각해 본다.

거기서 내가 유추한 놈들의 목적은 전쟁을 일으키는 것이다.

아니, 어쩌면 그것도 목적에 지나지 않을지도 모른다. 놈들이 숭배하는 신의 강림에 『밀레느』의 몸이 필요하다면. 전쟁조차도 그 목적을 달성하기 위한 수단에 지나지 않다면——?

어쩌면 예전 역사에서 일어난 전쟁은 그 녀석들이 뒤에서 조종한 게 아닐까?

말도 안 되는 비약이라는 것은 안다. 하지만 나는 녀석들이 이 시대에서 이미 활동을 시작한 것이 마음에 걸렸다.

이 시기에는 드러나지 않던 마약이 유통되고, 놈들이 활동하는 시기가 앞당겨진 이유는 뭐지? 그러한 시점에서 예전 역사와 가장 다른 요소가 뭔지 고찰한다.

그것은, 『밀레느』가 아닐까.

예전 역사에서 밀레느는 최악의 성격과 그 지위 때문에 그대로 자멸하고 말았다. 그래서 『달의 신들』이 할 일이 적었고, 그 활동은 뒤에서 조금 손을 대는 정도로 그쳤다.

하지만 이번 역사에서는 앞으로 어떻게 굴러갈지는 몰라도 예전 역사처럼은 되지 않을 것이다. 애초에 『밀레느』가 이 모양이다. 아마 그것이 녀석들에게 있어 몹시 걸리적거리는 게 아닐까. 그렇기에 활동을 앞당길 필요가 있었던 것이다——.

솔직히 말해서 이야기가 너무 커진다. 애초에 입막음을 위해 자살을 택하는 미치광이들이 하는 소리를 전적으로 믿는 시점해서 이야기가 이상해진다.

하지만 일개 용병이었던 내가 과거로 돌아와 전쟁의 불씨가 되는 여자의 몸에 들어갔다는 현실이 존재하는 이상, 말도 안 된다는 말 자체가 공허하다는 건 틀림없다.

그렇다면 『달의 신들』은 이제부터 세계를 최악의 방향으로 이끌 것이며, 내 목숨도 계속 노릴 것이다.

수업 중인데도 혀를 차고 싶어졌다.

이래 보여도 학업에서는 성적이 우수한 편이다. 그것도 언젠가 내 카드가 될 것이다. 그러니 학업은 성실하게 임하고 싶다.

그 대신으로 한숨을 한번 쉬었을 때, 수업의 끝을 알리는 종이 울렸다.

"아, 벌써 시간이 이렇게 되었군요. 그러면 수업을 마치겠습니다. 기립!"

그 말에 맞춰 자리에서 일어나 인사한 다음 다시 앉는다. 이것으로 오전 수업은 끝이다.

이제 평소처럼 식사하고, 오후 수업을 들으면 되지만——.

한 가지 더, 내 학원 생활에 큰 변화가 있었음을 깜빡했다.

"밀레느 님! 점심시간이에요. 식사하러 가죠."

평소처럼 알베르가 다가왔다. 이건 이전과 다르지 않다. 왕자에게 존칭으로 불리는 데 익숙해진 건 문제지만, 별로 달라지지 않은 사실이기도 하다.

"밀레느. 식사하러 가자. 오늘은 네가 좋아하는 훈제 돼지고기가 나온다고 들었다."

달라진 점은 이 인원의 나머지 한 명, 콜레트다.

발언 자체는 평소와 딱히 다르지 않지만 그 시선은 묘하게 뜨거웠으며, 목소리도 조신했다.

"그, 그래요……."

미래의 여걸을 연상케 하는 위엄은 목소리에서 자취를 감추고, 그 대신에 입에서 흘러나온 것은 아무리 좋게 들으려고 해도 한창때의 소녀답게 귀여운 목소리였다.

덧붙이자면── 아니, 그만두자. 그만두려고 하는데…….

"저기, 콜레트 님? 왜 제 뒤에 계셔요? 평소에는 옆에서 나란히 걸으셨잖아요."

"음? 그야 당연하지. 주인으로 인정한 자를 돋보이게 하는 건, 내 나라에서는 당연한 일이다. 너희 나라의 알베르 왕자도 그러지 않느냐?"

뺨을 발그레 물들이면서 그런 소리를 하면 현실을 외면할 수도 없다.

구출했을 때부터 어딘가 이상하다고 생각했는데──.

"너는 나를 자기 것으로 삼는다고 했잖아. 그런데 어떻게 하면 주인이니 뭐니가 되는 건데……."

"아아, 참으로 적극적이구나……!"

내가 얼굴을 바짝 대고 나지막하게 말하자 콜레트의 얼굴이 더욱 빨개진다.

"별것 아니다. 그 녀석들에게서 구출된 그때, 깨달았지. 너를 내 것으로 만든다는 생각이 잘못이라고."

뺨이 빨개지고 눈에 열기를 띤 콜레트가 미소를 짓는다.

수줍어하면서도 호의를 숨기지 않는 저 웃음은————.

"구출된 순간, 나는 네 것이 되었다. 그걸 깨달았을 뿐이야."

완전히 사랑에 빠진 소녀였다.

정말이지 골치가 아프다. 알베르가 나를 따르는 것은 그나마 괜찮다. 아니, 괜찮지는 않지만 자기 나라의 수치는 안에서 처리하면 될 일이다.

하지만 일단은 같은 여자이고, 동맹국이라고 해도 세계 최대 규모의 힘을 지닌 나라의 황녀가 상대라면 사정이 달라진다.

대체 나보고 어쩌라는 걸까. 생각해 보면 학원에 다니기 시작한 이후로 고민이 끊이지 않았다. 차라리 집에서 얌전히 지내는 편이 좋았을지도 모른다는 기분이 들기 시작했다.

"그런가요……."

"그렇다!"

뭐라고 대답하면 좋을지 몰라서 애매모호하게 대답하자 콜레트가 힘찬 목소리로 답했다.

알베르보다도 어지간한 말에는 귀도 기울이지 않을 말괄량이 황녀님 때문에, 나는 머리를 감싸 쥐었다.

원래부터 나는 머리를 잘 쓰는 편이 아니다. 안 그래도 생각할 게 많은데, 고민이 더 늘어나는 건 사양하고 싶다.

생각하다 보니, 어느새 식당에 도착했다. 모이는 시선을 아랑곳하지 않고 평소 쓰는 자리에 가서 앉는다.

"앗, 앗, 밀레느 님의 옆에 앉지 마세요! 콜레트 황녀는 항상 맞은편에 앉았잖아요!"

"항상 맞은편이었으니, 앞으로는 내가 옆에 앉을 권리가 있지. 너는 조금 자중할 줄 알아라, 알베르 왕자."

그러자 알베르와 콜레트는 누가 내 옆에 앉을지를 가지고 다투기 시작했다.

정말 성가시기 그지없다.

그러나 적의보다는 호의를 받는 편이 낫다. 별로 불쾌하지 않은 것은 조금 의외였다.

그런 한심한 상황을 보고 있자니——.

피식. 온화하게 코웃음이 난다.

내가 웃자 알베르와 콜레트가 다툼을 멈추고 나를 응시하기 시작한다.

"아앙?"

갑자기 분위기가 변하자 무심코 본성을 드러난다.

"어험. 왜 그러시죠?"

하지만 타인의 눈길이 모이는 식당임을 떠올리고 어찌어찌 본성을 숨기며 물어보니——.

"방금 밀레느 님이 참 우아하게 웃으셔서——."

"——넋을 놓고 봤구나. 방금 밀레느는 참 아름다웠지. 아니! 평소에도 매우 아름답지만 말이다!"

"부끄러운 소리 하지 마세요."

나는 진지한 표정으로 낯부끄러운 소리를 늘어놓는 두 사람에게 주먹을 날리고 싶은 걸 필사적으로 참으며 고개를 돌렸다.

그러자 그토록 말다툼을 벌이던 두 사람이 입을 모아서 내 외모 등을 칭찬하기 시작했다.

역시 근본은 똑같다. 이래서 왕족이란 것들은…… 하고 생각했을 때, 내가 웃고 있다는 사실을 깨달았다.

이것들을 상대로 이것저것 고민하는 것도 한심하다. 이러니저러니 해도 나는 두 번째 인생에 잘 적응했다는 생각이 든다.

그래. 어차피 나는 무식한 용병이다. 복잡한 것을 일일이 생각해 봤자 잘 모른다.

그러니까 어떠한 장애물도 깨부술 힘을 손에 넣으려는 거잖아? 내 질문에 답하듯 주먹을 쥔다.

뭐, 지금은 그만한 힘이 있다고는 할 수 없지만── 신도 두들겨 패 줬으니, 못 할 것도 없겠지.

이르타니아든, 주신이든, 내 앞을 가로막는다면 얼굴을 후려갈겨 줄 것이다.

그때까지는 어떻게든── 얌전하게 살아 보실까.

마음에도 없는 생각을 하며 코웃음을 친다.

그걸 알베르가 "평소의 밀레느 님이에요."라고 말하거나, 콜레트는 "그편이 더 안심된다."라고 말하는 걸 보면── 숙녀라는 것도 좀처럼 쉬운 일이 아니리라.

작가 후기

　우선 『새비지팽 레이디~사상 최강의 용병은 사상 최악의 잔학 영애가 되어서 두 번째 세상을 무쌍한다』를 구매해 주셔서, 정말 감사드립니다. 작가인 아카시 칵카쿠입니다.

　이 책을 내면서 신세를 진 일러스트레이터 카야하라 님, 담당 편집자님, 그리고 교정자 및 영업 담당자님 등, 정말 많은 분께 감사드립니다.

　우선 항상 하는 첫 감사 인사를 드렸으니…….

　어찌어찌 새로운 시리즈를 세상에 내놓아서, 한숨 돌렸습니다. 예이~!

　이번에는 정말 많은 일이 있었습니다.

　웬일로 일이 겹치지 않나, 몸이 상하지 않나, 개인 취미로 쓰기 시작한 현대 판타지가 한 권 분량이 되는 등…… 다방면에 여러모로 폐를 끼치고 말았습니다.

　어라? 매번 후기에서 폐를 끼친 이야기만 하는 듯한……?

　더 생각했다간 마음이 산산조각 날 것 같으니, 관두겠습니다.

　정말 죄송합니다…….

　그렇다면 새로운 작품을 소개하려고 하는데…… 예전에도 제

목이 긴 작품이 많았습니다만, 이번에는 특히 길군요.

메인 타이틀과 서브 타이틀이라는 형태이기 때문일까요.

앞으로 후기 등에서 제가 제목을 언급할 때는 『새비지팽 레이디』라고만 표기하게 될 것 같습니다.

내용은 『무예에 몸을 바친 지 백여 년, 엘프로 다시 하는 무사 수행』 이후로 쓰는 동일 세계 전생물입니다. 하지만 그 작품처럼 죽은 다음의 세계가 아니라, 인생이 끝나기 전의 과거로 거슬러 올라가 다른 인물에게 들어가는, 회귀 빙의의 형태로 비틀어봤습니다.

야만인 소리를 듣던 남자 용병이 귀족 아가씨가 되어 산다는 이야기는 어떠셨는지요.

거친 남자다움이 잘 표현되었으면 좋겠네요.

처음에는 악전고투하면서 제작했습니다만, 후반으로 나아갈수록 점점 흥이 나더군요. 그런 부분이 전해진다면 좀 부끄러울 것 같습니다.

실은 과거 작품과 달리, 이번 작품은 초벌 때부터 완성 때까지 몇 번이나 수정을 거쳤습니다.

그동안 이인삼각으로 힘써 주신 담당 편집자님에게는 정말 감사드립니다. 덕분에 자신이 없었던 초벌 원고와 달리 자부심을 가지고 완성 원고를 전해드릴 수 있게 되었습니다!

그리고 일러스트를 맡아 주신 카야하라 님께 매우 감사드립니다.

교정 도중에 캐릭터 디자인을 받고 『새비지팽 레이디』라는 캐릭터가 제 가슴속에서 단숨에 형태를 띠는 것을 체험할 수 있었습니다.

라스트 배틀에서는 이 캐릭터가 이런 식으로 활약하는 모습을 보고 싶어! 라는 것이 원동력이 되었으며, 매우 영향을 받았다고 생각합니다.

거듭 감사드립니다!

이 작품에 관한 이야기는 이쯤에서 끝내겠습니다.

이 후기를 쓰는 시기에, 필자 주위에서는 몬스터를 사냥하는 게임이 유행하고 있습니다.

초창기 시리즈부터의 플레이어는 아닙니다만, 15년가량 해온 시리즈에 또 최신작이 나왔을 뿐만 아니라 완결을 앞둔 게 참 대단하다고 생각합니다.

이렇게 오래 사랑받는 작품을 만들다니, 대단한걸…… 하고 부럽게 생각하면서도, 진화를 거듭해 최신이자 최고의 작품을 계속 내는 시리즈를 보고 있으니, 좋은 작품이 좋게 평가받는 게 기쁘기도 합니다.

기본을 바꾸지 않고 계속 진화한다는 것은 정말 멋진 일이라고 생각합니다.

저도 그중 몇 퍼센트라도 본받을 수 있다면 좋겠습니다.

평소처럼 저의 가장 큰 취미인 게임 이야기도 끝나고 나니, 후기 페이지도 얼마 남지 않았습니다.

후기를 쓰는 횟수가 늘어나면서 이제 쓸 게 없다고 생각하면서도 어느새 다 쓴 것을 보면, 어쩌면 저는 후기 쓰는 것을 좋아하는 걸지도 모른단 생각이 듭니다.

그렇다면 또 평소처럼 여러분에게 감사 인사를 바치고 펜을 내려놓을까 합니다.

『새비지팽 레이디』를 구매해 주셔서, 정말 감사합니다!

요즘 세간은 참 심각한 상황입니다만, 스트레스가 늘어나는 생활 속에서 이 작품이 여러분의 기분이 풀리는 데 도움이 되었으면 좋겠습니다.

다음 기회에 또 뵐 수 있기를 진심으로 빕니다……!

아카시 칵카쿠

역자 후기

안녕하십니까. 근로청년 번역가 이승원입니다.

『새비지팽 레이디』1권을 구매해 주셔서 진심으로 감사드립니다.

이 작품은『무예에 몸을 바친 지 백여 년, 엘프로 다시 하는 무사수행』을 집필하신 아카시 칵카쿠 선생님의 작품입니다.

마법이 숭상되는 세상에서 마법을 쓰지 못하면서도 최강의 용병이 된 남자, 엔빌.

잔악한 왕비, 밀레느에게 맞서는 반란군의 일원이 되어온 싸워온 그는 그 왕비가 처형되는 날에 느닷없이 쳐들어온 이웃 나라 여제의 군대에 목숨을 잃고 맙니다.

그렇게 목숨을 잃게 된 엔빌이 눈을 떠보니, 어찌 된 영문인지 그는 밀레느가 되어 있었습니다.

마법을 쓸 수 없는 거친 용병 남성에서, 신의 총애를 받아 막대한 마력을 지닌 절세의 미소녀 귀족이 된 엔빌. 새로운 삶을 살게 된 그는 혼란스러워하면서도 새로운 목표를 가지고 다시 이 세상을 살아가기로 합니다.

그런 그의 곁에는 미래의 남편인 알베르 왕자, 그리고 자신을 죽였던 미래의 여제 콜베르 황녀가 있습니다.

그들과 함께 귀족 학원을 다니는 밀레느의 파란만장(╰╯)한 나날을 즐겨주시길!

그렇다면 이만 줄이겠습니다.

재미있는 신작을 맡겨주신 노블엔진 편집부 여러분께 감사드립니다. 앞으로도 잘 부탁드립니다.

10년 야간 업무 직장을 관둔 악우여. 오래간만에 편안한 마음으로 만나서 밤샘 게임 담론(╰╯) 하자고~.

마지막으로 제게 버팀목이 되어주시는 어머니와, 『새비지팽 레이디』를 읽어 주신 모든 분께 진심으로 감사드립니다.

문화제와 메이드와 여장남자로 점철된(−_−;)『새비지팽 레이디』2권 후기에서 다시 뵙겠습니다!

역자 이승원 올림

새비지팽 레이디 1
사상 최강의 용병은 사상 최악의 잔학 영애가 되어서
두 번째 세상을 무쌍한다

2022년 06월 25일 제1판 인쇄
2022년 07월 01일 제1쇄 발행

지음 아카시 칵카쿠 | **일러스트** 카야하라

옮김 이승원

발행 영상출판미디어(주)
등록번호 제 2002-000003호
주소 21315 인천광역시 부평구 부평대로 283 A동 702호
전화 032-505-2973(代) | FAX 032-505-2982

ISBN 979-11-380-1485-4
ISBN 979-11-380-1484-7 (세트)

구매 시 파손된 도서는 구매처에서 교환하실 수 있습니다.
기타 불편사항, 문의사항이 있으신 독자님께서는 노블엔진 홈페이지
[http://novelengine.com] 에서 Q&A 게시판을 이용해 주시기 바랍니다.

 노블엔진(NOVEL ENGINE)은 영상출판미디어(주)의 라이트노벨 및 관련서적 브랜드입니다.

아카시 칵카쿠
작품 리스트

◆

【출간 중】

새비지 팽 레이디 1
 사상 최강의 용병은 사상 최악의 잔학 영애가 되어서 두 번째 세상을 무쌍한다

【완결】

무예에 몸을 바친 지 백여 년, 엘프로 다시 하는 무사수행 1~10

마녀와 사냥개

1

◆

마술사들을 독점하여 초상적인 힘으로 영토를 확장하는 아멜리아 왕국. 그 위협에 노출된 작은 나라 캠퍼스펠로우의 영주 버드는 전대미문의 꾀를 낸다. 그것은 대륙 곳곳에 있는 마녀들을 모아 대항한다는 것.

그리고 같은 시기, 이웃 나라 뢰베에서 '거울의 마녀'가 붙잡혔다는 소식이 들어온다.

버드는 마녀의 신병을 양도받고자 종자를 데리고 뢰베로 떠난다. 그 일행에는 롤로가 있었다. '검둥개'로 불리는 롤로는 암살자로 키워진 소년인데…….

암살자, 마녀── 참혹하고 흉악한 자들이 모이는 곳에서, 새로운 전설이 시작된다!

 카미츠키 레이니 지음 │ LAM 일러스트 │ 2022년 7월 제1권 출간
청춘의 상상, 시동을 걸어라!

패배 히로인이 너무 많아!

1

학급의 배경인 나. 누쿠미즈 카즈히코는 인기 많은 여자인 야나미 안나가 남자에게 차이는 모습을 목격한다.

"나를 신부로 삼아주겠다고 했으면서!"

"그거 언제 적 이야기인데?"

"네다섯 살쯤인데."

——그건 좀 아니지.

그리고 이 일을 시작으로 육상부의 야키시오 레몬, 문예부의 코마리 치카처럼 패배감이 넘치는 여자애들이 나타나는데——.

패배 히로인—— 패로인들과 엮이는 수수께끼의 청춘이 지금 막을 연다

©2021 Takibi AMAMORI / SHOGAKUKAN
Illustrated by IMIGIMURU

 아마모리 타키비 지음 | 이미기무루 일러스트 | 2022년 7월 제1권 출간
청춘의 상상, 시동을 걸어라!

소꿉친구가 절대로
지지 않는 러브 코미디
6

대학교 축제의 연극 출연 의뢰를 받은 군청 동맹. 오랜만의 연극에 의욕이 넘치는 스에하루와 같은 연기자로서 거리를 좁힐 기회라며 벼르는 마리아. 설마 '모모 대승리 ♪' 가 되는가?! 그러나 잊고 있던 부모가 마리아 앞에 모습을 드러내고──.

연극 타이틀은 '인어공주'. 히로인을 맡은 마리아& 쿠로하와 시로쿠사도 연기에 도전해 보고 있을 때 그 이야기를 들은 현역 최강 아이돌 히나기쿠가 등장!

히나기쿠와의 연기 승부로 트러블을 안고 있던 마리아의 기회는 단번에 모모 대위기로 급상승한다!

기회냐, 위기냐, 그것이 문제로다!
연기파(?) 히로인 레이스 스토리, 제6탄!

애니메이션 방영작

©Shuichi Nimaru 2021
Illustration : Ui Shigure
KADOKAWA CORPORATION

니마루 슈이치 지음 | 시구레 우이 일러스트 | 2022년 7월 제6권 출간
청춘의 상상, 시동을 걸어라!